AF437915

ÚLTIMAS PALABRAS

Título original: *Last words*, by William Burroughs
© William S. Burroughs, 2000
Introduction and notes © James Grauerholz, 2000
All rights reserved

De esta edición: *Últimas palabras*, de William Burroughs

Traducción de Luis Chitarroni (con la colaboración de Pedro Chitarroni).

Diseño: Christian Argiz
Foto de portada: Marcia Resnick

Ediciones Granica S.A.
Lavalle 1634, 3º
C1048AAN, Buenos Aires, Argentina
Tel.: +5411-4374-1456 / Fax: +5411-4373-0669

www.granicaeditor.com
www.facebook.com/ediciones.granica
@ediciones.granica

ISBN 978-987-8358-46-8
Impreso en Argentina en julio de 2021.
1a. edición - Ciudad Autónoma de Buenos Aires.

WILLIAM BURROUGHS

PRÓLOGO, TRADUCCIÓN Y NOTAS
LUIS CHITARRONI

INTRODUCCIÓN Y NOTAS
JAMES GRAUERHOLZ

GRANICA

Burroughs: el fantasma en la máquina suave

por Luis Chitarroni

I

La compasión y la solidaridad de William Burroughs por y con las criaturas más indefensas del planeta, incluido él mismo, lo convierten en un escritor de identidad arterial. Dentro de un siglo que puso en tela de juicio la noción altanera y exclusiva de "genio", atribución de que lo había acusado Norman Mailer al autor de este testamento, tal vez por ser el mismo Mailer un celoso buscador del título o la jerarquía.

Un libro póstumo de Burroughs, *The Ghost of a Chance*, traducido *El fantasma accidental* al castellano, jugaba con el destino incierto de las especies y, sobre todo, con la expansión de los virus, obsesión burroughsiana por antonomasia.

En *Ghost of a chance*, el fracaso de perder siquiera un atisbo de éxito en la empresa de obtenerlo, mantiene como título la belleza ligera de esos términos —frases hechas, latiguillos y *ritornelli,* sintagmas congelados— que empleaba Conrad en los relatos marinos. Y Sinatra, en algunas canciones.

Conrad, favorito de Burroughs, se adapta al tratamiento, la misión del capitán Mission en *The Ghost of a Chance*. Lo demuestra casi sin denuedo. Se trata del tipo de historias que afectaron e influyeron con grandeza las ficciones de Richard Hughes, Colin MacInnes y el propio Burroughs. Relatos marinos que preceden el sueño en alta mar. Pipas humeantes, venganzas, motines, traiciones. La capacidad de transportar todo eso del Marlow de Conrad antes que el Marlowe de Chandler consiguiera la voz ideal para la elegía sobre la lealtad incondicional llamada *El largo adiós*.

La aventura es una especialidad bastante recóndita en un escritor que gustaba de ocultarse en sus recursos, como William Burroughs, pero proviene acaso de que la mayoría de los escritores han tenido infancia, al revés de los críticos, como descubrió Charlie Feiling, y han sido lectores precoces de relatos de capa y espada o de tibias y calaveras.

No es raro que Burroughs obtenga algo parecido a una virtud o una merced distinguida en él. Tiene que ver con su encanto, equidistante de los rasgos físicos aún voluntariosos de galán de cine mudo –William S. Hart, Basil Rathbone–, pero dispuesto a ser, con los atisbos verbales del cine de terror, Peter Cushing o Christopher Lee. Independientemente de sus dotes literarias, que, excepto a las de Beckett, no se parecen a las de ninguno del siglo veinte. Los siglos anteriores dependían menos de la amenaza de futuro. O eso pensamos con credulidad optimista hoy.

Por lo demás, él mismo reconoce en este libro las limitaciones de su propio estilo:
"De alguna forma suena inverosímil: algo torpe y nada realista.
No tiene nada de Stendhal, eso queda claro."

II

Mayor que el último mohicano *beatnik*, Burroughs pasó la vida entreverándose con ella. No sé si el que murió hace poco, Lawrence Ferlinghetti, fue el último, pero sí que era menor de edad y de estatura literaria. Gary Snyder sigue vivo y, si se autoriza a participar a los de habla inglesa nacidos fuera de los límites estrictos del imperio de las estrellas, ignoro y me niego a buscar en *Google* qué fue de Tom Raworth. A Snyder le gustó siempre más la poesía de Oriente, y en eso se asemejaba a otro mayor, Kenneth Rexroth, que instruyó también a Allen Ginsberg y a Jack Kerouac.

A Bill Burroughs, Bill Lee, o como elijamos recordarlo, al revés de que a la mayoría de sus cofrades, excepto Kerouac, le interesaba esa forma continua del verso que suele aventurarse en ser llamada prosa, aunque no descuidara nunca la lectura de poesía, en especial para sus *"cut-ups"*. Por eso se distinguió, aparte de por su apostura natural de "fantasma del color de la heroína", el aristócrata de las cifras.

"Tal como uno de los recientes doctores me decía: 'De haber usado la palabra morfina *jamás habríamos obtenido aprobación oficial'"*.

"Lo cual eleva el intelecto de la 'aprobación oficial' al menos guiados por consideraciones semánticas", escribe en uno de los tramos más respetuosos de los incontables tratamientos de desintoxicación.

Había nacido en St. Louis, como —maldita precedencia— T. S. Eliot, y provenía de una garantía genealógica que se enriqueció con máquinas calculadoras. Como firma, Burroughs no dejó nunca de asemejarse a los artistas visuales de estos últimos siglos, de acuerdo con designios que parecían dictados por Brion Gysin, su compañero/amor más perdurable. Solo que esa firma lo precedía y le concedía un prestigio ajeno, paradójico. Cuando yo era niño, existían y se vendían aún esas máquinas calculadoras —la fábrica o su equivalente tenía una sucursal o subsidiaria en Buenos Aires. ¿Duran más los nombres de los escritores que las firmas a secas?

El tipo de escritura que le gustaba a William Seward Burroughs era el de un estilista inglés convencional hasta la artesanía. Nunca se pareció a la que gustó de practicar. Y creo que él nunca dejó de vestirse con saco, camisa y corbata. No es raro que lo enamorara el, a poco también convencional, desaliño o desacato sartorial de Allen Ginsberg, su residencia en la tierra vestido de cuerpo.

La violencia de Burroughs parece desapasionada y fría, como la de alguien que hubiera esperado toda la vida para disimular que aquello que estaba ofreciendo como almuerzo desnudo era una venganza fría. Una venganza de una condición inaceptable para su coleccionada violencia, famosa por la afición a las armas de fuego, en particular las de bajo calibre. Aunque hay fotografía que revela como parte de su educación un rifle como los que se usaban para matar bisontes, vietnamitas e indios.

Con todo lo que acarrea hoy, el remordimiento del uxoricidio no pareció acompañarlo, ni la culpa, la muerte, por sobredosis, de su joven hijo homónimo, quien compendió, de acuerdo con Ginsberg, la *Wanderjahre* del descendiente en un solo libro, *Speed*, que en Buenos Aires se llamó *Dosis*. Este mártir del ácido lisérgico, la droga "siguiente", generacionalmente hablando, revelaba ya muchos de los poderes de observación del padre, y tal vez de una reticencia que la longevidad, o por lo menos la supervivencia, impidieron contener.

Aunque tal vez el camuflaje y el argumento definitivo sean esta obra increíble, *Last Words*, de la que todo lo demás cuelga o pende. La fue dejando a sus espaldas, en cuyo principio parece estar su fin, traducido de la lacónica vehemencia eliotiana al vehemente silencio de Beckett o de Buster Keaton, aunque pertenezca a María Estuardo.

A menudo a Burroughs se lo menciona con esa realeza exenta de realidad que es la esplendente pero no espléndida visibilidad *beatnik*. Yo mismo, infalible en el error, lo hice. Sin embargo, pertenece a otra tribu: la de los escritores en busca de la Gran Novela Norteamericana, ese lugar vacante desde el reconocimiento tardío de *Moby Dick*.

Burroughs tiene la habilidad comparativa de su propio hijo para subvertir tanta casta y tanto linaje emprendido con entusiasmo prologuístico.

"*Otro detalle repulsivo del escuálido estaba en sus ojos. Se iluminaban de vez en cuando, como lo hacen las compuertas de un horno de turba, que siempre acarrean un Infierno privado*". La observación reserva la fragilidad y la duración de parpadeo (y el jadeo) necesarios.

La gran cuestión acerca del tipo de escritor que Burroughs es, sin embargo, no la resuelven la serie de novelas imprescindibles, *El almuerzo desnudo*, *La máquina suave*, *Expreso Nova*, tampoco las constelaciones que pueden acomodarse a su alrededor; la dirime acaso, sí, el modo en que la acompaña la figura mítica de Burroughs, su idea única del estilo que no condesciende a las ironías de los buenísimos escritores ingleses que admiraba —Denton Welch, entre ellos— ni las pretensiones desmedidas de contemporáneos pasajeros, Malcolm Lowry, seguramente, William Gaddis en la patria propia…

Dos gladiadores de la generación, vale decir menores que William, llegaron más tarde para no proyectar sombras singulares, solo el paladeo eucarístico en la misa entre catecúmenos distintos y distantes. Son Richard Fariña, autor de *Being Down so long it looks like up to me* (algo así como "Tantos años de estar mal hacen creer que ahora estoy bien"), que murió de accidente, poco antes del de Bob Dylan, en el que una Triumph perdonó a Bob la vida, y que era la pareja de una provisoria pareja del cantautor (palabra que me suena a centauro), Mimi Baez, hermana de Joan. Dylan lo veneraba. Había sido compañero de estudios de Pynchon en Cornell, y Pynchon, de manifiesta pero furtiva lealtad, mantuvo por él también la devoción.

El otro, John Clellon Holmes, cultivó con firmeza y sedentaria salud su grado de pertenencia a la *beat generation*. Aunque una de sus novelas ejemplares, *Go*, dista solo en magnitudes que el tiempo hace cada vez más inciertas de las que se dedicaron a fulgurar.

En esa especie de invulnerabilidad de caballero andante de Bill Burroughs se proyecta siempre una espesura contemplativa nada fatua, presente a menudo en *Últimas palabras*.

No se pueden hacer pronósticos acerca de la perduración (o perdurabilidad) de la obra. Aquí, allá y en todo lugar, realidad y apariencia adoptan el aspecto y las crueles consignas de un hospital terrestre. *"Hasta que el estado de mi lengua se detenga"*, solía observar el hombre que imaginó que el arte —y el de la prosa en particular— era una religión. Por correr a toda velocidad en la oscuridad por el filo —no hay que olvidar que también el término *"blade runner"* le pertenece— y llegar hasta el fondo de las que parecen a su vez las predicciones apocalípticas más ceñidas de la civilización, Burroughs es o simuló ser un celoso precursor y un practicante feroz.

¿La ferocidad y la compasión son incompatibles?

Un artículo de 1987 para *The Observer* del entonces joven (y promisorio) escritor Martin Amis, que lo recopilaría después en *The Moronic Inferno*, un libro dedicado a los predecesores norteamericanos, afirma que Burroughs es, pese a sus atmósferas anodinas y sus generalizaciones triviales, un gran emisor de fragmentos inolvidables. Dice también que el problema de este escritor sobrevalorado y denigrado casi por los mismos admiradores, es su falta de control, si alguna vez en la vida ha querido tenerlo. Como la de alguien que se ha mudado de torre cada vez que le exigieron orden o contención.

Esta provisional y reciente organización del caos en una panorámica continua de la realidad tentacular y absorbente reclama al lector una atención distinta, en estos tiempos en que el fragmento –al menos el lanzado a la mirada de un conocido o desconocido cuya preferencia es el desarticulado ejercicio de la banalidad y el chisme de la telefonía celular y las redes sociales. Burroughs, el escritor más osado del siglo veinte, el adolescente eterno con ciudadanía de veterano, el hombre que consignaba, con una inmediatez y una alarma superiores incluso a las Pynchon, la conformidad oronda y la inestabilidad de lo creciente y lo peligroso, se ocupa de desaparecer muy lentamente, como una especie de sagrado anticuario que se conformara en rechazar todo lo fatuo, y asimilar a su estilo único de relojero despreocupado lo inabarcable de las dimensiones encarnadas y oníricas del pasado, el presente y el futuro.

Bienvenidos entonces a esta odisea imperceptible que nos informa en todas las direcciones de la riqueza subjetiva de William S. Burroughs.

Su educación

por James Grauerholz

Al final de su vida, William Burroughs vivía en Lawrence, Kansas, en una modesta casa prefabricada de dos habitaciones, construida en 1929 por Sears & Roebuck sobre la avenida Learnard, calle residencial de la parte antigua del pueblo. Una abundante vegetación de madreselvas, enredaderas y cercis separaba el pórtico de la calle; y al sur, numerosas matas y trepadoras de un añejo y breve puente de la década de 1930. La casa era de ladrillo a la vista, con un escueto techo a dos aguas. Los pilares que sostenían el pórtico fueron inclinándose con el tiempo, dando al frente una perspectiva curvada y singular. Las mamparas blancas a los costados se cubrían de florecidas rosas cada verano.

En la puerta había siempre un gato y, a veces, hasta dos o tres. La losa de la entrada era de un suave marfil (regalo de una compañía de sepelios) en que figuraba BUR-ROSE. Detrás del mosquitero, la puerta era negra, con un *sticker* que advertía a las autoridades sobre los bienes de la casa: millones de gatos que salvar en caso de emergencia. Las biseladas ventanas del frente ofrecían una errática vista del comedor, al que lo seguía una cocina mal iluminada. Apenas dentro, un bufete de nogal desplegaba un llamativo inventario de curiosidades y talismanes (un kris malayo, un escorpión de lucita, una serpiente flexible de madera) y, a metros, un paragüero colmado de bastones, todos ellos de extrañas y talladas empuñaduras. Una lámpara siempre encendida del comedor iluminaría a Burroughs, inclinado en su silla de rueda, forzando la vista, garabateando sus diarios.

Este era el escenario con el que se encontraban muchos de sus visitantes, al menos los que Burroughs recibía después de 16 años en Lawrence: viajeros y jóvenes, en su gran mayoría, buscando un breve contacto con el escritor de *Naked Lunch*. Su pequeña casa era el centro de una continua ronda de actividades sociales, con visitas frecuentes de sus copiosas amistades de Lawrence y animadas cenas. De las compras, la cocina y la limpieza se encargaba el elenco de compañeros habituales.

Los huéspedes más asiduos eran los poetas Allen Ginsberg y John Giorno. Después de la *"River City Reunion"* de Lawrence–una cofradía de poetas y artistas reunidos en honor a Burroughs–, en 1987, Allen empezó a hacer visitas anuales, yendo o viniendo de sus clases en el instituto Naropa de Boulder, Colorado. Cuando estuvo en Kansas, Ginsberg se hospedó en la casa de Burroughs: ex amantes en el pasado, ahora discutían amistosamente, en bata, sobre nutrición y política. Ambos fueron miembros de la Academia Norteamericana de Artes y Mensajería, así como también de la francesa, entre otros muchos honores. Sin embargo, en la modesta casa de Burroughs, bien apartada de la vista de las celebridades, retomaron la amistad que habían comenzado en tiempos de la Segunda Guerra Mundial.

En julio de 1996, a la edad de 82 años, a Burroughs le fue concedido el honor de *"Ports of Entry"*, una muestra visual de su carrera en el museo de arte de Los Angeles, curada por Robert Sobieszek. Ginsberg estuvo con él durante la inauguración, y cuando la muestra fue trasladada al Spencer Museum of Art de Kansas, en noviembre de ese año, acudió de inmediato a la ciudad para participar del simposio. Ginsberg habló en términos cariñosos de su amigo y William subió al escenario para abrazarlo, algo que el público no tardó en vitorear. Allen partió para Nueva York dos días más tarde. Aunque Allen sufriera de diabetes y unos problemas de corazón por algún tiempo, no había sospechas de que esa despedida fuera la última.

La salud de William todavía era buena. Habían pasado ya cinco años de su triple operación de *bypass* y, aunque sus reservas de energía no abundaran, de ánimo se encontraba bastante bien. Se mostraba infatigable, quería mantenerse ocupado y seguir escribiendo. Él dijo alguna vez que trataba de alcanzar la síntesis entre la pintura y los textos, sin nunca creer que hubiera dado con la fórmula. Entre el desgaste y la artritis en sus manos, William se volvió incapaz de escribir algo que excediera una línea. A menudo apuntaba sus ideas en fichas —y como tenía acostumbrado, sus sueños—. Resultó imposible rastrearlas o siquiera establecer su sucesión. Después de que un colega y yo tratáramos, en vano, de buscar una máquina de escribir para que William la usara, surgió la idea de brindarle libretas en lugar de fichas.

Fue a mediados de septiembre cuando Burroughs empezó a escribir lo que aquí se presenta. La primera entrada registra la muerte de su gata, Calico Jane. En un plazo de 260 días, desde el 14 de noviembre de 1996 hasta el 1 de agosto de 1997, escribió 168 veces. Estas notas incluyen breves pero consecutivos trajines; comentarios sobre libros que leía o leyó en otro tiempo, junto con las escenas que le sugerían; citas predilectas como lector u oyente; espasmos poco estimables de la ira y la estupidez humanas; lugares comunes; desconsuelo por la muerte de sus amados gatos; la contemplación de su propia mortalidad. Incluso, nueve meses antes de su muerte Burroughs se sentía obligado a combatir a sus enemigos: el FBI, los odiadores de gatos, los opositores a las drogas y los humanos que por ignorancia destruyen la fauna terrestre.

El amor que Burroughs sentía por los animales no puede ser omitido. "Mi relación con los gatos me ha salvado de la mortal y persuasiva ignorancia", anotó en *The Cat Inside*, comenzado en 1982 al sur de Lawrence. Como queda referido en el relato, se hizo amigo de tres o cuatro gatos callejeros. Trajo a su favorito cuando se mudó a la avenida Learnard: Ruski, un azul ruso. William no siempre amó a los gatos, sino todo lo contrario; llegó a resentirlo con el tiempo, pero admitió haber sido cruel con ellos en Texas y México. Ahora, con tantos amigos como fantasmas, los gatos le parecían la más amistosa de las representaciones terrenales.

En su casa de Learnard, con tan profundo jardín, William adoptó otra gata, de pelo largo y anaranjado, que llamó Ginger. Tras aparearla con Ruski, nació una "camada naranja" de la que salió Calico Jane. El oscuro Fletch era un huérfano que merodeaba por el centro de Lawrence y se volvió el nuevo favorito de Burroughs, en 1984. Calico y Fletch tuvieron crías, que nos regalaron a mí y a otros amigos. Un macho al que William llamó Thomas apareció y desapareció durante el lapso 1985-1986, pero otra extraviada, Mutie, una hembra atigrada, pudo copular con él. Las crías se repartieron entre amigos, excepto Senshu, otra hembra atigrada, que pasó toda su vida con William y su madre, Mutie. Después de que Burroughs llevara a Fletch a su casa, el añoso Ruski se volvió indomesticable y tuvieron que llevarlo a una granja de Lone Star Lake. Fue por este tiempo que William descubrió qué tan insensato era su prejuicio acerca de no castrar a los gatos. Luego de este episodio, la única nueva adopción fue la de Spooner, un macho castrado de largo pelo gris que se mostró muy afectuoso.

Mantener a todos estos gatos en una pequeña casa, con entradas y salidas de sus albedríos, creaba continuas interrupciones: vómitos, renovación de alimentos, un piso con eterno olor a orina (William determinó que por problemas de movilidad, el arenero de Calico se ubicara en el comedor). Estos animales, con su inocente sabiduría, se convirtieron en los compañeros diarios de Burroughs, siendo a veces objeto de sus distracciones y otras, de su afecto. Los alimentaba en forma compulsiva, por lo tanto la tendencia a la gordura era alta: la obesidad de Fletch y Mutie se volvió, con el tiempo, considerable. El dialecto que manejaba con ellos era de tono jocoso: "ven acá pequeña puta, aquí está tu comida...". Así y todo, tan pronto como aparecieran, se pondría de pie para acariciarlos. William amaba a sus gatos.

¿Cuál era la opinión de William sobre la vejez? Por muchos años, su principal y recurrente protagonista –"Kim/Audrey"– fue una versión adolescente del propio Burroughs, pero cuando llegó a los setenta, empezó a ofrecer personajes ya mayores y hasta viejos. Comenzando, a sus cincuenta, con *Ah Pook Is Here* (1972) y siguiendo con la trilogía que inició en *Cities of the Red Night* (1981), la idea de la Muerte como un antagonista surgió en sus tramas. A orillas de la vejez, Burroughs empezó a interesarse por la *gestalt* de Occidente y a elaborar "bocetos de inmortalidad" según los antiguos egipcios, con sus momias y principios de las siete almas: esquema que él adoptó para sus propios fines literarios después de leer *Ancient Evenings*, de Norman Mailer. En un pasaje de *The Place of Dead Roads* (1984), obra inconclusa, presentada por él en diversos escenarios de la década de 1980, vuelve evidentes sus ideas acerca de la inmortalidad:

"Kim nunca dudó de la posibilidad de otra vida o de la existencia de los dioses. Inclusive emprendió la tarea de convertirse en uno, ya fuera disparando el camino hacia la inmortalidad o con invenciones y escritos que guiaran al mismo propósito. [...] Kim considera que la inmortalidad es la única meta que justifica el sacrificio".

En *Dead Roads*, oscilando entre dos protagonistas: el persistente y amoral Kim, y una nueva figura de mediana edad, Joe el Muerto —cuya existencia, a causa de muchas vivencias, lo ha reducido a una mórbida condición—, Burroughs opta por el punto de vista de Kim, pese a una muy pronunciada diferencia de edad entre el personaje de ficción y él mismo.

"Don Juan lista tres obstáculos o etapas: el Miedo... el Poder... y la vejez.
Kim miraba a los mayores con tedio y sarcasmo: ancianos que esputan hebras de tabaco y pasan furtivas horas tratando de agacharse en el inodoro... los únicos que soportaba eran los *malvados*, como el Viejo de la Montaña [Hassan-i Sabbah]... [...]
Y así Kim se fragmentó en varios pedazos... espera con la ruptura poder enfrentar el terrible obstáculo de la vejez... [...]
Se dijo que a Bagdad [ciudad de las revelaciones] se llega por muchos caminos, ninguno exento de calamidades. Lo peor de todo, pensó Kim, sería quedar atrapado en el cuerpo de algún viejo idiota, como Somerset Maugham. [...]
¿Maugham arrinconado, confesando con lamento sus maldades? Poco probable.
No era él, pensó Kim con reflexivo entusiasmo, lo suficientemente malo...".

Kim muere en un tiroteo en el cementerio de Boulder en la última página de *Dead Roads*: no a manos del duelista, que también muere, sino a las de un desconocido francotirador. En el principio de *The Western Lands* (1987), libro último de la trilogía *Red Night*, el autor revela quién dispara a ambos: Joe el Muerto, el oscuro personaje de *Dead Roads*, cuya vida fue salvada por Kim, aunque solo después de ser mutilado y con la condición de que trabajara para él y su pandilla. Aquí Burroughs da una muestra de los motivos de Joe y sus problemas existenciales:

> "Joe entendía tan bien a Kim que podía darse el lujo de no considerarlo esencial en el presente. Comprendió que Kim buscara trascender su estructura física, idea que nunca le agradó, pero que con un hábil perfeccionamiento, logró mantener al filo de lo apenas tolerable. Joe se inclinó por la negación de sus pasiones, una pureza solo mantenida por las urgencias de sus mortales propósitos. [. . .]
> Este dolor continuo es un acto impuesto por la Naturaleza, cuyas leyes se transgreden permaneciendo vivo. El único asomo vital de Joe es el amor por ciertos animales. [. . .]
> Los gatos lo ven como un amigo, se refriegan en sus piernas mientras ronronean. Él sabe domar comadrejas, mofetas y mapaches. Conoce el arte de convertir a los animales en espíritu familiar. El toque debe de ser muy valiente, muy sutil".

En este pasaje podemos ver una imagen del propio Burroughs, ya avejentado, viviendo solo con sus gatos y reflexionando sobre su vida. El adolescente "Kim" sucumbe ante las personas a través de las cuales se detesta a sí mismo, representantes a su vez de la vejez del autor.

> "Don Juan dice que todo hombre lleva la muerte consigo a cada instante. El más impecable guerrero confronta la muerte en todo momento y es inmortal. [...]
> Mientras Joe se mueve por la casa preparando té, fumando cigarrillos o leyendo libros de mal gusto, se da cuenta de que, de tanto en tanto, contiene la respiración. Exhala de sus labios un sonido de intolerable dolor. [...] ¿Qué sucede? Para empezar, falta una perspectiva desde la que todo pueda ser visto con exactitud. No encuentra una salida: no tiene de dónde irse. Su propio yo pasa de trozos a esquirlas: segmentos

de viejas canciones, citas olvidadas y atisbos de pensamiento de una dirección a otra, como un cuerpo al que las almas traicionan consecutivamente".

En la primera página de *My Education: A Book of Dreams* (1995), Burroughs recuerda un sueño de 35 años atrás, ocurrido poco después de la publicación de *Naked Lunch* por Olympia Press en París, en 1959:

> "Aeropuerto. Como una obra de teatro de colegio, con cierto éxito a la hora de conferir la atmósfera espectral. Un escritorio en el escenario, una mujer cerca, gris, con palidez de burócrata intergaláctica. Viste un uniforme de cobalto tono. El aeropuerto suena a la distancia, borroso, incomprensible, y luego alto y claro: 'el vuelo sesenta y nueve ha sido–' Estático... la imagen se difumina a la distancia... 'el vuelo...'.
> A un lado del escritorio hay tres hombres, los tres sonrientes con sus respectivos destinos. Cuando me presento ante ellos, la mujer dice: 'a usted todavía no lo han educado'".

El currículum de esta educación pronto sería revelado: viviría. Lo suficiente como para gozar de sus amistades. Solo dos de sus amados compañeros, ambos animales, cruzarían a la Tierra de los Muertos.

El suicidio de Michael Emerton a los 72 años, en noviembre de 1992, fue una de sus más sufridas pérdidas en los últimos años. Michael había sido mi amigo por casi ocho años; William y él llegaron a conocerse mucho. Un año después, cuando apenas William y yo nos recobrábamos de esta tragedia, Ruski, el azul ruso, gato que supo dar paso a la ternura en las emociones de Burroughs, murió, a comienzos de 1994. El entierro de Ruski estableció la locación definitiva de su "cementerio gatuno", un poco al sur del charco que asomaba desde la ventana de su dormitorio. Poco después de la muerte de Ruski, otro huérfano apareció: William lo llamó Spooner. A esta altura, su zoológico contaba con seis gatos: Ginger, Fletch, Mutie, Calico, Senshu y Spooner. Inevitablemente, empezaron a morir: Spooner de una leucemia felina, en 1995; en 1996, Senshu fue arrastrado por una corriente después de una inundación.

La muerte de Calico Jane ocurrió a mediados de noviembre, justo dos semanas antes de que la muestra *"Ports of Entry"* cerrara con la

Nova Convention Revisited, un tributo a Burroughs. Los concursantes fueron viejos amigos suyos, veteranos de la *Nova Convention* de 1978 en Nueva York; el lugar estaba colmado y William conmovido por el ruidoso afecto de la comunidad. Dos meses más tarde, a principios de febrero de 1997, su cumpleaños número 83 fue celebrado en una discreta reunión en su casa.

En un típico día de los últimos que le tocó vivir, Burroughs se despertó temprano para tomar su metadona (se volvió adicta a ella en Nueva York hacia 1980 y su adicción estuvo supervisada por el resto de su vida) y regresar a la cama. De haber sido jueves, yo habría llegado a las ocho de la mañana para conducirlo a la clínica de Kansas City –o, de habérselo ganado– a tomar el desayuno fuera, para que limpiaran la casa. A eso de las nueve y media, como todas las mañanas, William se levantaría, con sus pantuflas, pijama y bata para preparar el desayuno: huevo cocido con tostadas, o quizás una limonada exprimida, y dos tazas de té muy dulces. Alimentar a tantos gatos cada jornal llevaba un tiempo considerable, y solo después de recobrado, a eso del mediodía, podría vestirse y afeitarse.

William pudo haber esperado visitas esa tarde, o quizá asistir a la granja de Fred Aldrich para las prácticas de tiro. De ser así, habría pasado la tarde buscando munición o leyendo una interminable catarata de obras: algunas serias, pero más que nada de *pulp fiction*, con énfasis en los *thrillers* de policías y gangsters; o ciencia ficción, sobre plagas y mundos destruidos –sus favoritas–. Las últimas novelas de William demuestran cierto apego por las "últimas palabras" y la naturaleza de la muerte, materia sobre la que recabó numerosos libros para su biblioteca: *They Went That-a-way*; *Famous Last Words*; *Weird Ways to Die*; *Until You Are Dead*; *The Egypcian Book of the Dead*; *How Did They Die, Volumes I & II*; *Death and Consciousness*; *Sudden and Awful: American Epitaphs and the Finger of God*; *Death in Ancient Egypt*; *How We Die*; *The Abolition of Death*; *Life Without Death*; *What Survives?*

A William le gustaba salir por las noches y caminar por su jardín, generalmente solo, para ejercitar el lanzamiento de cuchillos en la puerta de su cochera. Durante su último año, casi siempre dormiría una siesta a la tarde. Uno o dos amigos llegarían a las cinco o a las seis de la tarde para unírsele en los cócteles y preparar la cena. Los cócteles diarios de William —que, religiosamente, comenzaban a las seis de la tarde cuando yo lo conocí, en 1974— ahora se sucedían a partir de las tres y media. Después de un vodka con cola y unas pitadas de marihuana, escribiría en sus nuevas libretas hasta la hora de la cena, interrumpido por amigos.

El estado de Burroughs había mejorado notablemente desde su operación de *bypass*, en 1991, pero acusaba molestias de una hernia de hiato, una intermitente artritis y cataratas en ambos ojos. Se encontraba en forma, pero muy flaco y encorvado; aun así, extraordinariamente enérgico y ágil para su edad. Sorprendió a muchos visitantes desenvainando una espada o un nuevo cuchillo. Siempre saltaba o corría a otras habitaciones, muchas veces hablando. Durante los cócteles y la cena, su tendencia a monologar era alta, pero en el último año de su vida, aprendió a ser más receptivo y atento con sus huéspedes.

Ese año último, William conservó sus fuerzas "acortando la noche", a veces sacándose la camiseta a eso de las ocho y media, para indicarles a los invitados que se retiraran. Por las noches, él, según sus propios relatos, se levantaba de la cama en numerosas ocasiones para orinar o atender urgencias gatunas. Varias veces se dijo que era de sueño liviano y hasta tempranas horas de la noche lo era, pero no así a partir de la madrugada, cuando, envuelto, dormía en posición fetal con las manos en la entrepierna y con una pistola bajo la almohada, por si acaso.

La primavera de 1997 resultó muy desgraciada, en marzo, después de la sorpresiva muerte, a los 51 años, de nuestro amigo John Lee, arquitecto de Lawrence. El año anterior, viejos amigos de William ya habían muerto: Herbert Huncke, Terry Southern y Timothy Leary. Allen Ginsberg, ahora, estaba hospitalizado y en contacto telefónico con Burroughs. Pese a alentadoras señales, los médicos de Allen descubrieron una metástasis en su cáncer de hígado y anunciaron pocos meses de vida. A esta aterradora noticia la siguió otra: la muerte de Allen, una semana más tarde, el 5 de abril de 1997. William quedó estupefacto: su propia mortalidad nunca había estado tan próxima. Se trataba del fin de una era. Los periodistas se aglutinaron ante Burroughs, exigiéndole algún comentario, y él no pudo darles alguno que expresara lo suficiente.

El 24 de mayo, 49 días después del fallecimiento de Allen (periodo prescrito por el *Libro tibetano de los muertos* para que las almas permanezcan en el *bardo*),[1] nuestro amigo Wayne Propst organizó en su casa, al norte de Lawrence, una "quema de *bardo*" en su honor. Más de cien amigos de la comunidad asistieron, para incinerar numerosas fotos del poeta en una "jaula de fuego" preparada para la ocasión. William leyó en voz alta la primera parte de *Howl* a un selecto grupo, y luego se unió a los demás, comiendo y bebiendo: una auténtica tertulia al estilo Lawrence. Pero la aparente impasibilidad que Burroughs asumía ante la muerte de su amigo encubría, como se verá más adelante en sus diarios, un profundo sentido del dolor y de la pérdida.

El verano que siguió estuvo repleto de alegrías y visitas a Lawrence, entre ellas, la de nuestros viejos amigos, Ira Silverberg y Steven Lowe. Ira y yo pasamos dos semanas seleccionando pasajes para la obra que acabó siendo *Word Virus: The William S. Burroughs Reader*, publicada por Grove Press en 1998. La llegada de Ira ocurrió dos días luego de que Fletch, compañero de Burroughs por 13 años, muriera de obesidad y paro cardíaco, el 9 de julio de 1997. La pérdida pareció acelerar su propio fin, que aconteció tres semanas más tarde.

***

"Mis encantos funcionan,
y estos, mis enemigos, maniatados,
con sus desvaríos: en mi poder se encuentran".[2]

Estos versos de Shakespeare en *La tempestad* podrían resumir el proyecto literario de Burroughs después de que, en *Naked Launch* y su posterior trilogía, improvisara la técnica del recorte, el *cut-up*. Sus trabajos, desde mediados de los años sesenta en adelante, analizan la rescritura de la historia humana (y de la propia), corrigiendo sus errores por medio de la abolición de su escritura. Tras una prolongada

---

1 "Bardo", en castellano en el original. [N. de T.]

2 *"My high charms work / And these mine enemies are all knit up / In their distractions: they now are in my power".* [N. de T.]

inquietud por las armas y el conflicto, Burroughs se politizó durante la década de 1970 y aspiró a cambiar el esquema cultural con sus libros. A dos décadas de que regresara a los Estados Unidos, en 1974, y diera comienzo a su etapa como escritor público, Burroughs tuvo la satisfacción de supervisar las repercusiones que sus obras dejaron para la sociedad de fin del siglo XX.

Durante su último año, Burroughs solía citar estos versos del *Ulysses* de Tennyson: "*Qué innecesaria es la pausa, dormir / y no destacarse en la práctica*". Sus esfuerzos ahora eran inversos, solicitando a otro que combatiera los pensamientos que él no quería recordar. En sus diarios se queja de la inextinguible estupidez humana, pero su mayor contienda Burroughs la libró contra sus propios vaticinios y fracasos: la cercanía de su fin. Estos diarios muestran esa despierta atención suya que, en vez de "rabiar contra la luz apagada",[3] debió rendirse a lo inevitable, bajando las armas.

Casi cuando el invierno de 1996-1997 se vuelve primavera, la ira de William empieza a desaparecer de las páginas. Con la perspicacia habitual de su 'horrible espíritu' rebelde, escribe: "Siempre el mismo cuento: '¡Toro! ¡Toro!', y uno carga una y otra vez". Durante estos últimos meses de su vida parecía ya extenuado por sus viejos odios y ansioso de recitar por fin, con Próspero: "magia ruda / yo te abjuro". Reconoce la vacuidad del odio y el conflicto, la naturaleza ilusoria de la victoria y la represalia, hasta que en su día final advierte: "Pensar no es suficiente. Nada lo es. No existe final para los caudales de la sabiduría o la experiencia: nada de nada. Ningún Santo Grial, ningún *satori*, ninguna solución final. Solo conflicto. La única cosa que resuelve el conflicto es el amor, como el que sentí por Fletch, Ruski, Spooner y Calico. Amor puro".

Al final de su vida, a Burroughs le fue permitido, por gracia, esfuerzo y sufrimiento, concluir su educación.

Verano de 1999

---

3 Cita a Dylan Thomas: *"rage against the dying of the light"*. Verso muy conocido entre angloparlantes, extraído del poema *"Do not go gentle into that good night"*. [N. de T.]

Últimas palabras

Jueves. Hoy, 14 de noviembre, 1996

El 10 de noviembre mataron a Calico entre las calles 19 y Learnard.[4]
Me lo contó el 12 José. Tom[5] vio la gata a un costado de la calle.

Los lugares ahora vacíos por su ausencia me *duelen físicamente*. La
gata es parte de mí. Desde entonces lloro y grito todas las mañanas de
manera inconsolable cada vez que recuerdo [por dónde] el gato solía
sentarse, moverse, etc. Nada de histrionismos. Simplemente ocurre.

Y así, el sueño me recordó:

era un gato. No sé si habrá podido encontrar el camino a casa.

15 de noviembre, 1996. Viernes

Todavía me duele cuando miro uno de los lugares que solía ocupar.

El doctor del músculo que bombea[6] me encontró unas fugas.

En fin, *"Qui vivra verrà"*.[7]

16 de noviembre, 1996

Subía por la estrecha escalera caracol. Di con dos personas en el primer peldaño. "Hola", me dijeron.

---

4 Burroughs, bromeando, la llamará más adelante *"Learnthehardway"*, es decir, aprendiendo
por las malas. La consonancia no puede ser trasladada al castellano. [N. de T.]

5 Tom Peschio era uno de los amigos más cercanos de Burroughs en Lawrence. Fue él quien
acudió a su casa, nueve meses más tarde, cuando William sufrió su último infarto, el 1 de
agosto de 1997. [N. de E.]

6 "El doctor del músculo que bombea": Burroughs había tenido una cita con uno de sus
cardiólogos esa tarde. [N. de E.]

7 *Qui vivra verrà.* "Quien viva, verá" era una de las máximas favoritas de Burroughs. [N. de E.]

Al final de la escalera había un cubículo con una vieja máquina de coser y unas bagatelas y también un gato afectuoso, cuya cabeza parecía desmontable. La puerta de esta habitación estaba abierta de par en par, tres pisos más arriba.

Algunos en la azotea, refiriéndose a los gatos, hablaban en torno de "absolutamente".

17 o 18 de noviembre, 1996. Lunes

Proyecto: escuchado al pasar, de caminata casual por la segunda avenida, Nueva York. Dos negros pasan, hablando. Uno, con camiseta de tiras blanca, dijo al otro: "concejeros y toda esa mierda".

Evidentemente hablaban del nuevo proyecto de metadona. Los negros tienen ese extraño don de poner en palabras lo que otros dicen con reparos.

"Un hombre muy peligroso".

William Bennett. Difunto —y espero que último— Zar de las drogas, bajo órdenes de Reagan y Bush. Prosigue diciendo: "debemos apuntar a los consumidores ocasionales".

"¿Y qué es esta vez, Sherlock? ¿Cocaína o morfina?"

"Ambas, Watson. Las dos mezcladas".

Los consumidores ocasionales que mantienen sus trabajos y manejan sus vidas con éxito (como yo) desean enviar el mensaje de que la gente puede consumir drogas ilegales y aun así funcionar adecuadamente.

"Muy peligroso".

¿Peligroso para quiénes, señor Bennett? Muy peligroso para los mentirosos como Bennett y Anslinger, y todos los malintencionados rufianes y esa runfla de auténticos delincuentes y malvados salidos de la ley Harrison Narcotics. Una agrupación atestada de villanos, de narcotraficantes callejeros y progenie soplona que los delata por problemas familiares.

"La guerra contra las drogas nos ha unido como nación".

¿Quién lo dijo, Bush o Reagan? —elijan cualquiera de los dos, que da igual—.

¿Una nación de qué? ¿De informantes? ¿De delatores?

Me gusta la palabra rusa para "informante": *stukach*. Suena como si se escupiera.

Nuestros ancestros pioneros se revolcarían en sus tumbas.

"Muy peligroso".

¿Qué es lo que este imbécil, Bennett, quiere realmente decir? ¡Él, que fuma dos paquetes de cigarrillos por día! ¿Que para ser un buen americano es necesario actuar como un mentiroso? Claro que la gente vive para madurar y envejecer para vivir ilustre en un basurero. Miren a Herbert Huncke, a los 81;[8] de Quincey, 74; George Crabbe, poeta inglés, 78; y ante ustedes, el único e inigualable [82], todavía vivito y coleando.

El más recomendado médico del siglo XX, que trató cantidad de adictos a la morfina, dijo: "la salud general de todo morfinómano suele ser excelente".

"Muy peligroso".

Nixon decía que Tim Leary, viejo amigo mío, era "el hombre más peligroso de los Estados Unidos". ¿Peligroso para quiénes? Quizá para un proyecto de patria que, bajo un manto de intervención policíaca, disimula todos sus problemas declarando una guerra contra las drogas.

Un poco tarde para levantar barricadas y plantar adoquines. Quizás hace doscientos años atrás —ya se arrestaban "narcotraficantes" en otros países. (¿Se imaginan a unos chicanos expulsando a Reagan de la Casa Blanca por algún crimen encubierto?)

Y mientras, una vieja reina es arrastrada hasta la Corte holandesa por "incidentes con menores" en Filipinas.

"Muy peligroso".

En especial para las reinas que se aprovechan de mancebos en los brezales de Marruecos y otros lugares recónditos.[9]

"El parasitismo internacional es algo muy malo".

---

8 Huncke había muerto el verano anterior, en agosto de 1996. [N. de E.]

9 Shakespeare, Hamlet: *Batten on these Moors*, "alimentarse por estos brezos". [N. de T.]

El doctor John Yerbury Dent[10] fue el menos paranoico de los hombres, lleno de candor y buena voluntad, lo mejor que lo *english* puede ofrecer por estos días.

Dijo: "creo que lo que hace la policía narco en Estados Unidos es malo".

No quiso usar la palabra ruin, pero yo la usaré. Ruin por todo cuanto el *Homo Sap* [*sic*] haya creado o espere crear. Quiero decir ruin, enfáticamente, para cada uno de estos malvados, corruptos y perversos individuos.

Acusan siempre a otros de lo que tú (el mentiroso) llevas adelante. No vayas en medio de aquello, el rancio desagüe, eructando gases que provienen de entrañas o pulmones infectos de turba. Nada bueno burbujea allí.

19 de noviembre, 1996. Martes

El lago o río se cubre de algas sobre la superficie. Nado evitándolas hacia un pequeño muelle.

Otro lago de agua clara. Veo cardúmenes de carpas en el fondo y también más cerca de la superficie.

Caminando (número equivocado, Harris Construction)[11] de vuelta al búnker. Intento un atajo por el baño turco, cuya entrada es un clóset, para desembocar en el hall de entrada de Bowery 222. Decido no tomarlo.

"Tengo veintitrés pacientes con abstinencia ahora mismo".

(Atareado recepcionista en la clínica de rehabilitación Lexington.)[12]

En el sueño de anoche (18 de noviembre, lunes) era policía. Decía: "tengo un arma y una porra. Necesito esposas y una radio".

---

10 John Yerbury Dent supervisó el tratamiento con apomorfina de Burroughs. Londres, 1956. [N. de E.]

11 Harris Constructions: el número telefónico de Burroughs difería por un solo dígito del de esta constructora. [N. de E.]

12 Hospital en el que internaron a Burroughs, en 1946, para curarlo de su adicción a la heroína. [N. de E.]

Esperaba en recepción mis esposas y mi radio, un gas pimienta y otros utensilios.

"Muy peligroso" para Bennett y compañía que cualquiera pueda sentir una íntima y profunda emoción, como la tristeza, o un descorazonado entusiasmo que proviene del peligro, de la muerte.

"¿No es bueno bailar y cantar

mientras la Muerte a las puertas llama?"

"Muy peligroso".

"Libera a tus muertos".

El meollo del asunto.

Deserción: al esperar un día, uno tras otro, la esperanza mengua, siempre muy lejos.

"Te esperaba allí".

Dejen que quien haya creado un mundo de pecado y de lápidas tire la primera piedra.

Bajo la máscara no hay otra cosa que la muerte.

Bennett & Co. condenan las éticas parciales. Lo quieren todo. Muy bien, en ese caso démosles todo:

Lo que hacen está MAL y es RUIN, desde cualquier punto de vista humano.

Mañana, 20 de noviembre, 1996

Será miércoles y Victor Brockis[13] me dará una medalla a la longevidad.

Uno vive lo suficiente como para convertirse en el literato un poco cansado de sus chistes tantas veces repetidos. Algunos ya al borde de lo *risqué*.[14]

(el literato bailará en torno con bufandas de cachemira)

---

13 Victor Brockis: escritor que conoció a Burroughs en Nueva York, en 1974. Escribió una crónica sobre Burroughs en la década de 1980 (*With William Burroughs: a Report from the Bunker*) y siguieron siendo amigos hasta el final. [N. de E.]

14 *Risqué*: atrevido, subido de tono. Según el contexto, también implica la noción de riesgo, de peligro (en francés en el original). [N. de T.]

El hombre lo hace con una señorita del cuarto de al lado, en un hotel barato. Al día siguiente, cuando se encuentran en la entrada, ella dice: *"Bonjour, Monsieur"*, moviendo el anular a modo de insinuación. Él responde, quitándose el sombrero y ubicándolo en la entrepierna: *"Bonjour, Madame!"*.

Chiste de vagón, un poco verde para el público promedio. O también aquel de los animales que, revisando sus equipajes, encuentran a un hombre en la trompa de un elefante.[15] A ese nunca le encontré la gracia.

En cualquier caso, allá por los años 30, había alguien que creía —*y, desafortunadamente, era cierto*— imitar muy bien a Roosevelt:

"Amigos míos, odio la guerra. Eleanor odia la guerra. Y yo odio a Eleanor".

Ja, ja. Fue hace mucho tiempo, y ni siquiera causó gracia por entonces.

¿Qué habrá sido de las caricaturas del *New Yorker*? Ya no son graciosas, ni siquiera comprensibles. ¿Dónde quedaron las caricaturas de Charles Addams y Peter Arno?

¿Sí, y dónde las nieves de antaño, y las drogas que solía consumir?[16] Llegó la hora de mi medicación y de las buenas noches.

"¿Pero quién es usted?"

"Pase por favor".

El nombre es, por supuesto, Sam Beckett.

Vuelvo a las raíces, a los inicios, etc. Al más purista de los "escritores decentes". Cualquiera puede advertir que es de los mejores en la lengua. Es evidente.

"Tú y yo no podemos sino ver...".

Viejos carteles publicitarios se derrumban en el este de St. Louis,

---

15 Broma irreproducible en castellano. En el original: *"the animals checking their equipment and some character has the elephant's [trunk]"*. *Elephants trunk* responde a un juego de palabras, porque no solo quiere decir "trompa de elefante", sino también "maleta". [N. de T.]

16 *"But where are the snows of yesteryear?"*. Verso de Dante Gabriel Rosetti en *The Ballad Of Dead Ladies*. [N. de T.]

de Shangai a Panamá, pasando por Nueva York y Londres: —Londres, adelante Londres, repórtese—.

"Alto y claro".

"¿Cómo puedo saberlo?"

Un reducto de alegría interna es una mortal amenaza para los invasores. Estos invasores, ¿quiénes son?

Nuestras comunicaciones fluctúan: debemos exterminarlos.

Esto de "solo queremos vivir aquí y ocuparnos de nuestras cosas" es absolutamente intolerable para los invasores.

Veo que en sus radares nos detectan a José[17] y a mí volviendo de la Clínica de la Metadona. Cosa curiosa, el policía en ningún momento me miró. ¿Jamás preguntó José de qué demonios hablaban las telecomunicaciones Burroughs? Yo me habría parado y hubiera dicho:

"*Soy* William Burroughs. Cambio y fuera".

Cuán seguido las agencias [encubiertas] de este tipo ejercen, en el planeta, las "fuerzas de destrucción".

Contrólese usted, joven, y mienta sin reparos. Aquello que aquí llaman verdad es mentira en otros páramos: su mentira.

"Nuestra sagrada verdad. Moriríamos por ella, de tener la ocasión".

Lo siento, [ellos] no están a la altura de una escritura irrespetuosa de la Creación.

Miércoles, 20 de noviembre, 1996

Soñé que tenía sexo con una persona con la que jamás me acostaré. No guarda ninguna semejanza con la vigilia.

"Ese viejo apego". Completo, lleno de matices autocompasivos.

"Ese viejo apego aún prevalece en mi corazón con fugas".

Hmm. Por quien fuera. Permaneceré compuesto.

Cada vez que ubico tres areneros, y no cuatro, la muerte de Calico me viene a la mente; cuando observo los lugares [donde] solía comer,

---

17 José Férez fue un *marchand* de arte y poeta que a menudo trabajaba en Lawrence, y uno de los compañeros más asiduos de Burroughs. [N. de E.]

excepto detrás del lavabo, también. Todos vacíos. *La memoria de lo que ha sido y de lo que nunca más será.* Asesinada por un automóvil, me dejó con los lugares que la contuvieron y que nunca más volverá a visitar.

Si pensara que lo del conductor fue deliberado —si pudiera encontrarlo— pondría aquí una advertencia sobre accidentes viales. Después, en el pórtico, y más tarde se la enviaría, envuelta en un sobre, por debajo de la puerta de su casa.

Bueno, basta. Esto no va a ninguna parte, como el hombre a cuyo niño, que ÉL mismo había sacado asfixiándose de un frigorífico, le partió la caja a hachazos.

No es un remordimiento que desaparezca fácil. ¿Quién habrá dejado el frigorífico ahí fuera?

Película:

una secuencia de tomas cortas —titulares— "El vuelo 800 fue visto por última vez en el Atlántico".

Contraplano del aeropuerto, "El vuelo 800 aterrizará en minutos sobre la pista 23".

Miedo precognitivo —ahora presenciamos el hongo nuclear que oscureció la Tierra— Hiroshima.

El sueño de Paul Bowles: "¡Fuera de pista, fuera de pista!".

Físicos, expertos y científicos afirman que la Tierra se irá fuera de órbita en el año 2000. Idioteces, guerra de drogas: el miedo paraliza el planeta. "El hombre". "El peligro amarillo", etc.

Tomas, atajos.

De vuelta al avión: un artista pop se dispara en la cabeza. Tomas de otros tiempos y otros lugares. (Vemos brotar la sangre de millones de jeringas y nos volvemos a casa.)

Corte. Plano para el doctor Kent: cura indolora.

"Muy peligroso".

Las enfermedades de este mundo son patrañas —el miedo a las cosas, los intentos por evitar las propagaciones, las excusas de la censura—.

Es todo tan obvio: una inteligente oposición por servicio mensajero de la Policía Antinarcóticos.

En el avión —pasajeros dormidos— los sueños parpadean.

"Mis reptantes enemigos[18] dicen que trueco mi reputación de escritor para obtener prestigio como pintor. Claro que sí. En esta vida, uno juega las cartas por la importancia que conserven".

"Si uno es tan afortunado por haber nacido con unos bellos rasgos y otros atributos consecuentes, en vez de quejar "¡Ay! La gente solo me quiere por mi cara", da vuelta la carta y no la dejes quieta;[19] juega en la juventud las de la vitalidad, que a ellas pertenecen; y en la vejez, conténtate con los privilegios de la edad y saborea los placeres públicos antes que desaparezcan".

"Quisiera agradecer a todos los que hicieron posible este evento y a quienes han contribuido con su madurez creativa, como los intérpretes, los curadores y los organizadores. En particular, a Robert Sobieszek, por su magnífico trabajo [de] seleccionar y presentar el material del L. A. County Museum of Art, el mismo que aquí se exhibe.

Y profundas gracias a quienes hayan venido a colaborar esta noche, y a todos los que, cuantos sean, aquí se encuentran. Muchas gracias".

29 de noviembre. Viernes

"Qué irrisorio", dijo ella.

Es la ceremonia del destierro: hm hm hm, hmm hmm hmm.

"¡Lo que venga!"

Herr Professor Federn.[20] Seguro, funcionó en varias oportunidades: cuando los casos de disociación, trastornos de personalidad múltiple y la histeria abundaban. Ya no sirve tanto —como la penicilina—.

Véase "enfermedades psiquiátricas" como una vasta taxonomía

---

18 Burroughs espetó estas mismas palabras unos días más tarde, en la convención de Nova Revisited organizada por la Universidad de Kansas en Lawrence, el 26 de noviembre de 1996. Dicho evento también formó parte, ese mismo mes, de la exhibición *Ports of Entry* del museo universitario, que Burroughs menciona. [N. de E.]

19 Juego de palabras irreproducible. *Face card*, la carta dada vuelta, con *face* por cara o rostro. [N. de T.]

20 El psicoanalista Paul Federn fue pupilo de Freud. Trató a Burroughs en Nueva York, en 1941. [N. de E.]

dedicada a frustrar los planes del proyecto *Sapiens*. ¿Cómo una enfermedad puede ser "psíquica"? ¿Cómo [y de qué] se alimenta?

En cuanto a lo que "mental" significa en los libros de estudio, tómese por sinónimo de "no sé" o "afección congénita".

¿Y? Me pregunto...

si allá en Chestnut Lodge...,[21] si no me hubieran dado de baja, ¿qué habría ocurrido?

Qui vivra verra.

No pudo ser.

> *Como un arma muy cercana,*
> *y a la mención de cobardía rayana,*
> *he visto el miedo,*
> *y el miedo que libera y desmembrana*
> *me hizo ver, costumbre arcana,*
> *lo que ningún kamikaze tirado, ve y yace:*
> *cuanta bandera no me fue destinada.*
> *Quien viva la verá desafortunada,*
> *al hombre solo con su muerte*
> *y al segundo aliento, librada su suerte.*[22]

Café Lipp —excursiono por la hierba crecida. Olvidé mi arma y [su funda.] Estaba con alguien indistinto: al hurgar los cajones, solo encontramos la 25. Un vestidor de nogal. Completamente vacío.

"El hombre vacío", en la Conferencia de Escritores de 1962, en Edimburgo. Me ubicó dentro del circuito literario, gracias en parte a los esfuerzos de Mary McCarthy, mi hermana espiritual de las letras —y quizá más que eso—.

Qué estupenda labor [hizo ella] contra los peores del sexo opuesto: *The Young Man.*

---

21 Institución psiquiátrica de Maryland que dio de baja del ejército a Burroughs, en 1942. [N. de E.]

22 *I like a weapon close to me / Because I am so cowardly / I have seen fear / and Fear has made me free / Who lives will see / To look Death in the eye / With no Kamikaze lie / Wrap no flag around me / Who lives will see / Man can be alone with Death / Will receive a second breath.* [N. de T]

Un hospital de cirugías menores. Se oyen gritos por la noche.

"El paciente con cáncer, ¡al fin!"

Y él cantó, *impúdicamente*:

"Echa a la vida, y echa también a la muerte. Jinetes, ¡pasen de largo!"[23]

No debería asombrarnos que sin razón aparente el cirujano decrete, en medio de la cirugía, detenido el corazón del joven.

No pienso detenerme en el impúdico canto suyo, ni en la degradación de la anatomía humana por su millón de cortes de bisturí. Qué imagen tan horrible: una despedazada y apócrifa postal de aquello que ya no existe. ¿Cuáles son las fuerzas capaces de deformar al hombre? ¿Un succionamiento de los gritos en pacientes con cáncer? Ni siquiera.

A la enfermera: "los gritos de anoche, ¿provenían del paciente con cáncer?".

Enfermera: "jamás escucharía ni un grito del señor Miller. Debió venir de la sala de maternidad".

"Ah".

El hombre joven se desinfla como un globo color pistacho.

"Ah, ah, ah".

"Bueno, llegó la hora de su medicina prequirúrgica".

"El joven sufre un temor repentino".

"Yo preferiría... bueno, está bien".

La oscuridad repta por las sábanas de la cama.

"Soy el Capitán de mi alma",[24] masculla en tanto bajan las barras laterales de la camilla, hacia el elevador: directo al quirófano.

En Tánger, mis deudas mecanográficas me obligaron a comprar Eukodal, un derivado químico de la codeína, mil veces más efectivo. La dehidro-oxi-codeína finalmente fue prohibida, debido a la euforia como efecto secundario, y porque te pega tanto como la heroína, Hermano.

---

23 Epitafio de W. B. Yeats: *"Cast a cold eye on life, a cold eye on death —Horseman, pass by!"*. [N. de T.]

24 Verso de William Ernest Henley: *"I am the Captain of my soul"*. [N. de T.]

Supongo que consumí toda cuanta hubiera en Tánger. Deben quedar muchas –Quevedo, Ecuador– , cubiertos los frascos con algas del Pacífico.

"Tómate otra. Supera a la heroína si se toma de más".

Quizás en algún pueblo sueco, bajo la aurora polar, se canten villancicos de Navidad.

"¿Tiene más por casualidad?"

"Bueno sí –un cargamento de veinte frascos– veinte unidades en cada una. Puedo ofrecérselo todo por el precio de, digamos, cien dólares".

"Hecho".

¿Podemos nosotros, los hombres, vivir sin esa otra mitad, las mujeres?

Y O. H. debemos hablar. O. H. es hablar, de la invasión antes mencionada, la "palabra", digo, así que retiren la palabra "palabra" en lentos intervalos.

Va a doler, y dolerá muchísimo.

30 de noviembre, sábado, 1996

Dije: "L. Ron Hubbard merece que le ensarten una navaja en los riñones".

Y demostraré, con un cuchillo de los asesinos de Alamut, cómo se lacera de la costilla izquierda al corazón. Envolví otro muy distinto en lo que parecía papel estaño.

La desagradable impresión de lo que no me significa nada. Lo que solo flota y da vueltas.

Tomo lo anterior como punto de partida.

¿Qué querrá decir "¡lo que venga!"?

Así decía Federn en su estudio –departamento [de clase media] europeo, similar al de Schlumberger[25] en París–.

---

25 Marc Schlumberger fue el psicoanalista de Burroughs por un breve tiempo en París, en 1958. [N. de E.]

Bistec, pan, ensalada –y vino tinto– en la mesa, hablando con Allen Ginsberg sobre algún anglosajón [persona], dice:

"Un cantante de blues, un predicador de sus lamentos. Quiere que todos detecten sus orígenes negros. Realmente cansa. Son por otra parte muy notorios".

¿Qué cosa?

Quizás, en algún lugar de allí afuera –Quevedo, Ecuador, *uno de puro*,[26] Perú... en algún estante polvoriento, Eukodal, 15 miligramos por ampolla–.

"Tómate otra. Supera a la heroína si se toma de más".

¿Quién? ¿Cuándo? ¿Dónde? ¿Por qué?

¿Relatos cortos?

Como toda impresión, puede contener alguna enseñanza final: ¿será así?

"¿Quién es?". Últimas palabras de Billy the Kid. Garrett estaba muy cerca, a dos metros quizá. No podía fallar.

¿La Armada Secreta?

No diré que "perdimos", porque nuestro aún queda allí.

Historias de guerra: la alcoba del edificio *Lottery*,[27] en Tánger. John Hopkins vino y me dijo: "parece una batalla naval".

(Había sido una reyerta desesperada. Día tras día, la guerra.)

Pesada neblina con hoyos en medio, como fuego de artillería.

¿Y qué tenemos ahora?

Mejor revelemos *su* pretexto, y golpeemos a la guerra contra las drogas donde más les duele. Las cifras del lavado de dinero alcanzan trillones de dólares, mientras se ahorca a todo consumidor por cargar una onza de morfina.

Sí, aquella pestilente horda nacida en las entrañas de la ley Harrison Narcotics. Actúan con maldad, maldad contra todo lo que el *Homo Sapiens* pueda o haya podido crear: desde su base de operaciones, [la] frontera espacial. Los alienígenos, influyentes que son, adoctrinan

---

26 Uno de puro: en castellano en el original. [N. de T.]

27 Nombre del apartamento en el que Burroughs y su amante, Ian Sommerville, vivieron en Tánger, en 1964. [N. de E.]

(a los mamíferos residentes.) En respuesta, el *Homo Sapiens* condesciende ansioso, sin creerse equivocado.

"Construiremos más prisiones", gruñó Bush.

"Ya tenemos un millón adentro".

(*Cf. Job*)

* * *

Era el primero de mayo, *May Day*, y en seguida todo se cayó en pedazos. La endeble estructura se derribó por completo, como un castillo de naipes.

No, no fue una vuelta a los jefes de tribus. De esos ya no quedan, ni simulando otros papeles entre los hombres. La gente cae como un chaleco antibalas, como harapos. No hay nada que nos mantenga unidos. Lo único que ha mantenido a este planeta electrizado (en sentido literal, con dos polos magnéticos) es la GUERRA. Basta de desempleos. No existen empleos disponibles: las muchedumbres se pavonean enfundadas en uniformes improvisados, blandiendo sables oxidados.

> *"Voici le sabre*
> *De mon père".*
> *Allons enfants de la patrie*
> *Le jour de gloire est arrivé—*
> *o'er the land of the free*
> *and the home of the brave.*[28]

Debería iniciar campaña contra el Mal en la Guerra de Drogas, la Guerra Contra las Drogas: las *ilegales*. No se levantarán cargos contra quienes fumen dos paquetes de cigarrillos como Bennett. Eso es *legal*.

---

28 "Aquí el sable / De mi padre." / ¡En marcha, hijos de la Patria, / ha llegado el día de gloria! / sobre la tierra de los libres / y el hogar de los valientes. El texto en inglés corresponde al último verso de cada estrofa de *The Star-Spangled Banner (La bandera estrellada)*, el himno nacional de Estados Unidos. Aquí, Burroughs se divierte uniendo los contenidos del himno norteamericano a los del himno francés y a la opereta de Offenbach, *La Gran Duquesa de Gerolstein* ("*Voici le sabre de mon père*"). [N. de T.]

Bueno, el mal: los narcotraficantes que trabajan con niños y adolescentes trasnochados como soplones, enemistándose con sus padres por droga. Es RUIN.

"A ambos lados de la balanza" aquí no sirve.

Es ruin, y los verdaderos $$$$$$$$$ están en Malasia, Singapur, Centroamérica, las Bahamas.

Apunten a Lake Charles. Aquí Mel, capto la señal. ¿Port Arthur? Por supuesto. Estoy muy cerca. ¡*Rauschmi!* ¡Terminemos con esto!

Mel, pase por favor. Mel, por favor, dese prisa. Mel, venga, no sea bobo.

"Es un hecho, te matarán".

¿Quiénes y cuándo? ¿Mel?

Las mismas personas con las que ha entrado en conflicto...

"Por amor de Dios, no lo hagas".

"Jamás lo haría.

Mejor trata de salir.

Sin suerte. Fin".

"Ese número montado, el de intempestivo vaquero que desenfunda rápido, es demasiado cómico como para ponerse en palabras".

La oigo alto y claro y —"qué gracioso, ¿no íbamos a abolir las palabras?"— gime como una perra hispana, y se levanta a la manera de una.

¿Serías capaz de sentarte en silencio, sobre esa calle de tierra, por muchas horas?

¿Por qué no? Hay muchos otros que prefieren las charlas banales, déjenlos.

Jamás indiqué que fuera la *única* forma de llegar a algún lado. El arte del perdigón puede contener varios procedimientos: Pollock salpicaba el lienzo; Yves Klein lo quemaba para luego apagar las llamas en el momento justo.

30 de noviembre, 1996

La última noche, una escena en el baño turco. Vagamente sexual: hmm.

Yo, [fui] un deleznable monstruo o un narcotraficante, un abusador infantil. Fui [también] adicto al crack, pero solo por añadidura.

Amaba él a los hurones y a los gatos, a las comadrejas y a las criaturas de silencioso acecho. Amaba a su vez las sesiones con la clarividente, la psiquiatra y cosas por lo demás insustanciales.

Repito: lo del departamento de American Narcotics, lo que hacen, hicieron y harán, es RUIN. Insisten en que todo recaiga en valores maniqueos. Quieren absolutismo, ¡grandioso! Ruin desde el punto de vista decente, que provenga de cualquier persona digna. De los narcotraficantes que trabajan con soplones hasta los niños que se pelean con sus padres.

Soy una persona anticuada, no me gustan los informantes. No importa cuán negligentes sean los jueces federales o los infractores que hayan "cooperado" con las autoridades ("cooperado" es una palabra muy de moda) para acabar con quienes "se niegan a cooperar".

1 de diciembre, 1996. Domingo

En un vuelo, a punto de aterrizar en París. El avión aterrizó en una pista estrecha. Afuera podía ver las calles de París, cuando de pronto el avión se arqueó hacia arriba, a punto de encontrar su estado de inercia, y sentí un *miedo físico*.

"¡Se va a estrellar!"

Pero no se estrelló. Aterrizó sin inconvenientes en París.

París es, en muchos sentidos, mi ciudad preferida. Jamás fui a Roma. Londres siempre me pareció antitética. Abandono Nueva York, que es siempre la misma. Prefiero los pueblos poco visitados, como Tánger.

2 de diciembre, 1996. Lunes

Los enemigos tienen dos notables defectos:

1. No tienen sentido del humor. No importa cuánto se insista.
2. Carecen totalmente de comprensión de los asuntos arcanos,

y sintiéndose al mando de todo lo que controlan, no comprenden aquellos otros que presentan amenaza, como la destrucción por cualquier vía. En consecuencia, callan sus intenciones. No pareciera importarles ya, pero mejor unas últimas palabras: "lo conseguimos".

Son amenazantes, incluso bajo las propias reglas que su ficción impone.

¿Por qué no permitir que los villanos se retiren sin pagar, sin su medida de whisky?

¿Y por qué tomarían whisky? ¿Por qué no compartirían los gustos de un SWAT por la marihuana, la damajuana, las cortesanas o las sotanas?

En cualquier caso, tienden a exagerar el valor de las cartas que juegan. El noventa y nueve por ciento son comadrejas biliosas.

Es condenable—

—¿y quién está aquí ahora?

Lo mejor que pueda: recuperarlo una vez más.

Uno nunca lo tiene hasta que lo pierde, Fritz. Hasta que lo recupera. Pocos vuelven ilesos de esa senda que han andado, Mengano.[29]

"En cuanto a lo que signifique la vida después de haber perdido el honor...".

(El oficial naval francés de *Lord Jim*. Uno de los más grandes personajes de ficción.)

Hay muchos otros en Conrad: el consejero Mikulin de *Under Western Eyes*, el negro llamado "Wait" de *Nigger of the Narcissus*. Todos bendecidos por [la] pluma más ocurrente.

Y otros muchos, por supuesto, que quizás solo estuvieran de paso.

Brion Gysin detestaba a Denton Welch.[30] Nunca quiso ver más allá de la petulancia que luciera —esa "afectada insolencia"— que vuelve a sus obras una gran proeza de escapismo.

---

29 *"Few make it back from that track, Jack"*. Tómese Jack por "pelele" y lo anterior como equivalencia de la rima, aunque femenina (y esta última como una torpeza). [N. de T.]

30 Brion Gysin (1916-1986) era pintor y escritor, amante de Burroughs y uno de sus colaboradores en Tánger, París y Nueva York. El escritor inglés Denton Welch (1915-1948) era reconocido por Burroughs como una importante influencia literaria. [N. de E.]

Sí, y para todos nosotros, pertenecientes a la Milicia Shakespeare, escribir es solo eso: no escapar de una realidad, sino de todos sus intentos por *cambiarla*, [y] así conocer nuestros límites como escritores.

Las nimiedades al poder sienten peligro, como vacas que, no muy calmas, pacen al sonido de un alto "Muu".

La canción de lo fugaz,
oída a lo lejos por los oídos de los muertos;
por las viudas de Langley, en quebrantos;
y por las estatuillas de Yale, rotas no por desencantos;
en los atropellos de la Sabiduría
encontrarán, de espada que blandía
—y que ahora ya irreconocible se funde—
la blanca nieve, reflejando las miradas que aburría.[31]

Hm hmm...
mirar la muerte a los ojos,
en la postura predilecta,
enfrentados uno a otro ...
Qui vivra verra.
¿Es la muerte un organismo?

Allá por Tierra del Fuego: infinitas cantidades de Eukodal en un recipiente.

Este horror de las drogas, orquestado por Hearst y su "peligro amarillo", más tarde por Anslinger –gracias a la ley *Harrison Narcotics*– y sus criminales, por obra del Congreso. No pueden compararse el alcohol y los cigarrillos a los narcóticos. ¿Por qué no? Porque el alcohol y el tabaco son legales, eso es todo. Cuánta sandez.

Lo que de veras no entienden es la *división*, el *estar poseído*: o quizás lo entienden demasiado bien, y por eso no [lo] someten a examen.

---

31 *The song of the quick / that is heard by the ears of the dead / the widows of Langley are loud in their wail / and the idols are broken in the temples of Yale / for the might of the Board / unsmote by the sword / has melted like snow / in the glance of the bored.* [N. de T.]

Díganle a cualquier feminista que disparé estando poseído y gritará en respuesta:

"¡Mentira! Nada de excusas. ÉL lo hizo".

Toda esa opereta de la hembra que atrae al pez macho para succionarlo, quitándole su virilidad, sus testículos, y en fin, el cuerpo entero.

Todo de mí
por qué no tomar
todo de mí
para volverme
un grandísimo NOSOTROS.
¡Qué grande sería!
Uno solo, yo, muy grueso.
Pero mejor disculpen:
omítanme.

5 de diciembre, 1996. Martes

¿Se imaginan a una mujer bailando sobre una alfombra de rata?[32]

Bueno, fue como si él [lo] bailara presa de una terrible agonía, como si despidiera algún olor, sea el de cangrejos podridos o de la dulce pestilencia de las náuseas y el excremento: y de la muerte.

Después del pinchazo, colapsó sobre la cama y allí se mantuvo inmóvil, pero con algo que le recorría el espinazo de principio a fin: y luego, de las piezas ahora sueltas, emerge una luminosidad del hediondo limo amarillo. El ciempiés se escabulló fuera, con rapidez.

Saqué mi arma de detective privado. Moviéndome con deliberación y velocidad endiabladas, me interné en [la] escena del baile.

"Anímese. Debe matarlo".

Demasiado tarde. Cuando me di la vuelta en dirección a la crisálida vacía que antes fuera el cuerpo de Parker, e incluso mientras miraba, los huesos y la carne ya eran la punta de un bolígrafo disperso por el suelo.

---

32 *"Rug rat"* es una expresión slang peyorativa, de EE. UU., que significa "mocoso/a" [N. del T.]

Aquí está: pónganlo en la cama.

Así fue.

8 de diciembre, 1996. Domingo

Soñé anoche que estaba en un cubículo lleno de mosquitos. (Según las noticias del 26 de noviembre de 1996: los sueños con insectos casi siempre preceden una enfermedad terminal. Recuerdo uno, también reciente, con moscas que picaban...)

Tomé el tren a Manhattan. Me bajé en la calle número diez. De aquí, ¿adónde ir?

9 de diciembre, 1986 –o, mejor dicho– 1996

Revisé esta fecha, diez años atrás.

En el sueño de Paul veíamos un *posible* escenario, muy grotescamente indicado: voces en lenguas conocidas y desconocidas, de pronto calladas por un viejo con un gato. Tiene aspecto de fines del diecinueve:

"¿Es el fin, Holmes?"

"Lo lamentamos señor, pero sí. Tratamos de poner un aviso y nadie *pudo* creerlo. En el fondo, digo, nunca estuvo *diseñado* para sonar verosímil".

"¿Qué propone hacer, Holmes?"

"Nada en absoluto, Watson. El tiempo de obrar acabó".

Volviendo al 17 de septiembre de 1996:

Pisa su modesto balcón. En el cielo, los ricos y poderosos de esta tierra se arrodillan ante él, en ofrecimiento eterno.

"¿Y por qué no le pides ayuda a tu madre?", gruñó al micrófono para que todos oyeran.

La muchedumbre da un retorcido paso hacia adelante, con las manos en alto [en posición de súplica].

"*Imploramos...*".

"Qué desagrables ardides", en palabras de un trovador inmortal.

¡Miedo! ¿A qué se atiene? ¿Qué toma como objeto? ¿Lo desconocido?

Por supuesto que no. Solo lo apenas conocido, aquello que "no se conoce bien". ¿Y qué es eso?

¿El nenúfar? ¿Un jeroglífico para el signo de interrogación?

Sombreros en peligro de extinción, sobre cabezas femeninas, ventilan los rumbos de la moda inmediata. Las colas de los vestidos de bodas, en cócteles y *vernissages*, se arrastran cada vez más rápido.

"¡Fuera del camino! ¡Fuera del camino!" Tiemblan las casas suburbanas, luego se inclinan y se desmoronan.

El presente me muestra la impresión de estar fuera del asunto, sin raíces, moviéndome –(llamaron preguntando por Jim Patterson. Jim equivocado. ¿McCrary?[33] No, lo siento)– moviéndome, ¿a dónde?

Mutie extiende su patita como si quisiera detenerme. Ahora ronronea a mis pies. Se comió el alimento que era para Ginger.

Una rasgadura súbita se abrió en el cielo, las nubes empujaron hacia atrás: el hueco es más "real" que el cielo.

11 de diciembre, 1996

Dejo que la diminuta protuberancia en mi cabeza descanse. Es una inoperable y benigna inexistencia. Que así permanezca. Si la suave máquina funciona, que no se repare. Si funciona, que no haya arreglos.

Palabras bajo palabras, burbujeadas por un eructo de turba:

"¡Aquí –aquí están ellos–! ¡Empiecen! ¡Al ataque, al ataque!

Allí mismo se acobardó, refocilándose de la afrenta.

12 de diciembre, 1996

Historia de un adicto rico.

Yo [fui] descrito por un crítico bobo como el más rico de los exadictos. Si $1.500 en [el] banco y ningún otro ingreso me convierten en el más rico...

---

33 James McCrary fue amigo y compañero de Burroughs a partir del año 1991. Es el administrador general de William Burroughs Communications, en Lawrence. [N. de E.]

Hubiera sido yo rico si mi padre conservaba los fondos Burroughs (hablamos de diez millones $$, aquí), y en tal caso *Naked Lunch* jamás se habría escrito, ni ninguna otra obra comparable.

Preséntenme a un buen escritor que sea rico solo por herencia. En Francia, algunos interesantes escritores, como Gide, son *bien habidos*, pero no estratosféricamente ricos.

Los millones ($$) pertenecen a los clubes selectos. El personal tiene que asegurarse de que [el] ofertante no haga nada contradictorio con su dinero. Cualquier cosa creativa no será presupuestada, ni tampoco tolerada.

Como, por ejemplo, cuánto yo haría con el dinero siendo presidente. Jamás lo sería. Para el puesto, verán, hay que calificar. De la misma forma ocurrió con el Pez $ Gordo. Quiero decir, alguien que cuente con influencia política. Empresas químicas comprando derivados de apomorfina, imprentas que dirijan periódicos, *esa* clase de dinero.

No hay forma de que *esos* grandes $$ se consigan sin rapaces acuerdos. Sin los $$, todo candidato será solo un "excéntrico".

Adorable, por supuesto.

13 de diciembre, 1996

Mañana es el cumpleaños de James.[34]

La pasada noche, unas insensateces eróticas no vinieron al caso: entre ellas, sueños de Mickey Portman,[35] muerto hace años.

Y así: "pagué tanto por eso, Mickey, que yo pretendo darle uso".

Tuve que ser muy severo con Mickey. Casi que nevaba del frío en esa ventosa noche de Londres: y todo para tener ese *tanto* de esa arpía, con insectos que le escapaban de los pies.

Ella dijo: "cucarachas inyectables aquí tengo", un trato nítido.

---

34 James Grauerholz, compañero de Burroughs desde 1974 hasta su muerte. Es su albacea testamentario. [N. de E.]

35 Michael Portman (¿1945?-1983). Admirador de Burroughs en Londres. Se hicieron muy amigos en 1960. [N. de E.]

14 de diciembre, 1996. Cumpleaños de James

La historia de la familia Burroughs.[36] Vaga, de poco reputados fantasmas, de solícitas cartas que entran por la ventana, provenientes de familiares remotos:

"Fue siempre muy bueno conmigo, excepto cuando [bebía]".

Para aclarar las cosas: William Seward Burroughs creó las primeras calculadoras, las máquinas de sumar. Murió en Citronelle, Alabama, de tuberculosis, a la edad de 41 años. Dejó cuatro herederos: Horace, Mortimer, Jennie y Helen.

Los acreedores tuvieron la última palabra: "salden las cuentas con la familia, $100.000 para cada uno". Era mucho por entonces, cuando un valioso metal valía un almuerzo invaluable, metales con más valor que el cadáver.

Por insistencia de mi madre, mi padre retuvo algunos de los fondos Burroughs. Compró, con lo que sobrara, la fábrica Burroughs Glass Co.

Hechos. Algunos detalles vienen a la mente, en particular de mi madre. Papá había matado a un chico de color, muchos años atrás. Entra a una habitación oscura y allí lo recibe el hermano Horace con garras en vez de uñas.

Mamá sobre Horace:

"cuando entró a la habitación fue como si algo la deshabitara".

¿Se mató, él, después de romper las ventanas, cortándose las muñecas con los fragmentos de vidrio? No creo que lo hiciera por adicto.

Aquí Horace:

"Él no fue, Bill. Me han matado. Como te imaginarás, fueron ellos".

"¿Por qué? ¿Y qué hay de Helen? Horace: pase, por favor".

¿Efectivamente pasó? No sé, fue hace mucho tiempo.

---

36 El padre de Burroughs, Mortimer Perry Burroughs, era apenas un adolescente cuando William Seward Burroughs I murió, en 1898. Retuvo gran parte o casi toda la herencia de la Burroughs Company. Aparentemente, Mortimer usó los últimos fondos justo antes de que, en 1929, el mercado se declarara en crisis financiera. [N. de E.]

Yagé mucho da[37]

Ve un zorro.

"¿Por qué no?"

No recuerdo los sueños de anoche.

Si tienes droga,

tienes esperanza.

Solo deja que tu mano se adueñe de la situación y...

"Fácil, en cualquier farmacia. Acérquese al mostrador, sacuda los billetes y listo, morfina en mano, desde luego con la jeringa".

La primera inyección intravenosa fue un accidente.

"¿Quién te cortó, Horace?"

Él no era gran cosa pero siempre estuvo allí, y ese es básicamente el secreto: *solo estar allí*. No se cortó las muñecas.

Imágenes confusas —ejércitos ignorantes combaten por la noche—.

"Esto se está volviendo demasiado tedioso".

Horace tiene un temperamento muy propio de los ingleses de clase baja: frugal y descarado. Pero no mentía cuando dijo que le dieron muerte...

"Tú, cúbrenos. Yo corro. Mantengamos las apariencias". El hombre estaba deprimido y... (llenen los espacios en blanco).

Sí, imagino que sí.

¿Qué pudo haberlo hecho?

Bueno, lo que se presentara.

La habitación jamás pudo ser alquilada de nuevo. Los inquilinos la abandonaban noche tras noche, quejándose de que, en sueños, los fragmentos de vidrio eran cada vez más reales y afilados.

Aun así era tan extraño...

¿Que qué? Artículalo de una buena vez.

¿Cuántas especies se han extinto ya? ¿Y por qué?

Me dicen que cerca de medio millón. Algo excesivamente triste para una última línea.

---

37 Incantación recitada por el brujo mientras prepara el brebaje. [N. de E.] (en castellano en el original.)

15 de diciembre, 1996. Domingo

Extrañar a un gato es extrañar a *tu* gato, extrañar parte de *uno mismo*.

Duele físicamente, como un miembro amputado. Allá arriba, en el sofá, o allá abajo, cerca del lavabo, ella comía siempre. Duele.

Como Wordsworth, ese viejo pederasta, dijo alguna vez:

"Ella murió y me dejó
este bosque, esta calma, esta escena muda.
La memoria de lo que ha sido,
y nunca más será".[38]

Muchas disciplinas espirituales establecen la obtención del silencio como único requisito para la madurez. Borren la palabra. Castaneda, en *The Teachings of Don Juan*, señala la necesidad de suspender el monólogo interno —borren la palabra— y da indicaciones precisas para alcanzar el mutismo.

Borren las palabras —cómicas por donde se las mire, Leslie—.

Alan, ¿me oyes?

Sí, *William*.

Entienda —el sueño—. No se rinda. ¡Es una trampa!

Me aventuré bajo la munición que, onírica, caía. No lo mataron. Ya dejé en claro mi postura al respecto. Esos problemas personales son estratosféricos, olvídense.

Toda organización adquiere sus epítetos. Feministas: justicieras por cuenta propia —capaces de creer cualquier mentira que se les diga, sin sentido del humor— y sin honor ni mínima decencia o dignidad en su trato con el "sexo opuesto". Aburridísimas.

Ahora el macho —un John Wayne de mandíbula cuadrada, bigotudo, estúpido, poco sensible—.

En cuanto se ganan las acusaciones, nacen los estereotipos.

---

38 *She died and left to me / this heath this calm this quiet scene / The memory of what has been / and never more will be.* [N. de T.]

16 de diciembre, 1996

Acusan a los científicos de ser dignos. ¿A nadie se le ocurrió pensar que algunos fenómenos son *irrepetibles*? ¿O que, en su defecto, ocurren con ciertos *lapsos temporales*? Un martes y otro no, etcétera.

Y tienen insaciable apetito por la información: "¡más información!" –gritan–, "y nada anecdótico sucede". (Este puede ser el único aporte en muchos de estos casos.)

"¡No es concluyente!"

¿Algo alguna vez lo es?

16 de diciembre, 1996

Lectura contable por colonos del año 1879. Hospitalaria:

"¡Ate su caballo y véngase!"

Siempre llevo mi propia bota de whisky para amenizar las jornadas. ¿Quién diría que no a un vaso de whisky? Jamás ellos.

Por supuesto, el perro anunció mi llegada. Es la principal función que cumplen los perros desde sus orígenes.

"Paga la mano de cartas a \$15. Y \$5 a mí, por una estadía o un desayuno ocasional".

Aquellos eran los días.

Soñé la otra noche. John –nada de sexo– bebía agua. Caminaba por el bauprés de un navío, que a veces se hundía en el agua por peso.

Siempre estos sueños: aguas sucias, claras, azules, nítidamente azules.

17 de diciembre, 1996. Martes

Un desánimo puro y gélido. Se desintegra como nieve en la hierba y como canas en las patillas de los caballeros.

Nubarrones, ramas ennegrecidas, olas de contramarea, hojas, y luego:

"Estoy naufragando".

–Me dije a "mí" mismo–.

"La navaja de afeitar está dentro, señor. Gire usted la manivela".

Eso hice, para filtrar todo fluido oceánico y decir: "Qué más da".

Luego volví para reírme como un niño que monta, en el pueblo, al pony fantasma: reírse no es de este mundo.

(La historia entera es una de las mejores de su género, como *Radiant Boys*.)

Odio a los mentirosos
prendería fuego a uno, odioso,
por perjurios al universo.
Dale la vuelta al mundo
y lo peor será que, para ellos,
las buenas partes, mejor vistas,
por las mejores partes son decapitadas
y escupidas.[39]

20 de diciembre, 1996

"Estoy enfurecido" (Una columna al estilo Ed Anger):[40]

Los viles pobladores y las ovejas acabaron con el lobo marsupial.

Los colonos necesitan alimañas como los cultistas enemigos: son [de veras] inmutables a los hechos.

"Los coyotes diezmaron los corderos, los borregos".

Pura bazofia, ni que decir tiene.

Maté todos los lobos y linces, por eso los ciervos pastaron de más y murieron de inanición.

Traté de conducirlos hacia el sentido común, los miré a la cara:

"¿cómo supieron que era un lobo?"

"Me doy cuenta. Se huele, y lo huelo en ti".

"Mataba nuestro ganado".

---

39 *I hate a liar / I'd set one on fire / they perjudice the universe / turn everything around / till the worst is / applauded as the best and / the best kicked into the gutter / and spit on.* [N. de T.]

40 Burroughs leía a menudo el *Weekly World News* para entretenerse. Ed Anger era un columnista del *News* que destacaba por su ofuscado malhumor. [N. de E.]

"No, no lo hacía. ¿A cuántos perros salvajes han matado?"

"No a tantos".

"Efectivamente".

Satisfagan su maligno fervor por la matanza: los ganaderos necesitan alimañas como los cultistas enemigos.

Las camionetas descargan babeantes y viciosos perros:

"suéltenlos, que maten y maten".

Ahora sueño que escupo semillas de marihuana al suelo y que las enmarco en una pared que las vería florecer.

21 de diciembre, 1996

Qué tonto fui: el héroe de un romancero equívoco, librando una guerra contra alienígenas que nadie conocía (excepto los soldados), y de los que nadie ha oído hablar o siquiera creer que existen. Y una guerra, que, "nosotros" aparentemente perdimos.

En un sueño un viejo vagabundo me decía:

"*¡Perdimos!*".

Recuerden David Edge entre los británicos, quien me adivirtió acerca de las inconveniencias con la CIA:

"Te ordenan que hagas cosas que ellos temen hacer, y *luego* se ríen de que las hayas cumplido".

Recuerden la (ingrésese el acrónimo T. P.)[41] la trampa matamoscas en que caí. De la música estaba a cargo Paul Bowles. Christopher Wanklyn también estaba. Sentía que la embarcación se hundía, con todos sus tripulantes, debajo de mí. Volví a mis cabales por inusitadas frecuencias musicales.

Paul le dijo a Christopher:

"temía que regresaras a la superficie".

"¿De la embarcación?"

"No, del mundo entero".

Fantasías paranoicas. Muy reales por entonces, *y solo en* retrospectiva.

---

41 T. P. es Tom Peschio. [N. de E.]

No, no alucinaba. "Ellos" pensarían que soy, como dice Laurie Anderson:

"LO QUE ELLOS SON".

Viejas e infelices batallas ya muy dejadas de lado.

 Pero las cicatrices aún persisten.

O a la inversa:

"Los llevaré, señor, a la habitación de los cuadros", dijo el mayordomo.

"Sí, por favor, condúzcame", dijo el bachiller.

"No sea majadero y no me apesure, señor", dijo el mayordomo.

"No sea majadero", prorrumpió el bachiller, ¿señor?

"Pido disculpas, mi excelentísimo y arrastrado..." –y después de una larga pausa–: "Señor".

22 de diciembre, 1996. Domingo

Domingo nuboso. Anoche no hubo desayuno en la Tierra de los Muertos. Dave y Sue[42] estaban en un cuarto de hotel, o algo así, cuando pude ver el reloj: 7.20 a. m.

Bajo. Una habitación con una larga mesa y una fotografía de unos indistinguibles alimentos: ¿carne? Algo vagamente rojo. En la pared de atrás, a media altura, hay una entrada, que presumo de la cocina.

De repente cuatro gatos rayados aparecen. Veo a un negro con ajustado cuello de almidón. Sus facciones parecen talladas en cerámica. Lo alenté para que sirviera el desayuno. No hubo respuesta.

Paul Bowles:

"Perturbé a un ciempiés muy cabrón".

"No lo mates".

"Alguien debería".

¿Y por qué no? A mí parecer, son las criaturas más abominables de todas.

---

42 David Ohle y Susan Brosseau fueron amigos de Burroughs en Lawrence, desde principios de los 90. David y Wayne Propst hacían visitas semanales a su casa, los jueves. [N. de E.]

¿Qué abyecto malentendido dio paso en la creación del ciempiés?
¡¡Es horrible!! Mátenlos. Con cualquier otro [animal] diría que no
lo hicieran: serpientes, lagartos, cualquier forma viviente con algo
más de decencia. Pero este pequeño error de Dios no es una forma
decente, y se abalanza sin timidez.

Sal de mi bar, rápido, ¡no me gustan los ciempiés!

Solo una hipótesis: el ciempiés proviene de un fogoso *impasse*. El
escorpión se arrastra del frío.

La verdad es que, bueno, un hombre debe jugar las cartas que le
tocan,

¿y quién las reparte?

Hacer[le] la vida tan difícil al croupier como se pueda.

Remplazan al croupier: suyas son las voluntades del viento.

Papá Hemingway alguna vez lo dijo:

"ya no vienen como antes".

El crédito del banco se terminó, papá: tus días están contados.

El suicidio nunca es bueno.

"Oh hermanos míos, es uno de los ovinos más cobardes".

¿Cómo te va, Burgess?

Un escritor debería reconocer la influencia que ejerce sobre sus fans
mundiales y conducirlos al soplo de un abanico.[43]

Esta malvada guerra contra las drogas es uno de esos factores.
Para marcar: es RUIN y nada buena para nadie.

El *Homo* (experimental) *Sapiens* puede crear cosas de valor. Pero
no está aquí para eso, sino para exterminar.

Porque disparé a un camarada dormido

con novecientas balas del panal,

y eso para desgracia del enjambre.

Ahora dieron las señales de alto gracias a un dispositivo que co-
nectaron al suelo.

---

43 Polisemia irreproducible entre el sustantivo fans y el verbo to fan, ventilar: *"a writer should
feel his way into all his fans everywhere, and fan them to action"*. [N. de T.]

"Son pequeños trucos, imperceptibles para los divinos cielos, los que hacen llorar a los ángeles".

Cuando las ballenas, las morsas y los elefantes no contienen sus lágrimas, yo no puedo sofocar mi ira pecadora.

Siempre el capote al ras del suelo: ¡olé! ¡Toro! Y el toro carga una y otra vez.

Suéltenlo, como los hombres que, llevados por los cordeles de los globos, no pudieron aflojarse a tiempo.

Hermanos y hermanas, este sermón será pronunciado en virtud de quienes logren desatarse a tiempo. Lo cual también implica desprenderse de todos sus desafortunados cuerpos. Demasiado tarde. A cien metros del suelo, flotan en el aire.

Hermanos y hermanas, despréndanse mientras queden unos [mili]segundos de tiempo.

¿Puede un [mili]segundo cobrar una forma tridimensional?

Un chico deseó ver a su hermano muerto y a su padre en el paquete.

Cuando este deseo emergió en el "repaso de su vida", dijo:

"Hubiera preferido sacrificar la mía".

Y por supuesto lo dijo en serio, pero no lo *sintió*. Y así, no tuvo siquiera una sombra de perdón.

En completa desesperación se tiró a alguna parte, cuando fue salvado por su amor a los gatos. Ningún cura o psiquiatra habría podido lograrlo. Solo Brion Gysin y: "miau miau miau".

¿Algún comentario final sobre la honestidad?

No de la otra mitad: desparramada como cualquier hombre.

Sí, los hombres en retiro sensorial a veces sentían "que otro cuerpo se desvivía por ellos".

"Y así yo me sentí, desde luego".

Mira bien todo lo que hay disperso. ¿Representan tus mayores intereses?

"Ni mierda, claro que no".

(Úsalo todo y después piérdelo.)

23 de diciembre, 1996

(Un barco en un lago.) Tenía miedo de que se volteara por ir a muy alta velocidad.

Mis sueños son cada vez menos interesantes.

24 de diciembre, 1996

Con dos muchachos. Salto de un precipicio para demostrar que abajo se puede flotar. Primer sueño de "salto al vacío" desde hace mucho. Las cosas empiezan a cobrar cierto nivel de detalle. Unos días atrás, soñé que ayunaba.

En síntesis: ¿cómo descubrir vidas del pasado?

Bueno, escribiendo una biografía. Al igual que si escribiera una bitácora, pero vayamos de a poco:

París 1830 o proximidades, Charles Baudelaire. Todo es transparente e insinuador, desde los olores hasta los gatos, junto con el sabor del opio, que tanto conozco. Yo también tuve sífilis.

El horror. *Je m'y connais*:[44] sé de afecciones y padecimientos. Desde hace rato.

Los restaurantes, los cafés, la comida, la música –*"jets d'eau sveltes parmi les marbres"*– (Verlaine, Rimbaud, se cruzan por vez primera) de un París que recuerda a mingitorio público.

"Simon, aimes-tu le bruit des pas, sur les feuilles mortes?"[45]

Y anotado, en una de las paredes de este mingitorio público:

"J'aime ces types vicieux, qu'ici montrent la bite".

"Me gustan estos tíos viciosos, que andan por aquí mostrando la pija".

---

44 Sé de eso. [N. de T.]

45 *"Jets d'eau sveltes parmi les marbres"* ("Surtidores esbeltos entre los blancos mármoles") es el último verso del poema "Claro de luna", de Paul Verlaine, extraído del opúsculo *Fiestas galantes*. Aquí, entre paréntesis, la traducción al castellano de Manuel Machado. *"Simon, aimes-tu le bruit des pas, sur les feuilles mortes?"* ("Simón, ¿te agrada el ruido de los pasos entre las hojas muertas?") es el estribillo del poema "Las hojas muertas" de Rémy de Gourmont (traducción propia). En el original en francés, Gourmont se dirige en realidad a Simone, es decir, a una mujer, no a un hombre. Es de suponer que Burroughs está confundido al mencionar a Rimbaud en lugar de Gourmont, ya que más adelante rectifica. [N. de T.]

A mí también.

Volviendo a París. ¡Cuánta *pharmacie*![46]

"*Codethyline Houdé?*"

"*Oui, Monsieur*".

Verlaine: "un viejo fauno de terracota, presagiendo sin duda una continuación mala (*une suite mauvaise*) hasta este momento cuya fuga gira al son de las panderetas".

Jamás fui Rey. Un funcionario –como Maquiavelo– sí, pero nunca el Príncipe.

Siempre sentí aversión por ellos. *Son estúpidos.*

Amanuense, sacerdote, consejero y artista, sí.

Muy lejanos quedan los horrores de un pasado que no puedo enfrentar. Por ello comenzaré con las cosas más simples, como París.

Et puis? Ya *Soldiers of Fortune* en 1920 –y antes también– no albergaba pis. *Solo filminas.*

Nada de olores, comida o sentimientos. Ningún arma se dispara de mi mano por casualidad. ¿Y dónde dejé entonces...?

26 de diciembre, 1996

Los principios son de una plácida alegría lírica.

Escena de un sueño, intrincada y de edificios altos: agua, colores y dos hombres que hablan. La encontré en Conrad, en la banal reflexión de Almayer acerca de las condiciones insalubres en la margen este del río.

Yo estoy aquí. El agua lodosa discurre –con frecuencia la alegría solo dura unos segundos–.

Cuando la gente parlotea sobre la "felicidad", como algún médium, uno se rodea de estas necedades y no quiere saber nada de nadie. El arquetípico cebo para distraídos.

---

46 Farmacia. En francés en el original. Burroughs alude a la facilidad con la que se conseguían drogas en París, ya que la etilmorfina *(codethyline)* es un potente y adictivo analgésico opioide. Houdé es el nombre de la marca. [N. de T.]

Greene (o "*Greeve*"),[47] en *The Heart of the Matter*, lista tres [*sic*] arquetipos de la felicidad:

1) Los inadvertidos. Por necios. Nunca verán otra cosa –algunos con ínsulas y montañas de $$$–.

2) Los groseros. Malvados, de difícil trato, como Bugsy Siegel: muy satisfecho de sí mismo, con una apariencia horripilante, la fealdad que se abre paso.

"Bugsy!"

Dos sexagenarios de cabelleras voluminosas. Qué arquetipo, qué emulación más lastimera...

Pisa cualquier bar de Chicago. Los tenderos y los demás gritones simularán ser mafiosos. Muéstrenme qué quieren ser y les diré quiénes son: miserables y desgraciados, con trabajos paupérrimos. Siempre, por supuesto, "ligeramente maltratados" por sus superiores.

Especialmente los del servicio postal. Ayer otro contrariado cartero mató a su supervisor –dos disparos en la cabeza–.

(Los supervisores postales [deberían estar] armados en todo momento.)

Sábado 28 de diciembre, 1997[48]

Sueños vagos.

Intenté, tras unos ejercicios, descular a personajes ilustres del pasado. Unos mordiscos; una voz, un tanto autoritaria y petulante, dice:

"sabrás que yo te conduje a esto".

En realidad me instruyó muy poco.

La vieja casa de los Senseney,[49] entre las calles Walton y Pershing.

---

47 Broma del autor que, aun siendo descifrable, presenta dificultades de traducción. El origen de *greeve* –el arcaísmo con el que reemplaza el apellido de Graham Greene– es demasiado vago y propenso a infinitas ramificaciones etimológicas como para aventurar algún equivalente en castellano. "Grebas" puede ser uno, y que respeta, tenue, la cacofonía cuando adjunto a Greene. [N. de T.]

48 1997 en el original, pero obviamente se trata del año 1996. [N. de T.]

49 El doctor Senseney y su familia fueron vecinos de los Burroughs en St. Louis, durante la década de 1920. [N. de E.]

Era la señora Senseney, que me decía:

"aléjate de estas ruinas, son cadáveres andantes".

No es que todos los cadáveres puedan caminar. El de ella, al menos, no.

Y este caminante todavía puede hablar.

(Qué curioso, ella no y este cadáver todavía puede caminar.)

No hay mucha luz, mejor dejémoslo para otro día. Espero, en un pasado, presente o futuro, encontrar algo en esta cursi, snob y cruel...

¡Me acuerdo de cómo se burlaba de esa judía arribista!

"Oh, señora Senseney, nos divertimos tanto en la fiesta de los Wallace".

"Usted fue *muy* afortunada de presenciarla, ¿no?"

El comedor estaba siempre helado y húmedo. El cuarto donde descansaba, y en que elucubraba torturas para las pobres damiselas judías, tuvo siempre olor a muerte.

No sé si tengo imágenes muy claras de esta habitación: había, creo, un kimono azul puesto encima de unas sábanas azules, sobre una cama deshecha.

Hay también algunos recuerdos deshonrosos. Pedazos de algunos vívidos y por fortuna olvidados detalles. La burguesía de St. Louis...

"Tuve una bellísima velada, que la disfrute" –después de tres caudalosos vasos de whisky– "pero los remordimientos me surgen cuando pienso en todas las personas que no tienen para comer". (Eructo discreto.)

El doctor Senseney era un pésimo médico. Casi me mata durante una amigdalectomía, corriendo con una insospechada extracción de adenoides, que conservé en un tarro con formol y dispuse cerca de una roca y un ciempiés de tres centímetros en Valley Ranch,[50] New Mexico, donde tuve un caballo llamado Grant. Un alazán ruano. Y la banda siguió tocando. Y yo que casi me desangro a causa de las ineptas maniobras de un médico...

"Hice *todo lo que pude*", dijo, y claro que no mentía.

---

50 Aunque Burroughs asistiera de septiembre de 1929 a abril de 1931 a la preparatoria de Los Álamos, New Mexico, llamada Los Álamos Ranch School, la mención parece referida a un rancho de New Mexico al que asistía con su madre de joven. [N. de E.]

Pero vengo de genes fuertes y puedo sobrevivir las ineptitudes de un hedonista cambia casacas (una especie de vejiga gigante con una cara en medio).

Corté su garganta con mi cuchillo de explorador y lo arrastré por la cuadra.

"Abusó de mí", grité en llanto.

Y claro que no era mentira, como sus historias con esa hada francesa que traía ocasionalmente a su madriguera. Llovía y helaba:

"Luego lo noqueé de un puñetazo en el abdomen y cerré la puerta". Claro que abusaba de mí.

"Si algún hijo, o cualquier amigo mío, se hiciera marica, lo mataría con mis propias manos".

A esta altura me sentí agredido y no pude contenerme. Lo pateé en los testículos y puse mi navaja en su garganta. Lo único que él pudo hacer fue cacarear como un gallo destripado.

¿Por qué seguir así todo el día? Demasiado karma negativo.

¿29? ¿30? de diciembre, 1996

Me quedé encerrado fuera del apartamento. El portero con la llave maestra era Cabell Hardy,[51] en el tercer piso.

(Encontré su carta hoy y respondí de inmediato. Debería haberlo hecho antes, pero no tuve registro de ello. Los sueños me lo señalaron: *gracias* Allah.)

Un pequeño restaurante con una única mesera. Mi arma no estaba muy tranquila con su presencia, porque también había dos policías allí (como en México). Uno con labio leporino, al estilo del Al Capone en el Beat Hotel[52] (la nostalgia me invade: el restaurant del Bellas Artes, el Balkan, la habitación de Brion).

---

51 Cabell Lee Hardy fue un compañero de Burroughs en Boulder, Colorado, a fines de los 70. Posteriormente siguieron siendo amigos. [N. de E.]

52 El Beat Hotel, en *9 rue Git-le-Coeur*, en el Bario Latino de París, fue la residencia donde Burroughs, Gysin y muchos otros pintores y escritores se reunieron desde tardíos años 50 hasta principios del 60. [N. de E.]

No parecen estar muy seguros de si van, o no, a arrestarme.

Afuera hay un muelle (no muy largo y en ruinas) con agua de un azul purísimo. Hay peces allí abajo.

Leyendo un artículo del *New Yorker* sobre Hiroshima:

"Alguna vez, como todo el mundo, creí que la bomba terminaría con la guerra para salvar muchas vidas".

Exclúyanme del dudoso "como todo el mundo". La guerra ya estaba ganada. Japón imploraba condiciones de paz por intermedio de Suecia. Resulta obvio que los oficiales norteamericanos son tan repulsivos como sanos y decentes.

Verán, necesitaban un blanco "virgen". Sangre suficiente para satisfacer la sed sanguinaria de muchos.

"Gracias a Dios que no se trató de un mal cálculo", dijo Oppenheimer.[53]

"Nos convertiremos en [la parca] los destructores del mundo".

"La mejor puntería que he visto en toda la guerra", dijo el coronel Paul Tibbets, piloto del (ébola) *Enola Gay*, el bombadero a cargo.

"Quedó grabada en hollín la figura de un japonés sobre las escalinatas de un banco que nunca abrió".

"El reloj se detuvo a las 8.15 h de la mañana".

Se pone peor y peor. Los norteamericanos se vuelven cada vez más feos, hasta que no haya imagen posible de su fealdad.

¿Y cuál es el punto final? ¿Un grandísimo y último denuesto?

Ah, por supuesto, eres una mujer: entiendo cómo te sientes. Yo soy hombre de mundo, mi pequeña y entrañable costilla.[54]

30 de diciembre, 1996

Leyendo en el *New Yorker* del 31 de julio de 1995 un reporte sobre las "tempestades de fuegos" ocasionadas en Hamburgo por los bombar-

---

53 J. Robert Oppenheimer, en realidad, citó textualmente un verso del *Bhagavad Gita*. "Me he convertido en la Muerte, el destructor de los mundos". [N. de E.]

54 En referencia a la leyenda bíblica según la cual la mujer habría nacido de la costilla de Adán. [N. de T.]

deos de los Aliados. (No necesitan una bomba atómica.) Luego Dresde, para quebrantar la moral alemana. El resultado fue el segundo bombardeo más famoso de la historia. Como dije, los dirigentes de Estados Unidos e Inglaterra fueron los más repulsivos sobre la Tierra.

¿Y qué queda en nuestras mentes? Poco de valor para mí o para con quienes me relacione. "Todas mis relaciones", como dicen los indios. Como aquellos de la redada antinarcóticos en Malasia, que dicen: "los narcotraficantes no son humanos para él".

Y él –Mohathir Mohamed, Primer ministro– no es humano para mí. Lo maldigo con todo mi corazón. No hay nada que sienta a favor mío en quererlo, ni mucho menos a favor de él.

Lo mismo vale para los empresarios del bombardeo.

Y así, mientras se cierra este infame capítulo en la historia de los Estados Unidos, Clinton cacareó que [en] las cortes de Arizona y California [están] casi legalizando la marihuana para consumo médico y/o medicinal...

Para remarcar: es una droga ILEGAL, usada –sin lugar a dudas– para los propósitos ilegales de algunos.

Martes, 31 de diciembre, 1996

Encenderé mi auto.

¿Sabes...

Si...?

Luego sentí el toque de un poder supremo y me volví morfinómano. Lo mejor que jamás haya hecho. Sin esta cura, por Dios creada, a la enfermedad,[55] habría acabado como uno de esos "grandes novelistas norteamericanos" [arquetipo] que responden cartas y que nunca dejan de arrastrarse por el suelo, o de hacer carrera académica como alcohólicos.

"¿Mantendrá la compostura y su cargo en la universidad? ¿Se separará de la amante después de diez años?"

---

55 Locución de difícil equivalencia en el idioma. *"God's Own Medicine"*, "la propia cura de Dios" contra la enfermedad. El valor antinómico de la frase se presta a demasiadas confusiones como para, en castellano, traducirlo a un estilo directo. [N. de T.]

Es el melodrama de una sopa ya rancia, y gracias a mis hábitos de consumo no tuve que beber de ella.

"¿Conseguirá la tenencia? ¿El banco aprobará su solicitud para una segunda hipoteca? ¿Se le insinuará (con cierto riesgo) al joven Prescott, incluso cuando ello vaya en contra de su naturaleza?"

Escribirá la gran novela norteamericana algún día, con una tan "alta seriedad", que hará y provocará millones de preguntas al mismo tiempo.

En jeroglíficos egipcios la idea de una "pregunta" no era otra que la imagen del agua y plantas acuáticas.

El toque (elemental) de la cura por Dios propuesta a la enfermedad, me ha llevado a ser *adicto* [a] *The Naked Lunch* y a encontrar mi pasatiempo: quiero decir, por supuesto, mi *vocación*. Un lugar en este mundo. *Mi* lugar en el mundo: y me abrió los ojos frente a lo ruin que repta detrás de la guerra contra las drogas. Las drogas *ilegales*. No de cualquier tipo. Cuando una droga se vuelve *ilegal*, adquiere el sulfuroso brillo de las profundidades del infierno.

Y así, gracias al consumo, ganó también prestigio mi imagen: y con ella, la consideración que de mí se tenía.

Soy un descarado ícono cultural. Defiendo la verdad. Detesto a los mentirosos.

Provengo del Gato Blanco, un familiar instruído bajo la estela lunar en que toda intriga, de patrañas a embustes, es llevada a la luz del Gato Cazador. No vende su lealtad. Cae desde la azotea. No se asusta. Se desplaza como la luz. El miedo *es* perfidia. Con honra portamos las insignias del Gato Cazador.

A qué me refiero con verdad: lo que queda cuando la farsa es desenmascarada. Cuando no queda nadie y todos se van.

Y después de todo, lo que permanece es la VERDAD *y* sus consecuencias.

"No quise decir...".

"Y yo, opinionado como soy, ¿que podría pasarme si lo pierdo?"

Mejor no. Son estos muy insospechados ardides.

"Ha pasado. Lo has perdido".

La suerte del mentiroso ha llegado a su fin.

La verdad queda cuando las palabras se borran. Las palabras se crearon para mentir.

("Debo irme, mi mujer y yo nos reiremos mucho de lo que acaba de suceder".)

Cualquier cosa que saliera de esto aquí queda.

Ahora, hermanos y hermanas, el camino no tiene por qué mostrarse rápido o fácil. Cuando te consideres un gran cavador de oficio, otros tres espeleólogos se te habrán adelantado. Es una práctica maldecida por la repetición de cada hora, cada minuto, cada segundo.

Sigan el rastro de aquellas mentiras. En algún momento el Gato Blanco parará para descansar. El Gato Cazador.

Estamos —y con "estamos" me refiero a [nosotros]—, cansados ya de tanta mentira y tanta patraña.

Clinton —¡qué número equivocado has probado ser!— quien ganó por amplio margen —mejor que Dole— dice:

"Jamás existirán prescripciones médicas para cosas como la marihuana, ni para cualquiera de sus posibles usos".

Una droga ilegal es forzosamente ilegal.

Todo este fraude freudiano fue bien visto por los cómodos sectores que [advirtieron] y co[publicitaron] ejecutivos, sabiendo que solo se componían de mentiras. Y ellos, boba (vivamente) pensaron que algún Yid de Frankfurt vendría a desenredar los problemas.

(Dispárale a un pequeño gobernante y verás que el enredo tampoco fue gran cosa.)

Recuerdo a Phil White diciendo, acerca del consumo de opiáceos:

"lo peor que puede pasarle a un hombre".

O, inversamente, habría dicho:

"si Dios creó algo más efectivo, hubiera optado por conservarlo".

Toma N° 2:

Jamás lamenté el consumo. A todos los mentirosos que han venido a predicar el mal de las drogas les he dicho: "un pretexto inane para un Estado policía", y así como lo escuchaban se iban rápido, por pavura a ser convencidos, gracias a la ruin disertación.

Los predicadores de la verdad vemos lo ruin donde los últimos lo perciben y ven.

"Cuanto hable es una mujer".

Vieja, muy vieja canción.

Cualquier grupo −negro, judío, mujer, ario, moro, chino− que quiera distinguirse como *superior* terminará pareciéndose a antipáticos (comunistas) y a tiranos (ateos.)

Cualquiera de estos grupos divulgará libelos como esquiroles −"¡rompemos con ellas, en contra y adentro!"− y serán un "maligno incordio".

¿Quién puede probar que mi pasatiempo en Tánger no fuera el abuso de menores?

Tienen los rudimentos de la gran mentira, pero muy alejados sus radares.

No es la verdad la que duele, sino la mentira descarada.

Si un hombre pasa años escribiendo un libro, tal como si redactara una sinfonía, alguno dice:

"Esta mal pergeñada novela, con evidencia superpuesta a último minuto, no pretende ser vista ni por el más esforzado crítico".

Esos comentarios sacan a un escritor de sus casillas. "¿Por qué pasé siete años en [este] libro...

superpuesto".

Miren contra qué combatimos: mentirosos sin integridad o modestia, majaderos, como las personas que cazan ardillas, gatos, monstruos de Gila (cualquier especie en extinción) o destrozan manatíes con sus lanchas.

"Ja ja ja".

4 de enero, 1997

Leyendo a Hersey, junto con otros registros de Hiroshima, me enfadé más que Ed Anger en *The [Weekly World] News* de nuevo.

Ese imbécil, Conant, de Harvard, defiende haber tirado la bomba en su tendencioso artículo sin siquiera mencionar las enfermedades por radiación: "la plaga atómica".

Escena: Conant en la tarima, todo muy riguroso, todo muy, muy Harvard, y luego...

"Señor Conant, ¿usted no mencionó acaso las enfermedades por radiación en su artículo? ¿Era consciente del síndrome cuando escribió el artículo en cuestión?"

En toda la sala, muchas voces:

"sí, era consciente...".

Parece que alguien ha secuestrado la linterna mágica, proyectando quemaduras incurables.

"No, nunca supo nada".

Conant visiblemente retrocede. No está acostumbrado a tales tratos.

"Fue un pequeño artículo, voz baja –difícilmente hubiera creído–"

Una voz del fondo:

"difícilmente lo *hubiera esperado...*".

Agudas, estridentes voces:

"¿y nunca supo nada de los sabidos intentos de tregua por parte de Japón?"

"No sabía nada... fue obediente, cumplió con las órdenes en el momento justo".

"Obediente...".

"Cumplió las órdenes...".

Estas voces corrieron por toda la audiencia, irrumpiendo como una bomba en tonalidades de sonido, más de quinientas grabadoras y más de quinientas voces:

"¡Váyase, váyase!"

"Mentiroso, ¡hijo de puta!"

"¡Salga rodando del escenario, que aquí usted no es bienvenido!"

"Buu, buu (chiflidos y chiflidos)".

Vanos intentos por restaurar el orden. Conant fue escoltado por la seguridad del lugar, cubierto íntegramente de huevos y tomates: en estadio próximo al desmayo.

7 de enero, 1997

Memorias: lo que nunca quisiera que alguien sepa.

"Mi pasado fue un río maligno –*un fleuve maudit*–".

Sin compostura, ¿quién puede desear a un desempleado profesor de literatura creativa?

Escriban: la ley es el amor.

De forma más concreta: un *sentimiento* por algo.

Par exemple, no siento nada por el ciempiés. Por un gato abandonado sí, y mucho.

¿De dónde proviene el ciempiés?

¿Qué traición al género humano pudo conducir que al ciempiés se lo alimentara de pequeños ratones en su terrario?

El ciempiés: viene de calurosos recovecos, del infernal sitio que lo engendró... los HORNOS, los hornos, los hoooornos...

Bueno, mejor olvidémos[lo,] que a nadie le importa.

Como dijo Sri Aurobindo: "todo ha terminado".

8 de enero, 1997. Miércoles

Otro sueño en el que pasaba por la aduana con drogas y armas. Innegable miedo al arresto y al encarcelamiento.

Camino entre estatuas de mármol mutiladas: un dedo por aquí, un pene por allá.

Espero mañana estar en un hotel decente o de lujo, *no* en una celda.

Siento un nuevo y especial apego por el *combate*: ¡levántate y pelea, o muere!

Un malparido de la índole haz-lo-que-te-digo ordena:

"El cannabis es perjudicial".

Saca a un especialista albano de la manga:

"Sí, nosotros consideramos el uso de esta *droga ilegal* como una irrefutable prueba de insania".

10 de enero, 1997. Viernes

EL GATO BLANCO

Publicidad, [Lawrence] *J[ournal] World*:

"Disponible para buenos dueños. Gato blanco. 2530 Rosebud Lane. Marque 555-0676".

Llamé. Fui. Domingo 3 p. m. Mujer (¿Sally?) muy agradable, con aspecto oriental.

Precioso gato. Lo llevé a casa. Lo encerré en el cuarto de invitados. El gato –Marigay, que significa gato blanco en sánscrito– maulló y se tiró contra la puerta.

Hoy –viernes, ¿9 o 10 de enero?– Roger Holden[56] se ofreció a llevárselo. Pasará el fin de semana por Bradley, hospital para animales.

No pude aguantar dos días más (anoche no dormí).

¿Por qué estoy tan enojado? No lo sé. Oyendo sus maullidos, una súbita tristeza me invadió, [una] que nunca había sentido. ¿Por qué?

Asistentes directivos, jefes, dictadores y banqueros se arrastran bajo sus escritorios gritando:

"¡El Gato Blanco! ¡El Gato Blanco!"

Viejas vidas de ningún lado y antigua citas de alguna parte.

El Gato Blanco: bajo su estela lunar toda cosa oculta queda expuesta. Es un "rastreador", caza siguiendo las huellas o los aromas.

En todo el mundo millones de gatos piden entrar o salir de los interiores, maullando hasta que finalmente se rinden, y en esos momentos yo concilio mis horas de sueño.

Y ahora que Marigay se ha ido, ¿podré yo hacer caso omiso del resto de los sufrientes, hambrientos y abandonados gatos? No puedo aguantar otra noche más así.

¿Es detective, caza, y sigue bien las huellas?

Nada puede suplantar la agorera sensación de pánico cuando [oyo] esos maullidos, esos secos y angustiantes maullidos, de voluntarioso gato doméstico. ¿Y?

"La blancura del gato".

El Gato Blanco (bajo una mesa del comedor en Algiers, Louisiana, al otro lado del río en New Orleans y entre los árboles).

Es sencillamente un presagio de muerte. ¿La mía? Creo que la de alguien más. Espero que no.

La depresión desvanece con un trago de vodka y nace la esperanza de pasar una buena noche.

---

56 Roger Holden fue un amigo de Burroughs durante los años de Lawrence. [N. de E.]

No estoy yendo al fondo del asunto con el Gato Blanco. Lo veo tan veraz como una imagen 3-D. Amo al gato. Recibo su blanca estela lunar. No esconde mentiras ni pretensiones.

En cuanto a la mentira, elijo pelear.

¡Vamos!

Yo invoco: caravanas de pieles rojas moviéndose hacia adelante con patrones definidos —un huracán asesino,

¡*matar*, *matar*, *matar*!

Como solíamos hacer.

El puro propósito de matar.

¿Y ahora? Terminamos pastando, ¿como viejos caballos, no? ¿Es eso?

Bueno, me tomé una buena patada.

11 de enero, 1997. Sábado

¿Estado de la Unión? Una inconmensurable desdicha. ¡Un millón de dólares destinado a estudios para el uso médico del cannabis!

Puedo ahorrarles la inversión: [alivia] glaucoma, estimula el apetito y elimina náuseas en los últimos estadios de abstinencia por morfina y quimioterapia. Tónico de uso general sin efectos secundarios. Confiable afrodisíaco: si llegara a desearse. No sufra más de una erección a destiempo, ni aun [en] posibles encuentros con la Reina u otros dignatarios.

(Qué manera de sembrar la desgracia en enemigos y diplomáticos, de situarlos en lo más bajo.)

El cannabis bajo control estatal. En definitiva, una ilimitada gama de usos.

Si [el] reporte es favorable [este] será, por supuesto, descartado como pornografía. Un reporte bajo Nixon, quien dijo de Leary que era "el hombre más peligroso de los Estados Unidos" —peligroso para embusteros innatos como Nixon, Bush, Reagan y—

"a menudo el público soñoliento, etcétera, se retira a sus camas".

Y en sueños se mantendrá.

¿Y por qué eran agoreros los presagios sobre el Gato Blanco?

Quizás –en un futuro– por las blancas nieves.

L. Ron Hubbard aparece en un sueño, la cara con un bronceado desparejo. Encabezaremos una contumaz revuelta de Cientología. Está vestido con lo que parecen ser unas prendas deportivas, sin duda náuticas.

Bueno, ¿por qué no le doy fuego? Porque él era humano, pero parece que no tanto:

"Yo no soy de este planeta. Aun así, tengo las mejores intenciones".

Claro, sí, como todos.

"¡Cómo los papeles se dispersan por el aire!"

En ese justo momento, folletos con información sobre el Gato Blanco se deslizaron por la puerta –al mediodía– y ahora, a las 4.50 de la tarde, encuentro los papeles en el piso.

El Gato Blanco está muy mal visto por estos lugares. Algo que está *mal* asoma.

American Narcotics: "mal", dice el doctor Dent. Ruin digo yo.

Y muchos ambiciosos agentes correrán tras él como un perro tras los pájaros, *tras* los gruñidos y *tras* los chillidos.

"¿Estoy en lo *correcto*?"

No creo.

(Jim aquí conmigo.)

¿El asunto a tratar? Plantas acuáticas y agua.

El detective, seguidor de las huellas, de las estelas lunares, de la blanca luz del gato, Depurador de Tinieblas, la noche...

¿Y?

Las evidencias acumuladas caen al Cesto de Residuos. (¿Por qué esta súbita aparición del simbolismo capitalista?)

"¿Es usted William Burroughs, señor?"

–Ridley Pearson, mucho gusto–.

¿Así que dentro del Cesto de Residuos?

Soy el hijo de Sam: Sansón.

12 de enero, 1997. Domingo

Sueño con insectos. De acuerdo con *The News*, suele anticipar una enfermedad terminal.

(*Peut-être... Qui vivra verra.*)

Anoche un *barrio*[57] de podredumbres, de edificaciones con cedro ya talado, abundaba en moscas y cucarachas. Parece que tienen unos "campos" aquí, llamados "los Campos de Mayo". Me dije que quizás podría mudarme con toneles de insecticida y crisantemos.

Noté que el barrio no era grande pero sí muy compacto, y que el aluvión de insectos encuentra provechoso el espacio (debidamente implantados, pero nunca abandonando las inmediaciones).

¿Qué más?

Tuve muchos sueños con moscas que picaban, relacionados con Paul Bowles:

"¡Jamás deberíamos dejar que alguien escapara de este planeta!"

(Paul en estado de colapso.)

"¡Fuera del camino! ¡Fuera del camino! No hay esperanza en absoluto".

Veo la cara de Paul con claridad. Allí afuera nieva. 0° Fahrenheit.

"...y pensar que allá afuera se entumecen de frío los vecindarios y las casillas de correo".

Keats, "La víspera de santa Inés".

"Tendrán ávidas caballerizas que persigan...".

La fantasía de estrellarse contra una barricada. Tuve esa misma fantasía de camino a Kansas, el martes. Estoy un poco nostálgico. Extraño las drogas.

Paul Bowles captó bien la necesidad en *Mr. Young and Mr. Woo*, un relato corto. Usualmente, quien deja de consumir anda más bien distraído, como en *The Man With the Golden Arm* de Algren. Él no sabía nada sobre la abstinencia cuando escribió el libro. Más tarde, me enteré, admitió su escaso conocimiento sobre el tema.

"Un soplón en tiempo debido te salva del chelín urgido:" –rima–.

---

57 Barrio: en castellano en el original. [N. de T.]

¿Y qué tiene para decirme la suburbana Kansas?

Me dice: "¡mata!"

Y así lo veo. Por favor aparten a los muertos de mi vista.

"¡Saca tus muertos del cajón!"

Practica la felación con el chofer.

Luna nueva en el pálido firmamento, como de acerada partícula de clavo. El ínfimo resplandor de una luna en el registro azul del cielo.

¿Por qué? Como nunca antes.

Donde todo estuvo...

San Patricio:

"Vi el cuarto menguante con la luna nueva en mis ojos".

¿Qué es lo que brilla en los ojos de todo ateo cuando dice: "y al morir, estaré bien muerto"? ¿La posibilidad de una exaltada queja?

13 de enero, 1997. Lunes

Había un enorme insecto bajo mis sábanas: una tarántula –o un escorpión– que después de tender la cama no pude encontrar.

Sigo nostálgico. Busco algo de codeína. Cualquier cosa viene bien ya.

Hablando con mi madre por teléfono.

¿Siempre fue así? ¿Somos los únicos iluminados en pensar que los opiáceos nunca debieran sancionarse pero que a los narcotraficantes sí y con pena capital?

Qué mentirosa y qué tedio: la guerra contra las drogas.

Incluso tuvieron el atrevimiento de pedir ayuda para la causa. Mi rechazo fue determinante.

Salgo a alimentar a los peces. Veo todos los lugares donde Spooner solía estar, y con sus impactos físicos, arremeter contra lo que *dolía físicamente*. El gato era parte de mí. Murió el 4 de octubre de 1996, un martes.

"Lo siento, no pudo lograrlo", dijo el veterinario.

Supe que moriría en cuanto se posó en mis piernas: más tarde saltó y orinó bajo la mesa.

El gato blanco está con Roger Holden. Un magnífico hogar.

¿Por qué la sensación de pánico?

(Creo que vaticiné algún desastre, como que el gato salía y nunca encontraba el camino a casa, etc.)

Quién sabe cuántos infortunios son abortados a último minuto del plan divino.

Puede que lo sepa en un futuro y que lo utilice para referirme a mi precaria salud.

14 de enero, 1997. Martes

Leyendo la biografía de Francis Bacon escrita por Dan Farson. Años atrás, [Farson] organizó un programa de TV que nos ponía a Alex Trocchi y a mí como invitados.

Francis queda sorprendido por algún graffiti y yo recuerdo los mejores de aquel mingitorio público de París:

"J'aime ces types vicieux
Qu'ici montrent la bite".

"Me gustan estos tíos viciosos,

que andan por aquí mostrando la pija".

"¡A mí también, wuu juu juu!"

Citado de una novela gay, delirante y nunca reimpresa. Escuché que el autor se suicidó. Era muy bueno. No consigo recordar bien el título o el nombre del autor. Creo que [McGary] o algo así, un apellido vagamente irlandés.

Otra damisela de dudoso estado civil. Escenas de la novela corren por mi débil registro: una solterona. Otra, posiblemente lesbiana, trabaja para el gobierno reclutando a comerciantes de altamar. Y otra más: "que nunca había visto a un joven tan seguro de su linaje, y...

un perro pequeño llamado Rover

que cuando murió, estuvo bien muerto".

"¡Ya lo *creo!*"

Años después, cuando consulté con Ted[58] [acerca] de la posición

---

58 Ted Morgan, primer biógrafo de Burroughs (*Literary Outlaw*, Nueva York: Henry Holt and Co., 1988). [N. de E.]

"del misionero", gruñó. De pronto, con una súbita falta de temperamento –en él muy inusual– dijo (gruñó):

"¡ya lo *creo*!" a la manera promiscua.

Sueños repletos de gatos y de perros.
Pregunto a la empleada: "¿de qué color?".
Ella responde: "marrón oscuro".
Muchos gatos, algunos de un *profundo* marrón oscuro. Tales gatos y tantos como perros en el sueño.

15 de enero, 1997. Miércoles

Frases favoritas:
"J'aime ces types vicieux
Qu'ici montrent la bite".
En una de las paredes del mingitorio público.
"Simon, aimes-tu le bruit des pas sur les feuilles mortes?" (Rémy de Gourmont).
(Simón, ¿te agrada el ruido de los pasos entre las hojas muertas?)
"Arcones mágicos abriendo en las espumas
de los ruinosos mares los feéricos rincones olvidados" (Keats).[59]

"Un vieux faune de terre cuite
[…]
Présageant sans doute une suite
Mauvaise à ces instants sereins
[…]
Jusqu'à cette heure dont la fuite
Tournoie au son des tambourins".
Paul Verlaine.

"Un viejo fauno de terracota / [...] / presagiando sin duda una continuación / Mala a estos instantes serenos / [...] / Hasta este momento cuya fuga / Gira al son de las panderetas".

---

59 *"Magic casements opening on the foam / of perilous seas in fairy lands forlorn".* [N. de T.]

Resulta difícil expresar el "sonido" de panderetas silenciosas, que le aporta su magia a este poema.

Verlaine es ciertamente uno de los más grandes puristas de la forma lírica:

"*Au calme clair de lune triste et beau, qui fait rêver les oiseaux dans les arbres et sangloter d'extase les jets d'eau, les grands jets d'eau sveltes parmi les marbres*".[60]

"Estos actores nuestros, como vaticiné, eran espíritus fundidos en el aire —en el espeso aire; incluso los bellos palacios, los más celestiales rascacielos, y hasta el globo mismo— de todo esto, esta procesión desteñida no dejará más que destrozos".

17 de enero, 1997. Viernes

Otra cita inmortal. En los años 20, unos narcotraficantes chinos comprobaron que sus clientes blancos eran tan poco confiables y tan propensos al informe, que cuando fueron interpelados por uno de [ellos], decidirían contestar:

"No nada. Venga vielne".

"Podré ser viejo, pero aún deseable".

(Eso fue cincuenta años atrás. ¿Serán hoy sus huesos deseables?)

"¿Qué hay en la sangre de los hombres que los obliga a comportarse así?".

—Acerca de un torero maricón que echa a perder los fondos destinados al entierro de su madre, y entonces deben tirarla a una fosa común—.

El general derrotado hace un *striptease* con sus medallas y, trenzando las cintas de las que cuelgan, dice:

"salen más de lo que puedo pagar".

"Me rindo, querida".

Por ahora se pasea desnudo con una obsequiosa erección.

---

60 "Al tranquilo claro de luna, triste y bello, / Que hace soñar a los pájaros en los árboles, / Y sollozar extáticos a los surtidores, / Surtidores esbeltos entre los blancos mármoles" (Traducción de Manuel Machado). [N. de T.]

Atravesar la vida es como un rompecabezas.

¿De quién podría yo ser el biógrafo? Sé de quién, de uno solo. Brion Gysin.

Me pondré en contacto con Geiger.[61] Dejarlo atrás.

Mi pasado.

17 de enero, 1997

Beat Hotel. Habitación 32. La cura. Las personas de una *vida entera*. Snell y Dean. Los alienígenas *no* dejan *deposiciones sólidas*.

Snell me mandó una nota:

"'¡Compañero, busque la mercancía!' Repose el escroto en la máquina tragaperras 69".

"Si lo quiere, *es orina pura*".

¿Cuánto cuesta?

No lo compré de todas formas.

Puedo traer a la memoria la magia, el peligro y el pánico de esos años en *9 rue Git-le-Coeur*, en Londres y en Tánger —las mágicas fotografías y las películas—.

Los asusté un poco. Uno de los acomodadores de sala dijo que nunca vio tantas quejas, tantos elogios pasionales, ni siquiera tantos objetos olvidados en los asientos: cámaras, paraguas, monederos (generalmente vacíos), sombreros, etc.

Día tras día la película era proyectada:

"Torres, abran fuego".[62]

En Tánger, John Hopkins[63] vino de visita al Lottery Building. Me dijo:

"huele a batalla naval por aquí".

---

61 John Grigsby Geiger es un autor canadiense que, desde hace unos años, prepara una biografía de Brion Gysin. [N. de E.]

62 Cita de una breve película homónima (1969) de Burroughs con Antony Balch, amigo íntimo y colaborador durante las décadas de 1960 y 1970, mayormente en Londres. [N. de E.]

63 John Hopkins es un escritor norteamericano que durante los años sesenta fue muy amigo de Burroughs, en Tánger. [N. de E.]

Sí, como aquella vez en Muniria, cuando sufrí [una sobredosis] y apenas conseguí llegar a mi cuarto. "Estoy bien, salgo en cinco minutos".

Tantas veces a punto de estar muerto. En el bar del Chelsea Hotel, Robert Filliou[64] me preguntó:

"¿cuántas veces intentaron matarte?".

Brion quería proteger mi prudencia:

"simula no sentirte atacado en ningún momento".

Nada fácil. Tenía sentimientos de gris desamparo y muy pocos destellos de esperanza.

Fue un largo camino hasta Tipperary –99 Cromwell Road–. Allí tomé la cura, apomorfina, del doctor Dent.

Desperté en la sala 15. Ian Sommervile.[65] (Escucho un ascensor.)

(T. P. llegó para preparar la cena.)

"Viejas y poco felices,

ya muy olvidadas

batallas y cosas

que ocurrieron hace tiempo".

Uno de los amantes negros de Mickey, en Tánger, dijo:

"Es algo terrible: los espíritus peleando".

"Día tras día, la guerra".

"Día tras día, los efectos de la guerra abaten: ¿no se trata acaso de una contienda ganada por desgaste?"

18 de enero, 1997. Sábado

Apenas consigo arañar la superficie aquí arriba. Propongo un ascenso en vistas de inmortalidad y poder. Abajo, –"es justo debajo del alma donde yace mi gris desamparo"– vastas clínicas con máquinas, en el gris horizonte, difuso y sin valor: ninguna esperanza.

---

64 Robert Filliou (1962-1987) era artista. Durante los años sesenta era miembro de los grupos *Fluxus* y *Poésie sonore* (este último, parisino). [N. de E.]

65 Ian Sommerville (1941-1976) fue un matemático e ingeniero que acompañó a Burroughs de 1959 a 1965, por París, Tánger y Londres. [N. de E.]

En un sueño, un viejo vagabundo decía (esto fue en 1965, yo vivía en el Chelsea Hotel por entonces):

"¡Perdimos!".

¿Sí? Quisiera volver a intentarlo, a ver si ocurre lo mismo.

Ellos también.

Ritos al dios Pan de los Joujouka –tuve a un chico bailándome en frente por unos segundos– casi tan impersonal como Pan, el dios de la naturaleza.

¿Murió Pan cuando Cristo hubo de nacer? No. Pero desapareció: y algunos cristales rotos fueron puestos en el suelo de la ceremonia...

Y yo recibí una mirada de odio por parte de la Aldeana Verde –ahí cerca, de rodillas, con sus harapos árabes–.

Brion Gysin es el único hombre al que de veras respeté. A otros quizás haya querido, quizá admirado...

¿Pero cuál es el verdadero significado del respeto? Cuando las mentiras, las estafas y las pretensiones desaparecen, ¿qué queda? La verdad de un cuadro, de un libro, o de un hombre.

Nadie es perfecto.

Claro que no. Pero detrás de cada defecto, en el plano de la vida, la verdad emerge.

Pasemos a [cualquier] otra cosa: anoche, un sueño difuso, en algún lado en el que estuve, pero no por mucho tiempo. Llevaba un costal de la lavandería repleto de cordones...

¿Qué mas?

El lago, un marroquí, un judío, un tugurio alemán.

Debo hacer que todo encaje dentro, cuanto no me pertenece es volado por fuertes vientos.

(Soy transparente.)

21 de enero, 1997

"21 de enero de 1997. Últimas palabras de William S. Burroughs en este diario".

Leo sobre la vida de Francis Bacon y sus conductas, por momentos horrorosas —*abucheó*, incluso con *silbidos*, a la princesa Margarita mientras cantaba para una reunión íntima—.

En otra ocasión:

"Esa tarde no deparó ningún encanto y por ello (Francis) descendió al más bajo nivel de la obscenidad".

Gilbert y George dijeron:

"¿es que nunca se dieron cuenta? Así es Bacon. Absolutamente tenaz a la hora de comportarse como se le antoja".

Como se le antoja y no como *debería* comportarse.

Un artista debe mostrarse abierto a sus musas. Cuanto más grande el artista, mayor será lo que reciba de las "corrientes cósmicas". Tiene la *obligación* de creer en lo que hace. Si tiene "el coraje para ser artista", también estará *comprometido* a actuar del modo que su ánimo dicte.

"¡Ese es el hombre que abucheó a la princesa Margarita!"

—los querellantes se achican ante la sulfurosa mirada del acusado—.

Dos malas noches gracias a mi *hiato*: la comida china cayó pesada a mis entrañas, apenas pude esperar a que amaneciera para la metadona. Quizás un poco de codeína ayude. Queda todavía una tableta "rosada", casi entera, así que por qué no... mejor no, paso. ¿Quién puede culpar los inquietos dedos de un adicto?

A lo largo de mi vida he odiado tanto [aquello] que debería haberlo uesto en su lugar *antes* y desde allí ubicarlo *ahora*.

Qué desperdicio es aventajar a los muertos en la larga agonía (aunque probable) cuando no resultara inaccesible.

El precio que un artista paga por hacer lo que le gusta está en el mero hecho *de llevarlo a cabo*.

Una vez me preguntaron:

"¿Por qué dejas de escribir?"

No puedo saber más de lo que supe cuando comencé a escribir.

Trato de no ser tan obtuso como lo que se pregunta.

Esperé el alba
   mis 60 miligramos de metadona
   (por supuesto que puedo hacer trampa.)
   Pero como el capataz de la estafa me aconsejó:

"Si sigues con esto por
más de veinte años,
podrían decepcionarte
los resultados".
–¿Y quién otro merece esa decepción, sino yo?–

Esperando el amanecer
y mi metadona
para que encaje las piezas
de mis residentes demoníacos.

¿Y?
"Él (Francis) jugó a la ruleta y obtuvo unas buenas ganancias".
"Suele ocurrir. La única forma de ganar en los caballos pasa por nunca apostar".
Arroja todo cuando ganas.
Retírate cuando pierdes.
Esa es la regla.
–¿Para qué molestarse?–
Es un trabajo de tiempo completo, y para mí, no merece toda la energía gastada.

Enero 22, 1997. Miércoles

Anoche, un sueño de saturados colores.

Llego a una bifurcación por el camino. Tomo la derecha. Una calle con pinos y aspecto rural. Edificios: en una de las ventanas, una descascarada corteza sin barniz. Escultura hecha por un amante de la naturaleza, supuse. Al final de la calle, unas edificaciones muy opulentas.

Busco una farmacia para comprar parégorico. Ninguna en esta calle.

Abordo un avión con alguien y comienza nuestro vuelo para explorar la bifurcación izquierda, que es una enorme ciudad colmada de altísimos edificios. Uno ocupa una manzana, y surge de él una compacta torre de resplandeciente ladrillo amarillento, de casi 30 metros de altura. Hay otras construcciones de color rojo, amarillo y bermellón, muy espectaculares.

Comento mis impresiones a una anciana, que parece muy conocedora. Me dice:

"sí, las he visto".

Pregunto dónde puedo encontrar una farmacia. Me responde:

"aquí mismo".

Y allí veo dos frascos de paregórico tapados con anticuados corchos: cincuenta gramos.

La tienda está dividida por una larga pantalla de colores. La ciudad parece sacada de una novela de ciencia ficción. Como nada que haya visto en este mundo.

Enero 24, 1997. Viernes

"Cruzando el río y entre los árboles,
   sobre la cima de las montañas y aún más allá".

El hombre mandó a su sirviente al mercado para comprar pan. El sirviente regresa, pálido [y con miedo]. Dice:

"vi a la Muerte en el mercado y me hizo un gesto amenazador".

El sirviente ensilló su caballo, cargó su automóvil, subió a la motocicleta y huyó *post facto* a Samarra.

Más tarde el hombre fue al mercado y se encontró con la Muerte.

"¿Por qué?", preguntó, "¿asustaste a mi sirviente con un gesto amenazador?".

La Muerte respondió:

"no era un gesto de amenaza, sino de asombro. Me sorprendió verlo aquí, tenía que encontrarme con él en Samarra". Un amigo pasó por un período de profunda depresión, durante la cual cada falla y cada deshonra le eran devueltas.

¿Quién puede hacer eso? Obviamente, solo un parásito, un *demonio*.

Todos los psiquiatras buscaron en la dirección contraria, en los lugares equivocados. No es raro que no obtengan soluciones. Una posesión demoníaca suele dar con el acierto y, estando ellos ya poseídos como lo están, no podrán encontrarla.

Fui casi arrestado por Shen, quiero decir, por Shein St. O'Grady,[66] que quiso emprender la tarea hace cincuenta años atrás o algo así. (¿Cuando uno ve a un judío, un irlandés puede andar muy lejos?) Policías. Trato de ser tan agradable como ellos lo tienen por impedido. Nada de empujones. Nada de bofetadas. Solo unos cuantos gruñidos de Shein:

"ni se le ocurra escapar, Burroughs".

Jamás se me ocurrió cosa semejante. Violación de la salud pública, artículo 344: posesión de narcóticos bajo fraude.

O'Grady explicó al redactor de actas que [aquello] no fue felonía, sino delito menor. Básicamente era un buen hombre, como ese policía irlandés de Nueva Orleans:

"Bueno, nuestra orden es arrestarlos, lo lamento. Sin rencores: así funciona la cosa".

Sé cómo se manejan: veo al doctor. A eso se dedica.

"Aquí viene el doctor experto".

"Aquí [suena] *the Japanese Sandman*".
"*Dead Man Blues*"…
"Un viejo de segunda mano,
que trueca sueños nuevos por antiguos".

Los procedimientos usuales de la policía: hay uno que es bueno y otro que es malo. El más coimero es el malo. Un acto ya tantas veces repetido…

"Mira, ¿por qué no lo hacemos más fácil? Fácil para tí y fácil también para nosotros: no nos gusta la violencia".

Son experiencias arquetípicas y estar en la cárcel es una. Yo estuve cinco. Te da ciertas nociones básicas.

Ah sí, olvidaba mis cuatro meses en el ejército. Eso cuenta como

---

66 Burroughs fue arrestado en abril de 1946, en Nueva York, por falsificación de recetas médicas. [N. de E.]

tiempo en la cárcel. No se puede salir y la poca vida que resta ocurre tras las rejas.

O también en Bellevue y Payne Whitney. Cualquier lugar del que no se pueda salir es una cárcel.

Con el universo, ¿ocurre lo mismo? Es probable.

¿Y qué queda fuera del universo que se expande? ¿El horror final? Nada.

Un gato juega sobre los bordes de mis sábanas a rayas.

Quieren que más y más personas trabajen en sus fábricas, sus minas y sus molinos para que luego compren los productos que manufacturan. Y ahora, estas iletradas y prejuiciosas formas de proceder nos amenazan a todos.

Una pestilencia selectiva parece ser el único remedio ante esta situación, cada vez menos esperanzadora.

Un cura dijo:

"quizás nos convenga empezar de nuevo".

Fue informado acerca de las atrocidades en África, entre los Hutu y los Tutsi: de la rampante violencia intertribal, de las masacres.

25 de enero, 1997. Sábado

Debo pedirle a James.

Por favor, no me escondas las desagradables cartas o los insolentes mensajes de la crítica. Quiero saber el nombre de aquellos inadaptados, junto con sus direcciones, para maldecirlos. Me dará algo que hacer en el día.

Además de ejercitar mis hombros, anotando, los nombres [apócrifos] de estos imbéciles. Marcaré con una equis a todos y cada uno de ellos.

Como ese nuevo rico en St. Louis, en la fiesta de su hija, que alcanzaba la madurez. *Nadie vino*. Ella se enojó muchísimo. Él hizo una lista de los ausentes. Se dedicó a arruinarles la vida a uno y a otro. Le dio sentido a su vida. Marcó al último en su lecho de muerte, eructó satisfecho, y murió. Un hombre de una maldad contumaz.

Guardo mucha simpatía por los viejos malvados.

"Cactus Jack": descrito por Lewis como "borracho, malvado y tahúr".

Y un general de la KGB, descrito como "este viejo maligno": arqueó los hombros gritando "traidores incompetentes" por aquellos tiempos. Cuando la KGB llegó a establecerse, él ya se contaba entre sus afiliados. Este viejo maligno...

La mafia tiene unos cuántos de estos, como "Fat Tony" Salerno. Era de una maldad auténtica. Murió en prisión a los 80 años, con cadáveres en el armario que aún conservaban las mordazas. Jamás confió en los médicos. Los hombres malos tienen este tipo de obsesiones, muy entrañables por otra parte, que revelan su condición humana.

Hay tantas historias que no quiero escribir, ¡por miedo a que se cumplan!

Un potentado que convocara a escritores y artistas, sabiendo que son agradables y divertidos, diría:

"¡Diviértanme! Cuando dejen de hacerlo, morirán —algunos rápido, suponiendo que fueran efectivos— y otros lenta y dolorosamente, por aburrimiento acumulado".

(¡¡¡Qué anodino!!!)

Háyase visto a un hombre
tan muerto y con alma
que al decir siguiente,
nunca perdió la calma:
"¡Dios mío, me comporté
como una basura humana!
Y que de amarguras luego
el lecho se compone
yo bien lo podré conocer,
sea más tarde que temprano,
¡de primera primerísima mano!".[67]

"El repaso de su vida no correrá sin pesadumbre".

---

67 *Be there a man / with soul so dead / never to himself / has said / "My God I acted / like an absolute shit!" and then / then and then —fold / bitter etcetera to bed.* [N. de T.]

"No corrompan la VOLUNTAD de Alá, temiendo sus obras en vida".

O peor aún: *negando* sus obras en vida.

Nadie tan cabalmente ciego como aquel que *no ve*.

La estela lunar del Gato Blanco trae a luz las viejas mentiras y cosas ocultas de sus desesperados escondites.

Verán, si las cosas salieran completamente *mal*, no tendría opción. Me arrancaría la garganta con las garras que perdimos en la cadena evolutiva.

Como el viejo chiste: "sacude la cabeza para encontrar el pasado 60 trillones de veces atrás".

Hasta ahora, de las especies mencionadas, la mitad ya están extintas.

Los mecánicos y los técnicos modifican sus maquetas.

"Miren esto. Un lagarto volador y venenoso, con un motor a propulsión. Vive unos cuatrocientos años, y... y además...".

26 de enero, 1997. Domingo

Envejecido, descubro que el aspecto más decididamente explícito del sexo me espanta.

Esto lo descubrí cuando en casa leí *Visita a Príapo*, de un autor cuyo nombre no recuerdo. El autor pasa por miles de peripecias y sube[68] para encontrarse con su chico, que tiene una verga inmensa, en una costa.

"Ni te *imaginas*, mi amor".

Tampoco querría, ya que a medida que la historia avanza, el autor comparte langostas y cangrejos hasta la saciedad con el —ya desagradable— mancebo pidiendo a gritos otro plato, como si la escena perdiera su grosería por repetición.

De acuerdo.

Quelle horreur.[69] como una espantosa deformidad de genitales.

---

68 *"Goes up into the lobster coast"* se refiere a que el autor "sube" (viaja) hasta la Costa de la Langosta (el Estado de Maine, el más septentrional de EE.UU.). [N. de T.]

69 Qué horror. [N. de T.]

No es sino a la mañana siguiente cuando el autor de esta "Odisea priápica" eyacula dos veces al pie de página.

¿Cuál era su nombre? Ya murió.

Me dijeron que [él] siempre se refería a mí como "ese hombre terrible". Jamás llegó a conocerme, por supuesto. Aun así, no suelo tomar el simbolismo mitológico con mucho agrado.

Escribió *An Apartment in Athens*, que leí. Creo que también solía escribir sagas literarias sobre granjeros y asentadores de Wisconsin. Corpulento. Conocía a Somerset Maugham (de quien, seguro, habrá dicho: "un hombre terrible").

El hombre sin identidad vive en la finca ganadera de su hermano, creyendo haber adquirido los rudimentos del Gótico Estadounidense, con espuelas que no giran y un reloj de pie que se detiene, para nunca más volver a girar sus manecillas.

Cuando el viejo abuelo murió: o fue impelido.

Y una centrifugadora de crema en la cocina. Mi mente tira como una caña de pescar al recordarlo, con sus mantecas horneadas y sus helados, las reservas de sal y hielo...

Puedo ser tan caprichoso en terminología literaria como este marica, "la más encubierta de todo el Mediterráneo" —la *Villa Mauresque*—.

Sigo sin recordar su nombre. Tengo la sensación de que ha *sido* borrado *físicamente*.

Quisiera hacer una antología de mis pasajes favoritos en libros.

Céline, la escena en un barco a África, donde comenta cómo escapa de una golpiza:

"Todo este tiempo sentí que mi orgullo se me escapaba de las manos y, a fin de cuentas —como si estuviera predicho— fue *oficialmente* revocado".

En Conrad, el capitán Marlowe [*sic*] habla con un oficial de la marina francesa, que había viajado en el Patna:[70]

"¿Y qué puede valer la vida cuando se ha perdido el honor?".

Lord Jim: interrogatorio del consejero Mikulin al protagonista

---

70 *Patna* es el nombre del barco en Lord Jim. [N. de T.]

[Razumov].[71] Cuando alcanza a verlo por un espejo al día siguiente:

"Era la cara más infeliz que jamás había visto".

Trato de encontrar el nombre, hurgo como un pene deforme o un tubérculo, volviéndose cada vez más y más grande, del que brota –erupción fibrosa– un semen ininterrumpido, parecido a la savia de la corteza. Una vieja y podrida, grasosa corteza: me desagrada.

¿Y?

Nombres. Nombres y direcciones.

Pesado aliento de policía en su cara. Estira hacia atrás la cabeza y canta en un *falsetto* chino:

"Miranda, cuando el día termina escucho tu llamada.

Miranda, encontrémonos detrás del arroyo.

Miranda, no eres más que un nombre para mí;

¿Miranda? Puedo escuchar tus llamados..."

(ahueca la mano alrededor de la oreja).

Basta.[72] ¿Cuál es su puto *nombre*? ¿Westcoast? Algo así. Lo tengo en la punta de la lengua. No puedo escribir.

"Todos hablan de cómo no puede escribir; él, a cambio, da media vuelta y se aleja". Ted Morgan.

Westcoast. La costa oeste, campo de venados.

¿Por qué me escondes tu nombre?

Porque te odio.

¿Y por qué?

Porque...

No entiendo por qué.

Mejor que se lo trague.

Hemingway una vez dijo:

"ya no vengo como antes".

¿Y entonces a dónde fue?

---

71 Burroughs asocia a *Lord Jim* dos personajes que pertenecen a la novela *Under Western Eyes (Bajo la mirada de Occidente)*. ¿Falla de la memoria, confusión? En otras oportunidades, coloca a Mikulin en la correcta novela (Mikulin es un alto consejero, no el canciller). [N. de T.]

72 En castellano en el original. [N. de T.]

Bueno, puede que quizá fuera a donde "los vientos, los árboles y los restos de mi madre".

Eso no nos sitúa más cerca de su nombre.

En un pabellón, una casa de verano. Ted Morgan describe un encuentro entre Somerset Maugham y este muchacho todavía sin nombre. Aparentemente, Maugham abrió su túnica de punta a punta (él también, parece, era un invitado de esta receptiva finca): "para revelar muy respetable falo".

Je je je, mi querido Príapo.

Y sí, te lo mereces. Si me llamas un hombre terrible, haré lo mejor para no decepcionarte. ¿Cuál es *tu* nombre? Tú, que me acusas de hombre terrible.

Ya murió. Como muchos otros que jamás me confesaron su puto nombre. Soy buena persona, pero hay límites. Hay maneras fáciles y difíciles de hacer las cosas.

Quizás mi reputación de terrible [se deba] a que represento una total disensión. Una total disensión. T. D. 19 + 4 = 23.

Una total y maniquea anatomía expuesta, que trae *cambios biológicos básicos* a la especie humana.

(Es cómico, lo sé.)

"*Qui vivra verra*".

Quien viva, verá.

"¿Su nombre, señor?"

Bien, intentemos dar forma a las piezas para que de la memoria salven algún resto digno.

OK. Luces, cámara, acción:

¿Qué hace en este estudio? Mi estudio...

"Tengo autorización".

"¿Su nombre?".

Consulté el índice del *Maugham* de Ted Morgan. Costosa tarea. Lo mejor que Ted jamás haya escrito. Obtuve el bendito nombre:

Glenway Wescott.

"Los sucios años treinta", como los llaman los cientólogos. No sé por qué.

¿Y qué es exactamente una revisión de cuentas? Escuchar traumas para luego *postergarlos*.

Ofrezco aquí una inquietante sensación: mirar a alguien por la calle e imaginar que todo lo que está mal en *tí* está igualmente mal en *él o ella*.

(Descargar toda esa culpa a un peatón. Cuidado, puede encontrarse alguno que se defienda, ya sea por vehemencia o algún interés en juego.)

¿Ven lo que les quiero decir?

Creo que sí sé qué estás diciendo: imagínense una cosa abyecta que se ubica en el asiento de enfrente, en un tren o un autobús. Observen cómo va con hombros caídos uno; el otro, un profesor auxiliar de lastimoso porte; y al espectáculo sumen las viles imágenes que inundan el cerebro.

(No hay duda de ello: la Cientología es ruin, obtusa y malintencionada.)

Olvídenlo. Recordé el nombre: Glenway Wescott. Norteamericano de pura cepa.

"Miranda, desátame".

"*¿Quién es ese gusano? ¿Sigfried?*"

"¿La prefieres por el culo, afeminado?"

"¡Cómo se atreve a insultar a un gran artista!"

"¿Artista es usted? ¿A qué se dedica? ¿A la sodomía?"

"No pienso seguirle el juego a una vulgar esposa de pescador".

Mientras tanto, las corporaciones se repliegan en sus asientos y el Gato Blanco trae a luz, con su estela lunar, todas las verdades que diezmaron la mentira...

El nombre que aparece en la biografía de Maugham, de Ted Morgan:

Glenway Wescott.

Glenway Wescott.

"*Glenway Wescott: ¿dónde estuviste?*"

Los compañeros se gritan unos a otros.

Él lo leía mientras sus espíritus caían por las aguas del inodoro.

Cuidado, puede que no sea lo que aparenta.

Recibe M con brazos abiertos si así lo deseas.

"Matar", pedido de asesoría legal.

Es buena persona.

Los insultos, de años atrás, son alimentados en el presente. Aunque sí, sin ninguna causalidad cronológica.

¿Dónde estábamos cuando no estuvimos allí?

Ah, me acuerdo.

En la entrada del Laberinto 18. Aquí el tiempo tiene poca o mucha influencia. Un millón de años dura tanto como una anestesia, un orgasmo, apenas un atisbo de "plácida alegría lírica" (Paul Bowles).

Las reglas del laberinto son transitorias, y de sus guías se sospechan terribles estafas.

Harry Phipps en el teléfono:

"cuidado, William. Estate atento siempre".

"Lamento mucho tu inoportuna muerte. Mi más grande pésame. Sobredosis de cocaína líquida. Debió ser desagradable".

"Lo fue: uno de mis peores accidentes. Equivocación impropia, pero no hubo caso".

29 de enero, 1997. Miércoles

Fletch se está poniendo viejo y caprichoso. Ya casi no me ronronea.

Sí, desplazó a Ruski. Seguro que aquí, como detrás de cada acto, habrá algo que aprender: siempre demasiado tarde. De haber sabido lo que ahora sé me habría salvado de unos cuantos infortunios, abortados a último minuto.

Literal: el aborto es asesinato. No quisiera saber nada de él. Usé esas mismas palabras. Joan lo hubiera deseado.

Cuando conduje a Joan al hospital,[73] en vez de morderme las uñas

---

73 Joan Vollmer (1924-1951), la mujer de Burroughs desde 1947 hasta su accidental muerte (Burroughs le disparó en la cabeza) cuatro años más tarde. Tuvieron juntos un hijo, William S. ("Billy") Burroughs Jr., nacido el 21 de julio de 1947 en el hospital de Conroe, Texas. Billy fue criado por los padres de Burroughs, Mortimer y Laura Lee Burroughs, primero en St. Louis y luego en Palm Beach, Florida. Burroughs visitaba a su hijo cada año o cada dos y vivió cerca de él en Boulder, Colorado, a fines de los años 70, después de que Billy recibiera un transplante de hígado, en 1976. Mortimer y Laura Lee Burroughs murieron en 1965 y 1970, respectivamente; Billy, en 1981. [N. de E.]

como un marido inútil [yo], volví al jeep, es probable que para un trago, cuando vi un cachorro dentro. Lo habían abandonado y ladraba quejosamente.

Lección. Después de aquello jamás pude abandonar a un animal, cosa que había hecho en otras oportunidades.

El gato en Tánger, que atrapaba pedacitos de carne con sus garras...

Más del doloroso repaso de mi vida.

Las cosas que tuve que hacer para hacer las cosas que tenía que hacer.

Sueno como un cansino y maligno tifón: quiero decir magnate,[74] que reflexiona sobre la gente que aplastó como maldito mamarracho que fue...

Y estaba obsesionado, poseído por la escritura, después de un tardío oficio, a mis treinta y cinco años, con la publicación de *Junky*.

No tuve en cuenta que el gato necesitaba carne para alimentarse. No tuve en cuenta a mamá, tampoco a papá; ni a Joan o a Billy. Tenía que seguir mi camino, Nueva York...

Cuando dejé *Palm Beach*, Billy dijo, a sus nueve o diez años:

"sabía que él volvería a Nueva York".

De vuelta al basurero, y a todo lo que tuve que aprender para dedicarme a lo que hago.

Basta[75] por ahora.

Veo al viejo Getty, sentado en un sillón, con su manta de vicuña sobre sus moribundos huesos.

Él creía en la reencarnación y lo apabullaba la posibilidad de volver al mundo como un trabajador asiático, cargando barriles de aceite para los tanques.

"Despierta, Wong. Toca el relevo".

¿Y saben qué leía?

"Clive *de* India" o "*en* India", por amor de Dios.

Era un artista de las llamadas a larga distancia. Jamás fue a ninguno

---

74 Consonancia imposible de respetar en castellano entre *typhoon*, que además es el título de un libro de Conrad, y *tycoon*, por magnate. *The Last Tycoon* es el nombre de la última novela, inconclusa, de Scott Fitzgerald. [N. de T.]

75 En castellano en el original. [N. de T]

de esos lugares en Arabia, sobre los que se instruía incansablemente. Lo hizo todo desde la suite de su hotel, el George Cinq de París.

"Era un hombre especial".

Entendí dónde estaba gracias a quien atendía el bar, y también, de manera poco oportuna, de este mismo tendero, cómo un policía lo había molido a golpes. Parece que tiempo después se lo cruzó con dos amigos –lo apalearon con bastones hasta en las partes íntimas– (ofrezco monedas para más detalles):

"No, gracias. No las necesito".

"¿Y el policía ofreció resistencia?", pregunté.

"Era un hombre especial".

"Mi pasado fue un río maligno". Verlaine.

"El dedo activo escribe y, habiendo escrito, continúa. Ni todos los recursos de este mundo pueden impedir que el dedo cancele media línea: tampoco las lágrimas que de cada palabra se desprenden y borran la tinta".

La pena es una emoción común, como la alegría o la guerra: el puro propósito de matar. He conocido todas.

Y todo esto se lo debo a un solo hombre: Brion Gysin. El único que respeté.

"¿Pero cuántas veces intentaron matarte?"

Robert Filliou, al habla, en el "Domain[e] Poétique", en el bar del Chelsea Hotel, calle veintitrés.

Durante la guerra, día tras día, tuve que redactar este artículo, esta epístola, y sacármela de encima. Los rubores que supo despertar. Estuve tan expuesto a esos calores secos.

Todas las historias de guerra se vuelven insípidas y pomposas cuando son contadas.

Tuvimos que retirarnos: muchas veces. Volvimos mutilados. Zonas enteras de pensamiento y sensaciones fueron incineradas.

Recuerdo algo en el Minzah Hotel, Tánger. Ordené vino y cena cuando un rayo me fulminó. Me paré con lentitud –gracias Alá– y de un vuelo me tiré agua. Volví a la mesa.

Me pregunto, ¿cuántas bajas habrán sufrido los otros?

Recuerdo al amante negro de Mickey, que era psíquico, cuando dijo:
"Aquí es terrible. Los espíritus pelean".

Claro que sí. Más tarde Leary nos proveyó de hongos.

De vuelta al Beat Hotel, 9 rue Git-le-Coeur:

La maravillosa cara de Brion cambia... Una vez se dirigió a mí, con su incomparable encanto:

"Charles Baudelaire".

Y Baudelaire estaba en la habitación junto con un príncipe que temía a horrores un asesinato, al igual que un caballo tiembla ante el peligro de un obstáculo...

Siempre es el miedo, como ocurre con el dolor, lo que te arrastra. El miedo a la cárcel o la pobreza —cuatro nobles verdades—.

Soy llamado por la embajada norteamericana, también insultado por un oficial de narcóticos que dice que los franceses están listos para deportarme.

"Me acabo de enterar por los espíritus que me guían".

Mi abogado, [Maître] Bumsell,[76] indagaciones de por medio, contesta: "no tiene nada que ver".

Por alguna razón de algún oscuro plan, me deportaron a los Estados Unidos.

Como dije, las historias de guerra son insípidas, narcóticas, [tal] como de ellas se sale.

Recuerdo que cuando estaba en la 77 Franklin Street,[77] eran los años 70. Un fan de Kentucky se acercó y me dijo que, yendo hasta el aeropuerto en taxi, una voz le decía:

"Tienes que matarlo".

No lo hizo.

Compré una antología de relatos de terror con gatos, *Twists of the Tale*, editada por Ellen Datlow —¡sí! cayó tan bajo—[78] y otro libro

---

76 Abogado francés, contratado para litigar las acusaciones por posesión de drogas en París, en 1959. [N. de E.]

77 Segundo domicilio de Burroughs en Nueva York, después de su regreso de Europa. Estuvo allí desde junio de 1974 hasta mayo de 1976. [N. de E.]

78 Juego de palabras irreproducible en castellano entre Datlow, apellido de la editora, por *that low*, "tan bajo". [N. de T.]

(cuyo título [correcto] creo que olvidé) llamado *The Cat From Hell*, de Stephen King, que es divertidísimo.

Verán, una biografía debería componerse de fragmentos desordenados.

Empecemos.

Me paré delante del espejo, en esa atemorizante etapa intermedia de la niñez, que se fuga muy rápido. Le dije a la imagen:

"Tres".

Era mi tercer cumpleaños, y después de cumplirlos, de allí en adelante, sentí que algo terrible asomaba en la superficie: una pesadilla. Me comía la espalda de mi madre, olor a turba de fondo, mientras ella gritaba que dicho sueño le pertenecía.

Lleva esto al cura local, ¿es el padre Murphy?

"Bueno, no creo que debas meterte en estos asuntos, corren el riesgo de volverse demasiado triviales. Confiésate con unos cuantos Avemarías y sigue tu camino, que así yo haré con el mío".

La Iglesia católica ha perdido toda su espiritualidad.

Véase, véase cómo los hábitos de consumo corren por las arterias de la lacerada carne exigiendo hidromorfona, pidiendo más y no creyéndola suficiente.

29 de enero, 1997. Miércoles

Mala noche. Mucho dolor de estómago.[79]

En un sueño le decía a alguien: —¿mi madre?—

"debo ir al hospital".

Acabo de leer un cuento de Walter de la Mare: extraordinariamente bueno.

¿Qué tan maligno puede volverse un viejo ya malvado?

Bueno "este viejo recluso y malvado": ¿cómo se puede ser malvado en reclusión? Desde luego, por testamento, expresando el odio contra sus hermanas y el mundo entero.

---

79 Durante los últimos cinco o seis años de su vida, Burroughs sufrió de un doloroso reflujo estomacal producido por una hernia de hiato. [N. de E.]

¿Pero qué es lo que *hace* exactamente este viejo recluso y malvado? ¿Únicamente se sienta y obra el mal?

A duras penas, a menos que el hombre sea, o de una maldad consumada, o un mafioso, en cuyo caso ya portaría todos los galardones.

Por esto mismo se trata de un cuento tan bueno sobre la maldad. De una maldad muy *especial*. El protagonista tejió malignidades por más de veinte años en su "vil, ruinosa y olvidada" casa.

Walter allí, en la cama, preso por las maniobras del viejo recluso y malvado.

¿La casi total ausencia de bondad humana condena al hombre, en su voluntad, a una aterradora reclusión?

Walter fue llevado al escenario por el protagonista del relato que lo incluye.

¿Cómo puede lograrse la maldad en tales circunstancias?

Mejor será depositar el dinero para convertirse en anzuelo de un brutal Departamento de Scotland Yard.

Efectivamente lo depositó y ayudó al Departamento de Scotland Yard a perseguir y multar a los malefactores, canallas y derrelictos del código penal. Si es que alguno de ellos —técnicamente— obstruía las ruedas de la justicia. Escribir cartas al *Times* ocupaba otra buena parte de su tiempo.

Llegado a este punto, el destino pareció conferirle unas útiles cartas de póker. Esta alma "sensible" había descubierto las fuertes y "puras corrientes". A poco de aquello, ella trajo en brazos una potente batería electrónica.

Manipúlese con cuidado. *QUEMA.*

Del odio quema su revestimiento plástico.

Sí, un viejo malvado escapa a todas las comparaciones por definición. ¿Le llevarán la comida en un montaplatos?

Bueno, ella lo recluta y juntos fundan una estación eléctrica en Topeka, para infligir toda clase de dolores al mundo.

Seguro, ¿pero por cuánto tiempo y con qué propósito?

Sentado en mi silla de ratán con mis tres gatos, acercándome a la eternidad de los tiempos —(Van Gogh) y ahora yo— sentimos que la escena se vuelve un tanto deprimente.

¿Qué puedo hacer?

Tuve muy altas esperanzas. Como todos.

Recuerdo esperar justo afuera del Consulado en Tánger:

"¿Conociste ya al barquero?".

No, pero sí lo hice más tarde.

Por ahora nada de botes o de ningún transporte que conduzca a algún lado, excepto a la subasta de una funeraria.

¿Dónde estabas cuando yo no estuve allí?

"¡¡¡Perros del Infierno!!!" gritó el artista pop, pateando los testículos del perro más delator.

"Solo una cosa decente hice".

"Olvidar todo el asunto. Lo he hecho".

Fuertes jadeos en este instante.

¿Cuánto tiempo? ¿Cuánto tiempo me queda?

Puede que no mucho.

30 de enero, 1997. Jueves

Kansas. Viaje placentero. Buen desayuno en Nichol's.[80] Vuelvo por autopista.

David me preparó una cena especial, no muy cocida, espesa, apetitosa, con papas, zanahorias y arvejas frescas.

Dios mío, qué triviales pueden volverse estos diarios de costumbres anglosajonas.

Estoy esperando que a Trant —¿o era Glen?— lo liberen de su tratamiento para la apatía: de sus plantaciones y de su consumo de marihuana.

Me voy dulcemente a la cama después de tomar mi cóctel de pastillas, etc.

¿Y qué ocurre?

"Trant pensó que los cuadros se volvían cada vez más mórbidos —cada uno de los mártires había muerto de manera distinta— y uno,

---

80 Los días jueves por la mañana, Burroughs hacía viajes bisemanales a la clínica de metadona en Kansas. Después de cada turno médico, casi siempre tomaba su desayuno en Nichol's, un parador de la autopista, la Southwest Trafficway. [N. de E.]

de hecho, rostizado (en un horno como de Rube Goldberg). "Un santo cargando con su propio pellejo –aparentemente con vida– era cronometrado por un niño para ver cuánto tardaba" (y descubrir si había algo que mereciera pillaje).

Hizo algo que hasta entonces nadie había hecho: rio.

Una vez, en un sueño, pregunté al espíritu de un italiano estafador y maligno:

"Disculpe, ¿quién es *usted*?"

Y él reía y reía. Continuó haciéndolo en una oscura laguna de mármol, llena de ornatos, al estilo italiano: una decoración deliciosamente maligna.

Tal como dijo alguien del espíritu maligno que absorbe los últimos estertores de los jóvenes:

"Muy sabroso".

El chico se veía radiante. De hecho, era el Chico Radiante, el que absorbía los suspiros finales de una vieja reina.

Ese espíritu italiano, ¿tiene nombre? ¿Será el Arlequín?

"Deben irse ahora. Síganme".

Pocas cosas son menos inspiradoras que la nieve lodosa. Es un accidente poco creativo. (Bacon habla del "accidente creativo".)

Un camino salpicado de lodosa nieve parece lo suficientemente accidental: así como un cerdo revolcándose por el lodo.

31 de enero, 1997. Viernes

Glen, siendo como es, se levantó bastante tarde, a eso de las 9.10 de la mañana, habiendo soportado estar despierto hasta las 7.00 para su dosis.

Extraordinaria coincidencia: no existe tal cosa, aunque alguna se le acerque, como la nieve salpicada de lodo. Ni tampoco una colina de "nierra"[81] en Dakota, donde la población se congela y se parte como un copo de nieve cuando uno va a buscar su correspondencia a la casilla.

---

81 *Snirt*, mezcla de *snow* (nieve) y *dirt* (tierra). [N. de T.]

La "nierra" es muy propia de la primavera.

Quien se saque el frío y llegue primero a la zona de "nierra",

se lo lleva todo: la "nierra".

La lamparita del techo quedó suspendida de un cable pelado y su tapón a [unos] seis centímetros del enchufe. Una línea blanca indica la suciedad y la mugre que han mantenido sus contornos.

Me recuerda a la "vil y dilapidada casa del malvado anciano recluso", del cuento de Walter de La Mare, "Bad Company".

Y aquí el recluso. ¿Qué es lo que hace con su tiempo?

Si es un viejo y malvado recluso, escribe cartas al *Times* exigiendo "el regreso del azote como forma de castigo". Se divierte empleando y desempleando a cocineros y mayordomos.

"Williams, por casualidad, ¿notaste algún cambio aquí en el mantel?"

"No, señor". (El mobiliario estaba gris del polvo.)

"Mire, justo aquí. Pase el dedo".

"Nada, señor".

"Ay, Williams, si lo que usted quiere es un adelanto no tiene más que pedirlo".

Se corre la palabra por los alrededores. Si no es un recluso ahora, pronto lo será.

Aun así, la frase "un viejo y malvado *recluso*" me sigue molestando. ¿Será él un hombre de magia negra?

Les aseguro que es algo mucho más insólito.

La falta de luz da un melancólico aspecto a mi habitación. Afuera hay nieve lodosa y un paisaje suburbano, de tonos grises y azules. Es como un Sudlow[82] para la sala de espera de un dentista. Líneas de un insípido color rojo.

Y ahora un tenue brillo rosado en el cielo. Es tan poco significativo como una obra de arte del preescolar, realizada por [niños] de un colegio progresista.

Perlman escribiendo —no muevas los dedos, pero sí los codos—

---

82 Robert Sudlow fue un aclamado pintor de Kansas, mayormente de paisajes. Se hizo muy amigo de Burroughs. [N. de E.]

William S. Burroughs
William S. Burroughs
Anne Oliver, Eugene
Angert, Dave Kammerer
este es el codo escribiendo.[83]

Nos poníamos bajo las mesas envueltos en sábanas y armados con hachas de piedra. Yo interpretaba a Osiris en la obra escolar, o a alguna otra deidad egipcia.

Solíamos improvisar la obra mientras [el profesor] la escribía en el pizarrón:

"Escuché que el tigre se comió a otro bebé anoche".

"Imposible sentirse a salvo con ese tigre dando vueltas".

(Mira con inquietud.)

Pregunté en este indecente hotel si ella tenía una habitación.

"Sí".

Ella viene de las escaleras de un sótano, con un perro de pelo largo y negro detrás.

Jamás pude ver la habitación: impúdico y sórdido hotel.

El perro era amable, además de simpático y peludo.

La gente dice que odio a los perros. No tanto.

La gente adora las clasificaciones. Cuarenta y cinco años atrás, era "obviamente un borracho a un trago de su muerte". Sesenta atrás, cierto poeta inglés se refirió a mí como "¡pobre Burroughs! Tan adicto que solo se hiere a sí mismo".

¿Y cómo andará *aquel* ahora? Parece que el pobre Burroughs luce bastante mejor.

Se está volviendo adicto, eso sí, a la escritura en estas libretas.

Así y todo, ¿qué hace un "viejo malvado y recluso" cuando se aparta de las hermandades y los conciliábulos? ¿Dónde hallará compañe-

---

83 Anne Oliver y Eugene Angert fueron compañeros de colegio a fines de la década de 1920, en St. Louis. David Kammerer también proviene de allí, pero, a diferencia de los otros dos, es tres años mayor que Burroughs. [N. de E.]

ros semejantes –y hasta quizá su alma gemela– en los espasmos de la maldad?

No desesperen. Existe maldad superior a la del Arlequín. Él se acobarda ante tus frías, viles e innombrables emanaciones: y eso que las plantas se marchitan en su presencia.

Pero lo que quiero decir es: el Mal necesita su *Lebensraum*,[84] un espacio para vivir y seguir respirando.

¿Cómo lo que está aislado puede presentar algún mal?

Puede dirigir tanto odio por transmisiones que hasta sacarían la felicidad de cada rostro, el tranco de cada paseo, y el brillo de cada ojo.

"Torres, ¡abran fuego!"

¿Contra quiénes?

No importa. A la larga, da lo mismo.

¡No sé de tantos aires!

Es mucho más malvado que cualquier practicante de magia negra.

¿Por qué?

Porque él es *así*.

No estudiaba, en su torre, los iluminados libros de los Antiguos, no. Acababa de tejer la cosa más pura. Se filtró por las paredes y los cables rotos, las sábanas y las alfombras sucias, mientras la vieja y vil casa olía a olvido, a decrepitud.

Nunca tuvo la oportunidad de codearse con lo malvado, como un perro tras los pájaros. Pobre y vieja ramera.

Primero de febrero, 1997. Sábado

Trant notó que el planeta se movía en direcciones que a él no le gustaban.

Tomen el desinfectante, por ejemplo. Adora el olor a ácido carbólico. Vino a ser reemplazado por el vil aerosol con fragancia a pino que usan en los baños de los mercados.

¿Y dónde quedó el carbólico jabón Life Buoy? Desapareció. Un amigo le llevó una torta de esos jabones, que trajo de Irak. Jabón

---

84 Plan de expansión. [N. de T.]

Lovely Boy, el invento quedó patentado, pero más tarde también desapareció.

El viejo logo del *aftershave* Old Spice era un velero de cuatro mástiles; ahora una burbuja, vagamente impresa, de un bote con desproporcionadas velas. Afuera quedaron el tráfico de especias y de opio y los buques mercantes del Pacífico, Conrad. En su lugar, tenemos una equívoca muestra.

Son pequeñas cosas, sí. Pero constituyen la formación de un mundo al que no quiero pertenecer, o del que ni siquiera querría participar.

Y a eso sumemos la estupidísima guerra contra las drogas y la histeria de los pederastas. Así como los líderes que, junto con sus descerebrados asesores, han perdido toda sensatez que les quedara.

Agarren cualquier periódico o golpeen cualquier puerta y verán que cada vez menos personas contestan la llamada.

Es una lenta y mortal avanzada: ¿de quién o quiénes? Sin duda perniciosa para mí y todo cuanto yo represente.

Desentierran a niños abusados, pero treinta años más tarde, ya en su madurez. Lo próximo serán las deposiciones de las camas en que se produjeron esos abusos.

No estoy tratando de sonar escabroso. Es locura desenfrenada, encubierta desesperadamente. Una locura incontenible.

Llamen al plomero.

Para describir la Ciudad Onírica:

una zona como de silencioso aeropuerto. Camino hacia el sur. Hay un casillero a mi derecha, blanco, abierto arriba. Muchas puertas. Nadie a la vista, pero la amenaza es palpable, relampagueante.

Puedo ver hacia el oeste: un inmenso edificio, de treinta metros, algunos domos que no cubren el radio para el que fueron pensados. Me pregunto cómo se verían desde adentro.

Un corredor conduce a un área con cabinas, mesas y jaulas. No puedo ver el techo. Soy atacado por pequeños y agresivos perros, pero los ahuyento.

En una mesa semicircular con sillas, parecida a un puesto de comida, hay un bello joven hecho de cerámica o alabastro, de vivos colores y casi un metro y medio de altura, hueco. El joven no respira, pero su vida parece consistir de lo que *no necesita*. No hablar es una de ellas.

Una puerta delante de mí. La abro. Habitación cuadrada, de paredes blancas, cercana a los quince metros de ancho y veinticinco de alto. Es como un cuadro surrealista: aquel que contiene muchas pajareras.

Una vez más, una sensación de peligro muy presente.

Leyendo *Pan, God of Nature* de Leo Vinci.

El protagonista busca al gran dios Pan. Se acerca al *capo di tutti* con una túnica bermellón que llega al piso, orlada de cordones dorados. (En el Reino solo son aceptables las mejores vestimentas.) Ventanas hechas con vetas de rubíes intactos, y un largo pabellón sostenido por siete pilares de rubí.

El hombre dice:

"¿Estás preparado para conocerlo?".

Muchos sucumben ante las leyes primarias del plano físico: maniqueísmo.

Blanco o negro. Bueno o malo.

Esto es —según Korzybski, fundador de la semántica general— señalado como "excluyente" o "incluyente".

Basta.[85]

Cuando uno no tiene ningún propósito de seguir aquí, deja de estar presente.

Como el joven en el relato de Mary McCarthy:

"Sin ningún motivo aparente, su corazón se detuvo durante la cirugía".

Es claro: sin "ningún motivo aparente".

El tema actual parece girar en torno al *control*. Convierten a todos en infractores para que una *Policía Internacional* quede justificada.

"La guerra contra las drogas es una guerra contra la disensión". (Carta abierta del cuerpo antinarcóticos de policía.)

También es una guerra contra los negros: un tercio de ellos se encuentra tras las rejas, a la espera de juicio, en libertad condicional, o aguardando un intercambio (sacan a uno mientras meten a otro).

---

85 En castellano en el original. [N. de T.]

El escenario completo es evidente.

"No podemos solos", gimen mientras tanto en Malasia, donde es mandatorio el ahorcamiento por posesión de 30 gramos de morfina.

Citando las angustiantes mentiras de Anslinger:

"Le arrancó el brazo a su madre en cuanto ella no pudo darle dinero para más drogas".

Y así la lista sigue.

Ahora quieren arrestar a una reina holandesa por mantener relaciones sexuales con un menor —apenas uno o dos pelos púbicos— allá en Amsterdam. Los alegatos en contra fueron [propiciados] por la policía de... ¡Manila! Filipinos aguafiestas.

"¡Van a espantar a todos nuestros turistas!", gritan los niños del mundo.

Para cada villa de Manila, Marruecos, Italia y España, una ruta se cierra. Las posibles salidas, como el toreo, el fútbol y el ciclismo también desaparecen. Se acabaron los príncipes azules con dólares o libras esterlinas en los bolsillos.

"Muy peligroso, viejo compañero".[86]

No más.

"Sola: sin comida".

El diario de Marlene Dietrich: lleno de mentiras, por supuesto.

La tambaleante estructura presenta grietas, no del todo surcadas, que redundan en inmediato beneficio de las indignas personas capaces de llevarla adelante.

Después de una vida de trabajo se exige seguridad, o al menos el modo de pelear por ella.

Los infames quieren sacarnos las armas. Amigos, esto se asemeja a una invasión alienígena, con una pista de aterrizaje ya prevista: el sistema nervioso de los humanos.

"Salgamos de aquí, veten a los soldados de trincheras".

---

86 Juego de palabras irreproducible en castellano. *Too dangerous, old sport*, en donde *sport* se usa para referirse a alguien de manera amistosa. [N. de T.]

Cualquier cosa que muestre dos tercios del iceberg [espiritual] [que esté] sumergida es blasfemia para los invasores. Como siempre, tratarán de degradar o desestimar los valores de las emociones.

Esto es la guerra.

Párense y peleen.

¿Contra quiénes?

Empiecen. Pronto lo sabrán.

Siempre hay una guerra aquí. "Esta es una guerra universal".

Mi memoria se remonta a Mallorca, donde pasé un verano con mi familia, allá por 1930. Se remonta hasta el punto de saber que mi hermano se había masturbado en el baño. Nada de olores. Solo lo supe.

"Un olvidado amor de verano,

bello de ver,

pero que me recuerda

a un olvidado amor de verano".

El desapacible paisaje suburbano que en frente tengo es un Sudlow. En cada sala de espera.

"Bueno, tengo unas muy malas noticias para dar. Hay novedades de las bio-personas".

¿Sí?

"Me temo que sí".

Mientras los viejos mueren, los jóvenes incautan bebidas alcohólicas y demás cosas buenas que los primeros dejan atrás. Y no tengo más que elogios para dispensarles. Corrupción de la policía, drogas, ¿por qué no? Suelta a ambos, que después se pondrán en contra.

Simon, ¿ves?

No, no veo, pero quiero ver:

"allí van aquellos que aborrecen la luz".

Bueno, quizá sus ojos están muy acostumbrados a la oscuridad.

No hay nada de malo en ello.

¿Por qué no puedo traer de regreso todos mis miedos infantiles?

Todavía persisten.

No. Sé.

Y.

2 de febrero, 1997. Domingo

Un cumpleaños se aproxima, siempre el mismo día, como los impuestos.

Cinco de febrero, miércoles. No puedo decir que me agrade.

Anderson, alguacil veterano, último de la casi extinta raza de los sheriffs. En treinta y un años de servicio jamás disparó su arma, excepto para dar el tiro de gracia a un animal herido.

Del modo en que yo lo veo, todos pertenecemos a una raza casi extinta. El mundo está a punto de ser dominado por las fuerzas de policía. Pero las personas de las altas esferas son puestas en un aprieto: necesitan [tener] criminales, pandillas, jefes y guerras de narcotráfico. Una medida contra el caos para justificar su guerra abierta contra la disensión.

Antes de que el comunismo muriera, los intelectuales y los artistas habrían encontrado sus funciones. Ya no. No hacen falta. No necesitamos peleadores callejeros. Tampoco apoyo militar.

¿Quieren destruir a las especies? ¡Destruyan su hábitat, donde viven y respiran! Lo que a los artistas nos queda es solo un pedazo de "nierra". Casas idénticas nos recibirán en el cielo.

¿Que no hay lugares de disensión? ¿Acaso lo soñaron?

Nada de disensión, ni de artistas, drogas, narcotraficantes, crímenes o policía.

¿Y qué? ¿Medidas temporarias para estancar el paso del tiempo?

¿Tiempo para hacer qué exactamente?

Ninguno corre ya a mi favor.

Nixon, difunto presidente, dijo que Leary era "el hombre más peligroso de los Estados Unidos".

Exactamente, peligroso.

¿Y si inventan un virus que *fuerce* al sometido a decir la verdad, tal como la percibe?

Uno nunca sabe.

3 de febrero, 1997. Lunes

Acabo de encontrar un libro fascinante sobre alienígenas, con una trama que involucra al gobierno, a sus disimulos. Aparentemente, los

Grises[87] [son] alienígenas controlados, que como toda raza extinta han perdido sus dones y para recuperarlos necesitan la sangre y el semen de los humanos. Estos Grises son muy mala gente.

Recuerdo que Whitley Strieber fue acusado de trabajar para los Grises.

Y ahora en este libro, que ha dado vueltas por quien sabe cuánto, yo vengo a leerlo recién hoy.

Por cuantas mareas has ido a la deriva, Burroughs...

El libro respondió una pregunta que tenía en la cabeza:

¿por qué los secuestros o los encuentros cercanos del tercer tipo se producen en mentes inferiores? ¿Por qué no me buscan a *MÍ*?

Porque no quieren, y hasta temen el contacto con cualquiera que posea avanzada percepción espiritual.

Los Grises quieren volver estúpidas a las personas. Cualquiera con algo de sensatez es una amenaza para ellos. Una letal amenaza.

Una y otra vez me culpo por mi comportamiento laxo y negligente. Mandaré una nota mañana. La primera fecha de publicación indica 1994: ¡ya pasaron tres años!

El sida fue diseminado por agencias norteamericanas que hacían tratos con los Gray, para librarse de los "indeseables:" los negros, los hispanos y los maricas.

No puedo creer que sean *tan* primitivos. Negros e hispanos adelante, pero maricas NO. Hay demasiados, y en puestos muy envidiables. (Nixon solía referirse a J. Edgar Hoover como "ese viejo lamedor de testículos".) En cualquier caso, ¿qué clase de ataque demográfico es el sida?

Horn menciona al Club de Roma[88] como uno de los principales conspiradores.

---

87 A los alienígenas con apariencia humana y a quienes son agentes secretos gubernamentales encargados de ocultar su presencia se los llama "Hombres de Negro". A los extraterrestres se los llama Grises. Aquí, por lo visto, Burroughs hace una amalgama de los dos tipos. [N. de T.]

88 Burroughs se refiere a un conferencista del Ecotechnics Institute de Aix-en-Provence, en Francia. A principios de los años 80, William también hizo una ponencia para esa institución. [N. de E.]

Yo opino lo mismo. Mejor adelantarse antes de que críen a sus ignorantes campesinos en el mar.

Habló en una conferencia del [Instituto] Ecotécnico, al sur de Francia. Genial.

"Con total conocimiento sobre nuestra mortalidad y con indiscutible comprensión por los habitantes del globo".

Olvidé su nombre. ¿Tú lo recordarías?

Ingés o norteamericano, cuando el idioma unifica.

Debo revisar la correspondencia que ha llegado, pero recién *mañana*:[89] "lo minúsculo provisto y lo vasto deshecho".

Debería tener una computadora que se encargara de mi correspondencia. Mis respuestas saltarían como Mercurio en patines a propulsión de considerable complejidad, dejando atrás una lluvia de chispas que queman los ropajes de los ciudadanos. Doy media vuelta y hago una señal con el dedo, un dedo que *también* dispara —una nube de centellas—.

Recuerdo al viejo Fred Sparks.[90] Parece que el departamento de *Time-Life* trabajó con los Grises todo este tiempo.

¿Y dónde ha quedado la vida?

¿Qué puedo hacer?

Pegarles donde no están, en el abdomen espiritual, con un gancho izquierdo y un rodillazo a la ingle con el odio más antinacionalista.

No tienen sentimientos. Tampoco deposiciones sólidas.

Como el reportero del *Time-Life-Fortune* una vez me aconsejó:

"Máquina tragaperras 69. Repose allí el escroto. Si lo quiere, es orina pura".

El mensaje estaba escrito en un cheque emitido por United Bank and Trust Co., banco *químico* y poco confiable.

A. J. se apresura hacia el mostrador, reposando el escroto al llegar:

"Chicos, ¡miren mi mercancía!".

"Si la desean, es orina pura".

Es suficientemente claro su sentido para David Snell, reportero del *Time-Life*, y para Loomis Dean, su fotógrafo.

---

89 En castellano en el original. [N. de T.]

90 *Sparks* quiere decir "centellas". [N. de T.]

6 de febrero, 1997. Jueves

El palacio de Buckingham está infestado de escarabajos, ratones y cucarachas.

Sue Lowe[91] llamó. Sus síntomas reaparecieron –cáncer– mientras meditaba. Vive en la Verdad [o] sus Consecuencias [New Mexico]. Elephant Butte Lake. [Cruzando] Mesa.

7 de febrero, 1997. Viernes

¿Cómo describir al "joven" de Mary McCarthy en *Young Man*? ¿Y cómo a Walter Ramsey en *Shut a Final Door*, de Truman Capote? Sin esperanza: ninguno de ellos ha recibido dicha alguna.

Personas horribles de toda índole: torturadores, policías secretos, ruines proxenetas y homicidas –entenderán– que la dicha o la gracia de la Providencia está muy por encima de sus posibilidades, queda claro.

Y aun muy por encima de los políticos como Nixon, Getty, ¿quién más? ¿Truman? El uso de la bomba atómica no fue, bajo ninguna excusa, una tentativa necesaria, sino rayana en el pecado imperdonable, dado que pocos podrían perdonarla.

¿Stalin? ¿Hitler? Junto con todos los lamentables dictadores. Improbables candidatos para la gracia de la Providencia.

Siempre adelgazando, mezclándose entre imágenes de campos de concentración y bombas incendiarias, gritan "¡destrucción!" y desatan a los perros de guerra.[92]

¿Qué ávido joven no ha soñado con "gritar ¡destrozos!"?

El puro propósito de matar.

Lo sé.

Arriba: un *sentimiento* rudimentario, instintivo, pero mejor que nada. Es la cosa más pura, te consume al fuego de la estela lunar.

---

91 Sue Lowe fue amiga de Burroughs desde comienzos de los años setenta. El hermano mellizo de Sue, Steve Lowe, también amigo, vivió en Lawrence entre 1991 y 1993. [N. de E.]

92 Cita de Shakespeare: *"Cry 'havoc!' and let slip the dogs of war"*, en la obra *Julio César* (acto III, escena 1). [N. de T.]

Qué latoso me estoy volviendo con esto de la "estela lunar", por favor no me acusen de jaquecas que *duelan físicamente*. Soy un Hombre Devoto. Quizá incluso un *Sherifa*, como la hermana en sueños de Jane Bowles alguna vez dijo.

De verdad, palabra de honor: siempre trato de ser un Hombre Devoto. Uno puro.

Y es en ese momento cuando percibo la poca esperanza que asola a nuestros [dos] antihéroes. ¡Qué lejanos tienen el concepto o la posibilidad de la gracia! Son los últimos parias, por quienes ni el más sensible o perceptivo lector puede derramar una lágrima de simpatía.

¿Están desesperanzadamente escindidos por dentro? Desde luego.

En el relato de Truman [Capote], el protagonista cobra una forma cada vez más y más tangible. Sí, dirán, aunque también desconecta su teléfono –pero *después*...–.

¿Por qué estos solemnes imbéciles jamás aceptan mis simpatías?

Porque no pueden admitir que su punto de vista sea impreciso:

"Y jamás lo haré".

Sobre el final, hay una recta de hierro puro que mantiene la ilusión de lo correcto. Casi religiosa.

De hecho, una de las más viles criaturas, arrastrándose fuera de su morada, la letrina –de tan malvado ni reparaba en sus orígenes– (¡claro, uno de ellos!) al acercarse, me dice:

"pienso viajar por el mundo y ser muy cruel con la gente que lo habita".[93]

A lo que yo respondí, tajante:

"no eres lo rico que crees, y no podrías [ni por asomo] enfrentarte a un *maître*".

Claro que no. No *puede*, y se empeña en tratar mal a las personas, por mucho buscar sus réditos.

Que ningún terapeuta de cortas miras libere sus conocimientos al mundo.

---

93 Cita de Jerome ("Jerry") Wallace, a quien Burroughs conoció de joven en París, hacia fines de los años cincuenta. [N. de E.]

Imagínense a Walter como Monarca Totalitario: ¿o, por qué no, a *The Young Man*, "el joven"?

Por mucho que me avergüence, escogería al "joven" como monarca: *aunque* solo, y solo *porque*, me parece más despreciable que Walter. Pero Walter es potencialmente el más peligroso de los dos, y el más imprevisible.

Ahora juntémoslos a ambos.

Dios mío, qué batalla de pesos pesados.

Y así, toda parcialidad sobre el asunto habrá aumentado el caudal de sus inusitadas capacidades. Es inevitable. Quedarán por completo degradados ante las proezas del "joven", que se enfrenta al sur de California y a la Nueva Era.

La falta de escrúpulos en Walter enciende las emociones que el "joven", expertamente, falsifica de inmediato. Walter es menos propenso al miedo; el joven, no tanto a proferir los lugares comunes de la Nueva Era.

Y la desolación: en eso den rienda suelta al "joven", con sus fragmentos del poema *Dover Beach* —una sórdida llanura— de cócteles y *vernissages*.

Donde las ignorantes [rebajas ocurren] durante la noche.

Su insaciable, ávida y *agaçante*[94] falsedad devora todas las emociones sinceras y las evacua:

"el paciente con cáncer, ¡al fin!"

—mientras, absorbe los gritos que lo alimentan, para cantar impúdicamente:

"Echa a la vida"

(la vida perece ante sus fraudulentos ojos)—

"Jinetes, ¡pasen de largo!".

Recuerdo que Cole Porter se cayó de un caballo y su pierna, por [quedar] engangrenada, tuvieron que amputársela toda. De la caída se levantó sin más, olvidando las costumbres de higiene.

¿Cómo intervino el caballo en esta historia?

A la mañana siguiente le pregunta a la enfermera:

---

94 Desagradable. [N. de T.]

"los gritos de anoche, ¿provenían del paciente con cáncer?".

"Jamás escucharía ni un grito de la señora Miller. Debió venir de la sala de maternidad".

"Ah, ah".

Su avidez emana como un condón perforado.

"Esta es su medicina prequirúrgica".

Alcohol, y avarientas miradas de lotófagos: párpados extenuados sobre casi extinguidos ojos de fatiga.

El cirujano dijo más tarde:

"El corazón de un joven perfectamente sano que, durante una cirugía menor, se detuvo sin motivo aparente".

No hay razones para seguir

por una sórdida llanura,

extraña y temida,

en un mundo nunca terminado

y narrado por un idiota

(uno en serio, con síndrome de Down y todo).

Capitán de mi alma.

Continúo buscando explicaciones naturales, sin por eso desechar las sobrenaturales, por supuesto.

9 de febrero, 1997. Domingo

Acabo de terminar mi ensayo para Brad Morrow[95] sobre *The Young Man* y *Shut a Final Door*.

Será una antología de ensayística con personajes de ficción, en tiradas de distintas consignas: por ejemplo, una con protagonistas "sólidos", como el consejero Mikulin de *Under Western Eyes* –¡qué gran película sería!– y el naval francés en *Lord Jim*; otra, con personajes únicos como los de Jane Bowles y Denton Welch; otra, con personajes fraudulentos, como el mayor en *Adventure*; y otra más, con testigos de las revueltas en *Virginia*.

---

95 Novelista y editor de la revista literaria *Conjunctions*. Había solicitado a Burrroughs un breve artículo para una antología. [N. de E.]

Steve [debería] haber comprado unas pistolas, y a los demás bandidos unos cuchillos, para ver cómo el pueblo de *Virginia* se derrumba.

En el Bar 20: John Wayne, Gary Cooper, alguaciles y toda la pestífera tropilla de viejos héroes y villanos del oeste se reúnen. Tiene su lugar cada uno de los detalles de una escenografía malograda: recortes de caja de cartón, árboles de muselina y mentirosas fachadas de pueblo.

El "joven" escucha estos tentadores alaridos de ofuscación dentuda, altos y estentóreos. Se sienta recto sobre la cama con una erección.

"El paciente con cáncer, ¡al fin!"

Luego empieza a cantar *impúdicamente*, y dice:

"*Ibat res ad summa nauseum*" (al punto de las sumas náuseas): la cosa ya era enfermiza y putrefacta.

Referencia: el banquete, en *Trimalción*, de Petronio.

Yo lo admiraba, de niño, por apuñalar al rufián que le respiró con aliento a vino en la cara. Petronio sacó su daga, rasgó las togas del buen hombre y se esfumó como si nada hubiera pasado.

10 de febrero, 1997. Lunes

En una especie de teatro con alguien. El lugar casi vacío.

¿A quién, con un traje marrón, tenía en frente?

11 de febrero, 1997. Martes

Lo fui todo: policía, informante, ladrón.

Sí, en el fondo, es lo que los escritores vendemos: la experiencia.

¿Y los pintores? El síndrome Stendhal: los *efectos físicos* [provenientes] de un objeto artístico.

Henry Geldzahler, en una conferencia dada en Boulder, Colorado, dijo que después de haber visto la obra de Julian Schnabel, [él] no había quedado muy conforme. Desde entonces, no hizo otra cosa que rodar con presteza por las escaleras.

Muy buen relato: *To Feel Another's Woe*, de Chet Williamson, un culebrón de vampiros.

¡Qué estúpidos son los hombres que caen una y otra vez sobre sí mismos! Me disgustan.

Es lo que hacen los hombres poco intuitivos de norteamérica. La mujer se siente en su salsa cuando abandona a tres maridos, y aún pide.

Las grullas y los gansos viven juntos, después de aparear, por más de ¡ochenta años! Fíjense: ¡ochenta años!

El viernes será mi masacre de San Valentín. [Santa] Meester William *necesita*...[96]

Esto es sábado, 15 de febrero, 1997

La altísima discrepancia en torno del precio de un mismo artículo es asombrosa y objeto de potenciales riquezas. Una especie de [usura], como bien entenderán. Ofertamos valores equivalentes del mismo —el más bajo, por supuesto gana— quién paga $49,95 cuando puede comprar al lado por $19,95.

La situación arriba descrita pertenece a un desconcierto que existe gracias a la industria de la defensa personal. "Imbatible defensa en artes marciales desarrollada por *Marines* norteamericanos bajo supervisión de los faraones del Antiguo Egipto". Gas mostaza, máquinas aturdidoras, balas de goma, proyectiles improvisados, fundas de espada, "cualquier protección que necesite, señor, contra la muy mala gente". Deberíamos mantener a los negros en sus oficios y añadir unas cuantas castraciones, pegándoles siempre donde les duele, de la cintura para abajo, pero manteniéndolos vivos.

No estoy de acuerdo.

¿Quién fabrica estos productos? Un albergue en un sótano, con elaboraciones hechas [al vuelo.]

Tomen mi cuchillo de ejemplo: corta como una ventisca. ¿Puede sacar alguna ganancia? Lo dudo.

Volvemos a los conceptos decimonónicos de *Daddy Warbucks*. Al trabajo de garaje, de sordidez artesanal: con estas cosas prosperan las

---

estrellas de cine y las piletas de natación. Pero afuera es un campo de batalla abierto.

Golpear fuerte las palmas de las manos de repente; el brutal impacto del aire comprimido. Ruptura de tímpanos garantizada.

Verán, es la industria que menos recursos necesita: la defensa personal. Las personas se convierten en cañones andantes y sus calumniadores, lejos de matarlas, les dan ánimo, fortaleza y sustento para sus maldades.

Ahora bien, el lema nuestro es: "todo lo que nos involucre es ético".

Una defensa personal ética: en todas nuestras relaciones.

Mientras los precios sufren desajustes y las calidades padecen como un santo martirizado, la industria se pone a la espera y entre las manos de la policía, de las fuerzas armadas. Nuestra organización debiera [denostarlo] desde el punto de vista ético...

—no tengo más influencia que un coronel constipado—.

Confucio dijo:

"¿Por qué tratan de mantener la posición cuando ya la perdieron?".

¿Sabrán qué es mantener la posición?

Observen la suburbana Lawrence, Kansas: árboles, casas dilapidadas, una carretera.

¿Dónde este —impecable Sudlow— estará ubicado? ¿A trescientos años del futuro?

Miren:

"El fin. Es terrible. Lo he visto".

Ciervo Lastimero, un chamán lakota.[97]

Se supone que iría a verlo en algún momento, pero no teníamos suficientes amigos en común.

Solo miren.

"¿Vivían dónde? ¿En serio? ¿Dónde está?"

"Puedo oír..."

...el lugar de donde provienen las voces humanas, las vacías cuerdas vocales, canciones, sinfonías, flautas y los repiques de percusión: ninguno con sonido, como una crisálida enterrada.

Solo los gatos mantienen su postura, exigiendo partes de mí.

---

97 Los lakota son un pueblo originario canadiense. [N. de T.]

De mí —al menos lo que queda—
Los gatos son parte de mí. Me deben sus vidas.
¿Y quién era?
No sé, no consigo recordarlo.
¿Tendrá algo que ver con...?
Quién sabe, a esta altura nada es del todo cierto.
¿Y quién era?

Nos pidieron como niños que éramos que cocináramos los malvaviscos hasta dorarse, pero sin que se quemaran.

Y aquí tenemos al perfecto Niño Malvavisco, dorándolo a punto, con una fija y azucarada sonrisa, de cara estática, como congelada.

El Niño Malvavisco se tuesta hasta la perfección, sin nunca quemar el caramelo: su cara, una tersa máscara, del color de un tabaco de pipa (o un malvavisco a punto), se congela en una sonrisa.

Sostiene en alto el malvavisco con un largo tenedor: ojos quebradizos y párpados extenuados.

18 de febrero, 1997

Un chico de cerámica con el cuello grueso, blanco como el alabastro, de labios rojos y precisos. Su cuello es largo, busca a la distancia. Brillante pelo punzó, sus ojos violetas se le iluminan por la espalda. Brota del suelo.

Es hueco como el chico del sueño de ciencia ficción, el de vastos domos: sueño en el que también hubo bares y ambiguas cortinas para un espacio tan bajo (60 cm de alto).

Chico de porcelana, pelo rojo y piel blanca como el mármol. Apenas se mueve, apenas respira.

19 de febrero, 1997. Miércoles

Sueño —un chico con la blancura de un mármol y pelo rojo— bello e inhumano, como de cerámica. Parece brotar del suelo —labios rojos y perfectamente definidos— *pintado* sobre un mármol maleable.

Era en un lugar no muy distinto a una sauna.

Ya no pude verlo con claridad, excepto la roja cabellera y el largo pero grueso cuello. Las piernas, que parecían *emerger* del suelo, eran vagamente distintas. No hay piso y de un giro se da la vuelta para mirarme. Es hueco.

No es otra que la figura de cerámica del sueño de ciencia ficción, de largos domos y altísimas cúpulas. Uno podía ver que aún estaba vivo: con tenue aliento.

20 de febrero, 1997. Jueves

Iba a desempeñarme como ladrón de joyas. Alguno me dijo:
    "Envidio esas *manos tuyas*. Parecen las de un cadáver".

21 de febrero, 1997. Viernes

El plomero, *Dirty* Dave, acaba de llegar. Por fin arregló el inodoro.

Leyendo *Asylum*, de [Patrick] McGrath:
    "Se limpió los dientes con una avispa que merodeaba por su vaso".
    Excelente detalle el de ubicar al lector *allí*. No resulta fácil olvidarse de la presencia de una avispa.
    Tiene el mismo largo que muchas de las novelas de John le Carré. Muy buen escritor. (Esto es lo que se dice una "detracción de muy tenues halagos".)
    El libro trata de un *affaire* sentimental al estilo *Madame Bovary* entre un paciente mental y la esposa de un importante psiquiatra. (En este momento mi letra tiembla cuando escribo, y caigo en paracaídas al Infierno.) Escándalo temible. Vidas arruinadas. Muy malo que estas cosas sucedan.
    Pero no guardo ninguna simpatía por los ardores adulterinos de Stella.
    Dos carreras profesionales languidecen dentro de mí, la de un doctor:
    "Tan inseguro como un especialista en diagnósticos".
    Se enriqueció de la noche a la mañana. Realizaría los estudios de los

pacientes en la sala de espera y, para cuando ellos se acomodaran en su consultorio, él ya sabría que algo andaba mal.

Era cabalmente sincero cuando quería:

"Señora Bentley von Urchnitz, tiene usted una pancreatitis. Le doy un mes".

Lo que escribo aquí es tan exánime y chato como la "nierra".

Han absorbido los talentos que me fueron destinados. ¿Por qué debería quedarme más tiempo del previsto?

"Apesta. Estoy listo para partir".

George Sanders, pero no estoy seguro.

"Te dejo sola en esta dulce alcantarilla".

Nota de suicidio de George Sanders, actor, muerto en Barcelona. Sobredosis de somníferos.

"La juncia está marchita a orillas del lago y ningún pájaro canta ya".

"¿Qué es *lo que se siente* cuando los parches incuban?"

Se siente abstinencia por fetanilo. Los parches incuban necesidad de consumo, en intervalos regulares de veinticuatro horas.

22 de febrero, 1997. Sábado

La noche anterior estuve a punto de desempeñarme como ladrón de joyas. Alguien me dijo:

"envidio tus manos. Parecen las de un cadáver".

Castaneda sugiere que nos miremos las *manos* en un sueño. Veía las mías de frente, a la altura de los hombros. Tersas, viejas y bronceadas manos. Nada del otro mundo.

Historia acerca de un porcino condado. En él, alimentan con "indeseables y disidentes" a los cerdos para luego exportar sus jamones a Virginia, donde se fabricarán diversas prendas de vestir.

El negocio marchó debidamente cuando aumentaron los turistas y escritores en circulación.

"Por supuesto, hablamos de individuos que nunca serán extrañados. Hubo algunas equivocaciones, eso sí, como la hija del senador: una pena, la verdad".

Inspirado en un relato corto, de nombre *Blanca*, por Thomas Tessier.

No cabe duda de que el canibalismo es la respuesta definitiva a la sobrepoblación y la escasez de recursos. Pasó lo mismo en la isla de Pascua. Y también, aunque con canibalismo indirecto, en la isla de Circe; en Oriente; en Occidente o *Villamarrano*...

El secreto está en alimentar a los cerdos con maní la noche anterior a la masacre, evitando en el ejercicio temibles y humanas maneras que, aplicadas, contaminarían la carne por secreción de adrenalina.

("Carne de Cerdo Rudo".)

Y pronto la lucrativa pastura también será alimentada con maní la noche anterior al crecimiento. Las pruebas de distintas combinaciones darán como resultado un jamón, que al precio de cien dólares, será más que razonable.

El clima lo permite. El precio es bajo y atrayente para *beatniks* y abúlicos, esenciales integrantes de la categoría "nunca serán extrañados". Hay puestos de trabajo disponibles en las plantas de procesamiento y en los talleres de ropa porcina.

Los *beatniks* tienden a ser trabajadores poco confiables. Incumplido cierto número de horas en el trabajo, serán entregados a los cerdos. Las drogas se confiscarán de los cadáveres y por eso mismo el intercambio no podría resultar más propicio.

Quienes habiten en el exilio serán bienvenidos. (En muchos casos con hábitos no del todo olvidados, y por tal se exigirá un tratamiento médico a quienes lo necesiten, además de someterlos a una dieta que engorde.)

Los genetistas trabajan noche y día para producir venados, vacas y búfalos omnívoros.

Esta información figura al final de la historia, sellada en una carta, con un lector al que le conviene no abrirla hasta leer testimonios anteriores de desafortunados viajeros.

Luego un cuestionario:

"¿Pasa algo malo en este lugar tan tranquilo? De ser así, ¿qué cosa y por qué razón? ¿Han visto el Servicio de Intercambios de aquí, o es que la policía pretende mantenerlo en secreto? ¿Acaso alguno de sus familiares ha desaparecido ya?".

Etcétera.

Que rompa el sello ahora, y descubra la verdad.

Ustedes pensarán, van a aclararse los motivos detrás de las desapariciones. Como el de la chica golpeada, que resultó ser la hija del senador...

–¡Allá va [él]!– Gordo, rojo y sudado, gritando a *nuestro* policía, que responde con suave calma:

"Creemos que podría haberse cambiado el nombre para mudarse a... Lo sabremos dentro de unas horas. Por ahora *sugiero* que se retiren a su Porcino Hotel y *descansen*".

La mano que consolaba al senador era firme y de lamento oficial.

"Sufrió más tarde, el senador, un infarto en *nuestro* hotel, muerte certificada por uno de *nuestros* doctores".

Ella debió de proveer unas sabrosas chuletas, y la hermética belleza de esto: es que sus huesos, ya sepultos, fueron desenterrados y ofrecidos de nuevo a los cerdos.

Yo siempre digo que se conformen con lo que tienen. No hay necesidad de cubrir todo *Villamarrano* con jamones.

En cualquier caso, la riña que se desató entre los Vacunos –Rumiadores– y los Cerdos Hoscos fue espectacular. Cuando el humo se aparta uno sabe que se avecina, desde luego, una escena de Romeo y Julieta:

"porcino, porcino, ¿donde estáis tú, porcino?".

Él proviene de los originales Cerdos Aristocráticos y ella, de los viejos Ungulados.

Siempre en busca de conflictos involuntarios:

"huele a chiquero aquí, Clem".

"Quizá sea boñiga lo que se huele, salida de tu propio ano".

"¡Todos de cara al suelo, ya!"

De alguna forma suena inverosímil: algo torpe y nada realista.

No tiene nada de Stendhal, eso queda claro.

23-24 de febrero, 1997. Domingo, lunes

Escucho que alguien dice:

"Envidio tus manos. Parecen las de un cadáver".

Y la tragaperras 69:

"Usted, compañero, mire mi mercancía", dijo A. J., desenvainando su escroto.

"Si lo quiere, es orina pura".

(De parte de [David] Snell del *Time-Life-Fortune* a mí dirigido, en 1959.)

Una cosa más por aprender, siempre demasiado tarde.

No tienen estómagos. Por consecuencia, tampoco *deposiciones sólidas. Es orina pura.*

Supongo que se habrán rendido, cansados ya de mí.

No lo sé, veremos.

Si debemos hacerlo, se hará.

25 de febrero, 1997. Martes

Fue por 1948 o cercanías, con Kells Elvins. Sembrábamos algodón en Pharr, Texas,[98] cuando vimos una noticia de *Time* sobre County Harlan, Virginia.

Un policía, así descrito: "malhumorado y dientudo pistolero, que tomaba mucho placer en dar culetazos a los borrachos y en ofender a la población femenina".

Cualquiera sabe que ese tipo de placeres es insalubre.

Un sábado por la noche, la plaza llena de compradores del fin de semana, el policía se acerca para interrogar a cuatro sospechosos dentro de un auto aparcado:

"Algo en ellos huele mal".

Disparos irrumpieron. El policía gruñó sangre y cayó de bruces a la acera.

Era *boy scout* por esos tiempos, así que lo puse de espaldas para medir la gravedad de sus heridas. Fue la primera vez que practiqué los primeros auxilios, enseñados hacía no mucho.

Ahora bien, la sal es uno de los mejores antisépticos que existen,

---

98 Burroughs y su amigo de la infancia, Kells Elvins, compraron y administraron un terreno por allí cerca, en 1946 o 1947. [N. de E.]

y tengo bolsas llenas de ella. Sal de *Morton*, una famosa marca: "que cuando llueve escurre". Y así escurrí la mitad de la caja en cada una de sus perforaciones. Eran cuatro, conté, un equitativo cuarto por herida. Verán, la sal en perforaciones es como un hombre listo, pero él se pasaba de listillo.

Cuando miré a mis alrededores, la plaza estaba vacía, con un sol ardiente y unos rayos que volvían evidentes sus calores. Nadie vio o supo nada. Mejor así.

Había agentes del FBI, de Washington, hurgando alrededor. Como si a él lo hubieran "privado de sus derechos civiles", pero nadie vio ni supo nada.

Derechos al viento y buena suerte al "malhumorado y dientudo pistolero".

Pedazos y extravíos de mi pasado: todos melancólicos, ineptos, muy por debajo de mi nivel.

Recién a los 83 emerjo, recuperándome de una atormentada adolescencia, dolorosa para mí y todos los que me rodearon. Por supuesto, nada de "viejos amores" a mi vejez.

Ruski fue mi último amor. Mi primer gato.

Me mostró qué es el amor. El amor por las especies y la variedad.

Millones de gatitos con ojos brillantes, de comadrejas, y hasta de gatos maduros...

"Yo los creé".

"¿Al ciempiés? ¿A las arañas y los escorpiones? ¿Y por qué? ¿Para qué?

"¡Para amedrentarlos!"

El ciempiés se arquea sobre el hombre atado a un sillón y preso, el ciempiés lo engulle.

Ahora que lo recuerdo, no existían historias de terror por entonces. Tampoco relatos de ciencia ficción.

¿Y de dónde salió semejante idea?

1 de marzo, 1997. Sábado

"Daría *lo que sea* para recuperar mi talento. Bastaría con una habitación, una máquina de escribir —y—".

"No nada, venga vielne".

Bien, "daría lo que sea" suena a pacto con el diablo o con agentes de seguro a bajo precio, pero de esos que solo comercian cuantiosas mercancías: tiempo, dinero o drogas.

Y si yo quisiera adquirir talento, habilidades o contundencia: incluso en esos casos, digo, los listillos querrían ser santos.

"Atén sus negocios con Jesús, por amor de Dios. Nosotros no manejamos ese tipo de mercancía".

Quisiera escribir algo que verdaderamente le sacara las medias a la perplejidad.

¿Vieron eso? Un auto estrelló al hombre y lo privó de sus zapatos. Sangre, zapatos y gasolina por la calle Canal. Un camión perdió los frenos —de veras— y produjo un choque en cadena. Yo vivía en la calle 210.[99] Brion vino a verme y me lo contó todo.

Colaborábamos en *The Third Mind* por entonces. Muchas lastimaduras: ¿cómo una palabra puede traducir lo que ocurre en un evento preciso, en un accidente?

Evento.
Accidente.
¿Ocurrió en frente?
Como todo presenciado experimento
y como todo involuntario gesto
fue también infrecuente.[100]

Ahora la Máquina de Sueños Vampírica despide un gracioso tufo que lo delata. Un olor como a —no conocidos— órganos descomponiéndose en un callejón alienígena.

Apesta a orina de los Grises. Excrementos fosforescentes de los Blues —que en viajes de larga distancia intergaláctica retienen por meses—. Excremento de los Blues, que viven de los minerales y el fósforo. Crecen por la noche y confieren enfermedades radioac-

---

99 Burroughs vivió un año en Nueva York, de 1964 a 1965, la mayor parte del tiempo en esa dirección. [N. de E.]

100 *Event / Accident / make a dent? / Let's invent / News events / and / accidents.* [N. de T.]

tivas y letales para el pobre peregrino que tenga la desgracia de pisarlos.

(Cursi.)

Indescriptibles villas, famélicas y pestíferas. Mendigos reptantes que se aferran a tocones con los brazos débiles y gusanos blancos que salen de sus orificios mucosos retorciéndose, en pose mendicante. (Algunos de ellos hasta tienen pequeños sombreros.) El olor de estos suburbios te pone de rodillas como una patada en los testículos.

Y duermen en su propia mugre, la atesoran y luego la utilizan para la fabricación de sus morteros en madrigueras y recintos cercados.

Recuerdo, en Harvard,[101] a ese viejo profesor marica hablando sobre La Meca y la "inexpresable depravación de los árabes".

"Caballeros, ¡*inexpresable*!"

Se inclina hacia adelante en el podio, reforzando un silencio reverente y cargado de *odio* puro. A la manera en que solo una vieja católica sabría excretarlo [el odio] una y otra vez y por muchos años.

(Las lesbianas presentes podrían, sin embargo, aprender algo del profesor cuando dice: "cosas que ni sabías que existieran".)

El intempestivo marica se reacomoda. Su poderío está a punto de resurgir. Apunta a la abyecta juventud:

"les pediré, caballeros, en especial a quienes duermen en clase, que por favor se suban aquí".

Era un hombre inmenso: 1,94 cm y 113 kg. Carga contra un joven:

"¿Su nombre?".

(Etc., llegado este punto, ya me había ido.)

"Lo lamento, señor".

"Claro que lo lamenta, y es lo mínimo que podría hacer. Elevaré su caso para que lo juzgue el Hombre Devoto".

El chico se desmaya. Sabe qué es lo que eso significa en Egipto: los delitos capitales son elevados al Hombre Devoto, que *siempre* aplica la pena. (Derrumbaría las piedras de sus pirámides si no lo hiciera.)

---

101 Burroughs asistió a la universidad de 1932 a 1936. Presentó su tésis sobre antropología en 1938-1939. [N. de E.]

Y así el delito fue castigado por el Hombre Devoto con pena capital. En el barrio de los insectos. Busca un poco de aventura, no muy lejos de aquí, en el bar del callejón hediondo.

Mira en torno los cubículos, algo se revuelve en su entrepierna. Vomita unas apestosas y sucias sábanas. En realidad, su pene lo hacía, manando mechones de pelo, tenazas y garras de ciempiés. El olor de este vil...

No, no puedo. Las palabras no bastan.

Entonces ¿qué cosa olía como aquello? ¿Cuál pudo ser el *origen* de semejante olor?

Un olor que él nunca antes había olido –vil, pútrido–.

Las palabras se hunden como navíos: se petrifican con su uso. ¿Drogas en estos tugurios? El insecto que las distribuya será devuelto a su cascarón e incinerado en seis meses.

Y para quienes puedan pagarlo: drogas de la inmortalidad. Arrastran la vida de hombres y mujeres por más de, digamos, cuarenta años, si uno jugara con los tiempos: como las tortugas de Galápagos, que quizá vivan cientos de ellos... transcurridos con *mucha lentitud*.

¿Y cuál es el propósito de la vida? El conflicto, por supuesto. Sin conflicto no hay vida.

Los Grises *se quedaron sin conflictos*. Acabarán pareciéndose a sí mismos.

(Un ancho altillo se extiende hasta desaparecer entre la gris neblina. De vez en cuando alguno trepa y ataca a su vecino. Luego descienden para volver a su estupor inicial.)

Volvamos a las villas, a las filminas putrefactas y nitrogenadas, a la basura.

Los actores nunca mueren, apenas se desvanecen en viejas pantallas.

Por eso yo no estoy escribiendo esto.

Empecemos con un héroe.

Terminó sus estudios en la escuela secreta, consumo de drogas, retracción social: lo esperable. No trabaja para ningún gobierno o partido político.

¿Habrá caído ya en las inevitables y corruptas manos de los Grises?

Por corrupción propia. La tentación del poder. La corrupción del poder.

Entonces, quienes desean que nos quedemos *aquí*, en el planeta que devastaron.

Aquellos que desesperadamente *necesitan humanos*.

Por supuesto, para la reproducción –pero escuchen, hay más: para la *Energía–*.

[Es] por esto que el planeta está fracturado: ELLOS necesitan nuestra energía. Necesitan mantener el mundo dividido.

No hubo conflictos. Todo el mundo acordó con todo el mundo porque todo el mundo es todo el mundo: clones.

El diluvio cayó.

El diluvio cayó.

El orgón resistió en los portones.

Cristo sangró.

El tiempo se acabó.

La termodinámica ganó por muy poco.

"¡Construiremos villas más viles!"

Logren que la moral mayoría escupa sus putrefactas entrañas con odio.

Descubrimos un nuevo "S. O.": suero del odio. Sirve a quienes atesoran una biblia bajo el brazo, *y* les sirve porque odian al 100%:

"*La Rage!*".[102]

Dementes: desnudos y con erecciones, armados de pipas, tenedores, mazos y cuchillos de untar oxidados. Ellos pueblan las calles vacías.

No hagan nada por nadie, porque puede que por miedo les devuelvan el favor.

Miedo o desinterés.

Esto alberga tanta agua como un tamiz.

[Un sadomaquista] golpea a un ciudadano común. El ciudadano común lo golpea el doble y el sadomasoquista lo adora.

No funcionó. No pudo sostener el agua ni para lavarse los dientes. ¡Plan abortado! ¡Urgencia!

---

102 La rabia. [N. de T.]

Fue visto en Nueva York, en el Idus de Marzo de sus malos hábitos estomacales. El flautista de la leva, comandante Tío Sam, tira papeles picados al viento: al iluminado y amplio cielo.

Alto y claro —adentrándonos en Londres, adentrándonos en Londres—

—apareciendo— rodeando la zona de entrega, los ciudadanos hacen fila para la comida —como detalle personal—.

"Mis galgos se están muriendo".

"Podrías ser un poco más viril al respecto".

Villamarrano. Reverdeció fértil gracias a las cenizas de los *huesos*.

3 de marzo, 1997. Lunes

Brillante día soleado, un poco fresco.

"Nos volveremos a ver".[103]

James me condujo en auto hasta lo de K. C. pero no entramos —no sé cuándo— creo que el jueves, como tenemos acostumbrado.

Nichol's estaba cerrado. No sé por qué. Comimos en Waid's. Mal vestidos, torpes y feos gerentes. Encantadora mesera. Cuando la llamas, te escucha.

"Sabía que nos volveríamos a ver en un día soleado como este".

Un brillante día soleado.

Nos volveremos a ver.

James me llevó en auto a lo de K. C.

Pero por no haber entrado—

no supimos cuándo—

creo que

el jueves

como tenemos acostumbrado.

No sé cuándo

---

103 Burroughs se refiere aquí al final de una película de Stanley Kubrick, *Dr. Strangelove or: How I learned to stop worrying and love the bomb*, del año 1964. En ella, Vera Lynn canta "Nos volveremos a ver" sobre un montaje de bombardeos. La canción se hizo muy popular durante la Segunda Guerra Mundial. [N. de E.]

Nichol's
cerró.
Encantadora mesera:
"Si deseas un ángel cerca, llámalo que vendrá".
Buena comida.
Considero deleznables los huevos fritos sin yema. En este caso la
yema era bien dura, protuberante y amarilla. Casi de silicona.
"Sé que nos volveremos a ver,
otro día soleado como este".
"¿¡Cómo no pueden darse cuenta!?"
Es como el Día de Juicio:
el fin de la vida
tal como la conocemos, en el planeta Tierra,
o la Tierra, como alguna vez fue llamada.
"Nos volveremos a ver
algún día soleado".
"Sé que nos volveremos a ver,
tienes idea de dónde o cuándo?"
La voz desvanece en "algún día soleado".
Las luces se apagan.
"Nos volveremos a ver—"
(la voz se debilita) "algún
día soleado"– ya casi convertida en murmullo.
"¿Tienes idea de dónde? Porque no sé
cuándo" –la voz se apaga–
el día cae, el sol cae.
Un rayo de luz –¡luces!– ¡Cámara, acción!
"Algún día soleado".
Las lamparitas de luz explotan y la oscuridad se cierne sobre un
territorio que las luces jamás podrán ocupar.
(Esto es un poco bombástico.)
Vista del sol sobre el mar: ladrillos, mármoles, pinturas, animales,
árboles, bosques, montañas y desiertos. Un vasto panorama de lo que
el *Homo Sapiens* ha hecho.

Visitamos con Carl Laszlo[104] al Barón suizo. La casa contaba con una armería, y en ella, una Nagant de origen ruso. De la entrada colgaban muchas cornamentas y pieles de gamuza.

"¿Los mataste a todos por tu cuenta?"

"Claro, si no, no estarían aquí".

"Obviamente".

Me disparó una mirada caliginosa.

Más tarde, después de la meliflua pastelería y el café, a eso de las 3.00 de la tarde, el Barón dijo, *à propos* de lo que yo olvidé comentar:

"Me gusta dispararles a los gatos".

Qué mal haberlo conocido tan pronto, de otro modo yo hubiera dejado en claro:

"Soy un devoto amador de los gatos".

Me paré y pateé a su perro (bastante chico) en el abdomen.

El Barón se levanta, ultrajado; el perro se queja y se acuesta en el piso.

"Estoy a sus órdenes", dije en tono chancero.

Para entonces ya andábamos los dos con vestimentas del siglo XVIII –suficiente–:

Por supuesto, lo maté de un disparo al cuello.

1. Ruski
2. Virginiano
3. Malhumorado y dientudo pistolero
4. No siempre se acuerdan
5. Lo llamaban el Sacerdote
6. Moribunda sensación. El doctor Dent: "lo que está haciendo el departamento antinarcóticos de este país es *ruin*", claro que sí.
7. Cambios en la habitación 32 de Brion, *9 rue Git-le-Coeur*.

[8.] Bar del Chelsea Hotel, Nueva York. Filliou del *Domain[e] Poétique*, detrás de mí, en el bar. Dice: "¿pero cuántas veces intentaron *matarte*?". Que me protegieran de la "conspiración" ha sido mi gran victoria pírrica. El ganador nada se lleva.

---

104 Carl Laszlo: un vendedor de arte, con residencia actual en Basilea, que conoció a Burroughs en Nueva York. El escritor lo visitó, mucho más tarde, durante los años 80, en su casa de Suiza. [N. de E.]

[9.] *The Young Man* y la otra historia de fantasmas, la de Truman Capote. El más dificultoso de todos los géneros, después de la ciencia-ficción. Debo escribir una que estremezca a los sentidos.

Espero poder escribir *algo* antes de que compre la granja. Algo con muy severo síndrome Stendhal.

Como lo que sentí soñando con *The Heart is a Lonely Hunter.* cargando una cesta, un brillante sol, nadie lo ve y ante el horror de cargar la cesta —y de no saber dónde dejarla— monta a caballo, hasta despertarse agitado.

Leí este pasaje y estremeció mis sentidos, pero de pronto me pregunté: "¿Qué hay en la cesta? ¿Qué hay en la cesta?".

Sol ardiente, famélicas expresiones del cercano Oriente, todos caminan. Nadie habla. Él camina bajo el terrible sol ardiente con una cesta que debe poner en algún lado. Cargó con ella demasiado tiempo. ¿Dónde la pondrá?

Acabo de escribir mi obituario.

¿Por qué no habría de contribuir?

"Fue generoso consigo mismo. Dio de él todo cuanto se le pidiera. Tuvo que hacerlo, era lo único que tenía".

4 de marzo, 1997. Martes

Cita mañana con el doctor del músculo que bombea a las 12.45.

5 de marzo, 1997. Jueves —hoy es miércoles— escribiendo hoy, miércoles

Afuera, el color del mundo es azul.

7 de marzo, 1997. Viernes

Un percance sexual con nadie que yo haya visto antes. Bastante musculoso, vestido de azul. Nos separamos en malos términos. Me dice:

"Yo no creo poder hacer el amor de rodillas".

Me pasa lo mismo. Un amargo odio corre entre nosotros.

¿Quién puede ser?

Es bastante musculoso y corto de tamaño, ¿¿siempre vestido de azul??

8 de marzo, 1997

Leyendo *The Last Don*, página 36.

La señora estuvo persiguiendo a su marido, Boz. Peligroso, de agresividad ambiciosa. Siempre la baña a ella con un balde de agua fría en el pabellón.

Lo próximo que haga será *realmente* terrible.

Solo existe un arreglo para el problema de Boz: la imparcial contundencia.

Y también para muchos otros, como para el depravado que dijo:

"Burroughs es una vieja puta", mientras derramaba cerveza.

Bueno, compañero, ¿por qué no viene aquí y arreglamos nuestros asuntos?

(Pistolas, a diez pasos.)

Lo dudo.

Solo un cobarde, un quejoso, un perdedor propondría algo así.

Estaré encantado de adecuarme a las circunstancias.

O a ese otro que dijo:

"El hecho de que existas ya es un insulto para mí".

"¿Así que no hay espacio para ambos en este universo? Desenfunde, peregrino".

No desenfundó por ser, como era, una voz del contestador. La proverbial voz de los semieducados, argumentativos y ambivalentes antagonistas. (Apuesto a que tiene rojos el pelo y la barba. Me lo puedo imaginar. Quiere decir algo. *Siempre* quiere decir algo.) Me llama un "mimo literario".

En otro mensaje:

"Quería comentarte que Kerouac está de vuelta en la ciudad. Regresó de la tumba. Regresó de la tumba con un pene de proporciones bíblicas. Pensé que te interesaría".

"¿Quién eres? ¿Estás cerca? ¿Estás de viaje? *Necesito* saberlo".

Ese último mensaje fue de hace seis años atrás.

Bien, cuanta más exposición, mayor también el peligro.

(Llevo un calibre 38 por si acaso y, de acuerdo con esta premisa, siempre en el cinturón. Dejo la puerta abierta. Si alguien se acerca con algo en mente no volverá a caminar en sentido contrario.)

Me acuerdo de quien estuvo en la portada del *Times*, y de lo mal que le fue, pero este tal Verwoerd, después de un corto tiempo como mensajero parlamentario, se suicidó con el cuchillo de su despacho (y lo bien que hizo).

Decía tener un demonio agusanándole los intestinos. Cuando fue a buscar comida, el gusano, percibiendo el aroma que se aventuró, dijo:

"Dame un poco".

El señor Verwoerd, muerto.

Los duelos legalizados agitarían un poco más las cosas y mantendrían a las lenguas civilizadas de tanta boca estúpida.

Pagaré por un viaje de ida y cualquiera de los costos en los que pudiera incurrir. Habrá un ángel desprendiéndose de mi descomposición *y* una campana *en mi haber* en caso de que el entierro haya sido prematuro.

Reunidos estarán, desde luego, competentes fisiatras y ambulancias en caso de que, ya saben, las emergencias surjan.

¿Y quién es este buen mozo que no conozco?

Un compuesto quizás: algo nuevo me han descubierto.

En esta era de sobrepoblación, los matanegros, esos que pretenden de un botón matar cientos de: manchurianos, negros o malayos; *esos*, digo, ya no pueden ir sueltos.

Miren por ejemplo los clones. Veo sótanos y "campos de clonación", como ellos los llaman. No hay forma de pararlos. Cuando pueden y lo hacen, sin ir más lejos, ahora mismo, se salen con la suya.

Podría contarles lo que se siente al ser clonado.

"¿Por qué no?".

Últimas palabras de Timothy Leary. Hablé con él antes de que sucumbiera en los mortales trajines del mundo.[105]

---

105 Shakespeare: *"Shaken off these mortal coils"*. [N. de T.]

¿Por qué no?
¿Por qué no?
Insisto, las últimas palabras que me dirigió fueron:
"¿por qué no?"
¿Qué da como resultado un clon?
¿Quién lo clonó? ¿En circunstancia o con qué propósito?"
Y así el mundo termina con un suspiro.
Qué previsible fiasco.

9 de marzo, 1997. Domingo

Incluso interrogaron al viejo Ellisor. Se sienta allí en su pórtico con un frasco de conserva y montones de Georgia White.[106]

Dos de ellos. Uno con acento local –falsamente local– y el otro, un pusilánime:

"¿Por qué no me da un sorbo de su descolorido whisky?".

Arch entrega el frasco con lentitud y buen pulso, sin que el contenido tambalee.

"Tome, por bromista".

(Arch leía mucho en su tiempo libre.)

El otro policía agita la Ley de Protección a Testigos a los ojos del viejo Arch, con sus pálidos ojos azules casi borrados por las cataratas. Se movían como las nubes de un amanecer.

"Hoy va a ser un día caluroso".

Ambos pusieron las manos en sus caderas, un poco mareados por los martinis del almuerzo. Lo miraron con reproche.

"Tenemos trabajo que hacer".

"Entonces háganlo".

"No tiene por qué vivir en una casa tan modesta. Podría tener un departamento con TV, refrigerador e inodoro por el precio de 50 dólares, ni más ni menos. Aproveche, ¡la oportunidad es única!"

"Tengo todo lo que necesito. Cuando el abuelo de mi abuelo vino

---

106 Ambigüedad intencionada del autor. Se refiere a que el nombre de la cantante Georgia White se parece a una marca de whisky. [N. de T.]

aquí, hace doscientos años, no había nada en este lugar salvo pinos y búhos. Búhos y Ellisors, señores, nada más. Han habitado este sitio por 60 años y no pretendo que eso cambie".

Los policías se miraron entre sí y levantaron los hombros. Inútil razonar con un viejo tozudo.

Un guardaespaldas de primera. Mueve el brazo con velocidad implacable y dice: "tú y yo sí que sabemos dar en el blanco". Su arma nunca falla, siempre está armado. Él mira al blanco y el arma hace el resto.

La más grande de las historias de horror: el pene ciempiés.

Insisto, sin percances, sin conflictos, cualquier sistema caería: algunos más rapido que otros, pero siempre con leño ardiendo en sus hogares, por mucho que los corazones añoren...

"Es un largo tramo hasta Picadilly".

"Para allá voy con alas y plegarias".

Utopía. ¿Dónde está el desafío? ¿Dónde el miedo? ¿El enemigo?

Esto es una guerra/alarma planetaria, defendida sobre las bases de la guerra y el pánico.

Cara de pánico: todo ha terminado y se cae a pedazos.

"¿Qué esperamos? Washington queda por ese camino".

Asaltábamos licorerías de ruta y nos llevábamos todos sus contenidos, echando a mano pistolas y escopetas de dos calibres. Ya estoy muy borracho.

10 de marzo, 1997. Lunes

Recuerdo esa isla por las afueras de Venecia. Alan y yo.[107] Esperábamos un barco de regreso.

Nos sentamos a la mesa de un café, en una plaza. Paredes gastadas por doquier. Un chico bailaba en medio. Se movía y agitaba los brazos, como si escuchara alguna música.

Esto es algo muy común, muy italiano, pero nada sencillo de ilustrar.

---

107 Burroughs viajó a Roma para conocer al escritor Alan Ansen a comienzos de 1954, de camino a Tánger. [N. de E.]

La música me es totalmente desconocida y por añadidura hostil. Rara vez haya sentido yo tan ignominiosa afrenta, tan ignominiosa derrota.

Algunas ocasiones excedían la humillación habitual: la lavandería en Tánger, cerca de los baños turcos; el café en París; el carnicero de Nueva York recomendado por Wilson (que antaño había sido inspector de servicios gastronómicos en Sudáfrica); el puesto de diarios en Londres:

"Feliz Navidad".

"Le ruego que por favor sea amable".

Derrota abyecta.

El temblor[:] calurosas ondas sobre el objetivo que en espiral (a menudo con dolores fríos) asciende y continúa en filamento, indicando la muerte. Dolores fríos en su gesto, y un miedo que repele.

El baile en esa isla sin nombre: no puedo ponerlo en palabras. Expresaba toda la aversión que la ínsula sentía por mí, tan absoluta como desprevenida, dejándome al igual que una marioneta sin ventrílocuo.

"¡Mata, Bill!"

Era una rarificada forma de pantomima la que hacía, un baile muy antiguo y peculiar.

"¡Demonios! Te has vuelto loco".

"Por el Demonio, que llamarte haragán sería poco".

En su baile hacía participar a otros actores. Es todo tan difuso en retrospectiva... bebo ouzo mientras espero el barco.

¿Qué barco?

El ouzo me produce un escaso alivio del...

Último capítulo del pistolero:

¿Así que la policía los envió hasta allí, eh? Al malhumorado le han prohibido sus derechos físicos, estando muerto como está. Pero nadie vio nada.

Dos de ellos, incluso, fueron mandados a la casa del viejo Arch Ellisor.

"Buenas tardes, vaquero. Trabajamos para el gobierno norteamericano, que está *loco*".

El viejo Arch se sienta allí, en su pórtico, con un frasco de cebada en la mano.

Luego uno de los polis —ambos visten traje y corbata y zapatos lustrados— se acerca, con acento —falsamente— local:

"¿por qué no me da un sorbo de su descolorido whisky, compañero?".

Arch le pasa el frasco.

Toma un trago, suspira —"sip, sip"— y comienza en el acto a bailar mientras se abanica.

Y el otro agita la Protección a Testigos [la Ley] a los ojos Archie:

"No tiene por qué vivir en una casa tan modesta. Podría conseguirle un lugar decente en el pueblo: TV, inodoro y todo lo que desee por la suma de 50 dólares, sin gastos adicionales. ¡Es una oportunidad única!".

Se paran, manos sobre las caderas, y lo miran con gravedad.

"Tenemos trabajo que hacer".

"Háganlo, pero en otro sitio".

Y así fue. Volvieron para Washington o al sitio de donde provinieran.

¿Quién es el desconocido amante de mis sueños?
Siempre lo odié por ignorarme.
¿Quién, quiénes?
¿Me importa?
Por supuesto que sí.

11 de marzo, 1997. Martes (sujeto a posibles correcciones)

Buenas noticias habituales de mujeres que ahogan a sus hijos y bañan en kerosén a sus parejas.

Un hombre le muerde el pene a un señor de 83 años en una clínica de rehabilitación. Una mujer ahoga a sus dos hijos en la bañadera. [Otra] mujer baña con kerosén a su compañera y la prende fuego (muere):

"Ella no se levantará".

Un hombre mató a a un motociclista. El semáforo indicaba rojo.

"Manejaba muy lento".

Hm hmm.

Todo el planeta en un desesperado jaque-mate. Necesitan los percances —la guerra, el miedo, las muertes— para continuar con la maquinaria en orden.

Las utopías son sandeces. Sin desafíos, el pergamino de la humanidad se acaba como la tinta de un viejo registro.

"Qué innecesaria es la pausa, dormir... y no destacarse en la práctica".

Suenan los gritos de guerra de nuestra independencia:

"Y conquistó a todos los pieles rojas que se le cruzaron".

(El himno *The Battle of the Republic* se me vino a la mente.)

"Sonó el clarín que jamás ordenará la retirada".

"*Allons, enfants de la patrie...*

—suena cada vez más distante—.

"Sobre la tierra de los libres y el hogar de los valientes" oscuridad y silencio.

Caos en África. Los Hutu cortan en pedazos a los Tutsi.

Pestilencia: ébola, hambre, muertes y guerra.

¿Paz para todos los hombres?

Me acuerdo de una vieja película, de cosacos y mongoles. El zar envía a un representante para que los enfrentamientos cesen. (Creo que actuaba John Gilbert. Olvidé por completo el nombre.)

El líder de los cosacos responde:

"¿No combatir a los mongoles? No conocemos otra cosa. ¿Qué haríamos? ¿Esperar la vejez?".

"Son las palabras del zar".

Dictamen final:

"Los hombres deben pelear

y las mujeres trabajar.

Sobre todos nosotros guía Dios".

Dios es una salida, tan útil como cualquiera, del *impasse* común: un callejón sin salida. Fin del trayecto.

Nada de percances y energía. Sin energía no hay vida. Sin enemigos no hay percances. Sin enemigos tampoco habrá vida.

Plagas, hambre, muertes y guerra.

Todas estas cosas son orquestadas por el vicioso hombre viril.

Y ahora la paz desciende. Todos los hombres serán castrados al nacer. No más peleas. No más conflictos. Todo el mundo se moverá cada vez más lento, hasta ya no existir mayor lentitud posible. Acabarán como un reloj al que han dado cuerda de sobra.

Nick Smart. 18 de marzo. Quiere verificar si se lleva bien conmigo.

Soy *Commandeur* [de la orden] de Artes y Mensajería,[108] designado por Jack Lang, Ministro Cultural de Francia.

12 de marzo, 1997. Miércoles

¿Por qué desperté? A causa del enemigo de siempre, el mosquito.

Pocas veces he tenido una idea tan apropiada para una película.

Los Grises, alienígenas, son una raza casi extinta. No pueden reproducirse. No hay percances ni tampoco conflictos en su cultura. Tienen resueltos todos sus problemas, y todos demasiado bien. Los Grises, pobrecitos.

¿Y ahora qué?

Cherchez la femme?[109] ¿Qué? hein?

Y así, un joven humano se enamora perdidamente de una llamativa Gris. Consiguen dejar descendencia.

Bienvenido sea el poder, el racismo y el mal. Escenas trágicas, desde luego, pero al fin un sabio Gris, confrontando al Sacerdote que agitó a las multitudes, dirá:

"Hemos cometido muchos errores, algunos demasiado monstruosos como para lamentarlos. Quizá alguna cosa haya sobrevivido de nuestra raza casi extinta, algo de valor. Solo resta no perder las esperanzas".

---

108 A Burroughs le fue otorgado el título honorario de Commandeur de l'Ordre des Arts et des Lettres por el ministro de Cultura Jack Lang, en la ciudad de Bourges, en 1984. [N. de E.]

109 "Busquen la mujer": expresión machiste y despectiva según la cual la fuente de cualquier mal siempre será una mujer. [N. de T.]

Puedo oír el horroroso diálogo:

"Verás", gruñe, "estuve a una gota de inseminación *in vitro* de prolongar tu vil y vampírica vida".

"No, John, juro que hay más: momentos en los que sentí el amor, la belleza, el lamento y las tristezas humanas. Esto lo hemos compartido. No puedes negar el incandescente milisegundo en que fuimos uno".

John se tira encima de su Gris. El vientre de ella latía, dando muy evidentes indicios de un parto. John la ayuda y la coloca sobre el sofá. Justo a tiempo. Se disparan gritos de dolor y alegría. El niño emerge.

(Las musas me fallan llegado este punto.)

La pureza y amargura de una raza casi extinta. Hay tantas soluciones posibles. Más que nada taxonómicas, desde luego, por ser infinitas las variaciones físicas. Pero el hecho de que no hayan *funcionado* nos permite evaluar muchas opciones imprevistas.

"Quizá de nuestros errores algo pueda enmendarse. Solo resta no perder esperanzas".

(Música esperanzadora.)

Nadie lo cree: ¿pero quién es Nadie como para no creerlo?

¿12 de marzo?, 1997. Miércoles

En un compartimento del tren. Cortinas verdes.

Esperemos llegar vivos:

si el tren alcanza una velocidad constante de 90 millas por hora, llegaremos a las 6.00 de la tarde.

Alguien abre el cronograma de itinerarios y dice:

"sí, 6.00 de la tarde".

13 de marzo, 1997. Jueves

En un tren, yendo muy rápido (90 millas por hora). Sillones con fundas verdes. Me pregunto si llegaré allá —¿St. Louis?— vivo. Está previsto que a eso de las 6.00 de la tarde el tren arribe a St. Louis.

13 de marzo, 1997. Jueves

Me acaba de nacer una idea para el guion de una película sobre alienígenas.

Empieza con un montaje: escenas de guerra, de diversos lugares y momentos históricos. Los alienígenas, al descender, se encuentran con la temible depresión terrícola.

Un viejo y sabio alienígena:

"no puedes escapar a las viejas leyes: conflicto = energía = vida = percances = energía = vida. Sin conflicto, tampoco hay vida o energía. Esta es una guerra universal".

¿Paz, utopía, paraíso?

Sin energía no hay percances.

Luego viene una fiesta. Minúsculas escenas en alcobas encortinadas, donde el futuro de las naciones es examinado y decidido. Necesitamos actores del más alto nivel que estén al tanto, con información supersensitiva, de los pactos entre los oficiales del gobierno y los alienígenas –como los Grises, que pueden asumir cualquier disfraz y simular sus emociones insensiblemente–. Fríos y llamativos seres.

Sin embargo, son inseguros en extremo, al punto del pánico. No pueden reproducirse y experimentan con humanos híbridos.

El *impasse* esencial. El conflicto genera energía. Sin conflicto no hay energía. Necesitan desesperadamente nuestra energía y por eso se dedicaron a fomentar el desorden, el conflicto y la guerra.

Algunos de ellos ven esto como un callejón sin salida, pero no los intransigentes.

Sobre la Tierra, el caos y el conflicto [han] acabado por ser una amenaza letal para todos sus habitantes. Imponer un régimen totalitario vaciaría los niveles energéticos a un punto ya peligroso.

Las personas no podrán salir de la cama, ir al trabajo, afeitarse o darse un baño. Saldrán con la camiseta fuera de los pantalones y se afeitarán con navajas a batería en los trenes, pasándose de estación a causa del sueño.

La maquinaria quedará al descubierto.

Cambio y fuera.

14 de marzo, 1997. Era viernes

"El Idus de Marzo ha llegado".

"¡Viva César! Muerto, ¡pero jamás olvidado!"

"¿Qué carne habrá comido César para subir tanto de peso?"
Olvidémoslo.

Dos de ellos fueron a ver al viejo Arch Ellisor. El sitio lo habían habitado los pieles rojas y más tarde Clem Higgins, que se emborrachaba más de la cuenta. Cayó en un pozo depresivo, se atoró y se hundió en él. Algunos dicen que su hija de catorce años, con quien mantenía relaciones incestuosas, lo ató a la cama, y en un acto de simulación sexual, brincó encima una y otra vez hasta matarlo de un paro cardíaco; otros, que su esposa lo tiró a los cerdos, a un pozo como el que dicha furcia lleva entre las piernas.

Y allí están ambos, con traje, corbata y zapatos lustrados, como si hubieran concurrido a un lugar sin invitación.

Y el viejo Arch allí, sentado en su pórtico, un frasco de cebada en la mano.

Ellos dicen al unísono:

"trabajamos para este *loco* gobierno norteamericano".

Arch contesta:

"buenas tardes, vaqueros".

Luego se separan, y aquí viene el de acento −falsamente− local:

"hola, peregrino, oiga usted, ¿no me da un sorbo de su descolorido whisky?".

Arch le pasa el frasco.

Toma un trago:

"−¡sip, sip!−".

Y comienza en el acto a abanicar sus labios.

El otro policía agita la Ley de Protección a Testigos a los ojos del viejo Arch:

"no tiene por qué vivir en una casa tan modesta. Podría, a cambio, conseguirle un hogar en el pueblo, con TV, inodoro *y* 50 dólares al mes, limpio, vacío y todo suyo. ¿Qué le parece?"

Mientras se inclina hacia adelante, golpea al viejo Arch en el mentón −suave y como de juguetón−.

Luego ambos disponen las manos sobre sus caderas. Apuntan con las cejas y disparan:

"Es una oferta que no puede rechazar".

"¡Una oportunidad única!"

Vuelven a sonreír —"te conocemos"– dicen, entre conocedoras sonrisas:

("lo convencimos. Ya es nuestro".)

—mientras palpan sus labios con dos dedos.

"Tenemos un trabajo que hacer, Arch".

"Yo también".

"¿Y qué tipo de trabajo hace, Arch?"

"Bueno yo... guío a las personas hacia lo que desean. Cualquiera que busque al viejo Arch sabe que encontrará algo de acción".

De pronto las sonrisas pararon y escupieron todo a punta de lengua:

"Usted estuvo allí".

"Usted lo vio".

"¿Sabe que puede ser acusado de obstrucción a la justicia?"

"Podríamos convocar a la Corte Federal y, si miente, adjudicarle cargos por felonía".

Se pavoneaban, señalando con dedos acusatorios.

"¿Tiene deseos de ir a la cárcel, Arch? Los ancianos como usted se vuelven muy populares allí".

Arch saca su violín.

Y ellos empiezan a bailar en círculos, cada vez más —y más– rápido.

Jamás se halló rastro alguno de aquellos dos agentes del FBI.

"Hola, gatito, gatito, con su violín en mano, y la vaca en tanto salta la luna al otro lado".[110]

Arch desempolva el traje de su abuelo, el pelaje de Boujeloud. Baila como en un bacanal, con toda fanfarria: su toque bastaría para preñar a cualquiera.

Me recuerda a una espléndida historia árabe que escuché. Será difícil relatarla sin gestos:

---

110 *"Hi diddle diddle, the cat and the fiddle, and the cow jumped over the moon"*. Conocidos versos de una canción de cuna inglesa. [N. de T.]

su mujer está embarazada. Entran a un mercado. Un mendigo se acerca, mira con atención la panza y prorrumpe en besucones leporinos, con sus viles y repulsivas facciones.

A destiempo, el esposo interviene:

"*¿Qué hace, hombre?*".[111]

Lo aparta. El mendigo ríe. Después de recibir un golpe en el labio, huye del mercado a las corridas.

Ni que decir tiene, el niño nace con labio leporino.

Vagos recuerdos de un hombre que mira de reojo a Romany Marie. Yo gano una apuesta grande: algo así como 103 dólares.

El corredor de apuestas me pagó, no muy sonriente.

15 de marzo, 1997. Sábado. Mi día.

Recuerdo a la dientuda Eleanor Roosevelt y a su "MI DÍA".

Como dijo Hemingway:

"Poseía un gran encanto".

¿Qué es el encanto? Algo sincero, fuera de lo común y placentero de ver.

Cuando las personas se ponen sinceras, algo no aparente asoma.

Volvamos a Arch Ellisor, viejo brujo, y al pavoneo de los dos policías, señalando con dedos acusatorios:

"¡¿Sabes lo que han hecho en una penitenciaría cercana?!".

Clavan sus ceñudas miradas en el viejo.

"¡¡Sodomizaron a un paralítico de noventa y cinco años!!".

"Tuvo una hemorragia rectal".

Arch responde:

"Supongo".

"No querría verte a ti pasar por esa experiencia, Arch".

Uno retira la cara a unos centímetros [de] Arch, ojos fijos y dientes al descubierto.

Están perdiendo la paciencia. Cogen el frasco y lo toman de a prolongados sorbos.

---

111 En castellano en el original. [N. de T.]

De pronto, sin advertencia alguna, Arch saca un violín. Su cara se desfigura y los animales de las inmediaciones observan: cabras, gatos y comadrejas. Él baila, los gatos se reúnen y maúllan angustiosamente.

"En círculos, cada vez más y más rápido".

Los policías brincan, mirando con inquina.

"Sáquese su abrigo y tírelo en un rincón".

Los policías se quitan los abrigos y los tiran sobre la baranda del pórtico, dejando al descubierto sus pistolas enfundadas.

"Pueden quedarse toda la noche si lo desean. No veo por qué no podrían".

De regreso al pueblo, una "loca ventisca" voló el patrullero fuera del camino. Ambos oficiales "murieron en el acto".

"Fue una verdadera tragedia", dijo Bill Rogers, portavoz de las oficinas del FBI en Pitsman (Montana). "Eran dos brillantes profesionales, con especial talento para los casos sensibles. Una trágica pérdida para todo el departamento y también la nación".

16 de marzo, 1997. Domingo

Leyendo *The Last Don*. Muy interesante.

Parece que el sicario no tiene permitido disfrutar de sus trabajos. Dicen de él que porta una "risa sanguinaria" y eso desagrada a los mafiosos decentes.

"Dante" de nombre, acusado de cómico sanguinario:

"Disfrutaré menos de mi trabajo si es lo que buscas".

Malas maneras, muchachito, muy distinto a un trabajo bien hecho: a cómo un perro corre tras los pájaros. La Familia es severa. No es aconsejable que te enojes, que se te erice el pelaje, ni que manes ese olor, a perra en celo, por detrás de los ojos.

Ahora bien, "Pippi" estuvo en un trabajo con él y dijo que el olor era *repulsivo*, y que sus apestosos vapores transgredían la fiereza de los suyos propios.

Tú dijiste:

"¿Cuál pudo ser el *origen* de semejante olor?".

Respira pesado, con dientes flojos. Sus *ojos comen*: es repulsivo a la vista, lo lamento por ti.

El Don concluye: escribirá novelas de horror. Guionará películas de horror.

Recuerda:

"La juncia está marchita a orillas del lago y ningún pájaro canta ya".

La pornografía es un arma poderosa: un falo teledirigido a cines, casinos y hoteles sórdidos.

Quedará al descubierto.

Ningún lugar...

A propósito, recuerdo que mi abuelo, el Burroughs que inventó las primeras calculadoras, estuvo tan disgustado con los primeros diseños que los arrojó por la ventana, a un baldío.

La mañana siguiente tuvo la respuesta: tan simple como un cilindro lleno de aperturas aceitadas. Garantizaría la formación de una misma figura sin importar el sentido en que se jalara la palanca.

¡Bravo, abuelo! Murió de tuberculosis en Piney Woods.

Puede leerse, hasta el día de hoy, en el vitral que sirve de epitafio:

"A la sagrada memoria de William S. Burroughs".

Hace largo tiempo, a una caminata de distancia, que el viejo Higgins cayó en un pozo depresivo, se atoró y luego se hundió. Algunos dicen que su hija de catorce años, con quien mantenía relaciones incestuosas, lo ató en ese pozo y, en un acto de simulación sexual, brincó encima —una y otra vez— hasta hundirlo. Tocó fondo, verán, como una V de vagina. Arch Ellisor elevó un reclamo por la propiedad. Se mudaron, creo que allá por los años 40.

Incluso se tomaron la molestia de visitarlo, al brujo Arch Ellisor, antes de partir.

"Quédense toda la noche si lo desean. No veo por qué no podrían.

Sáquense los abrigos y tírenlos en un rincón".

De regreso al pueblo, el auto, junto con los dos policías, fue volado por una loca ventisca. Los dos agentes "murieron en el acto". Una terrible tragedia.

Recuerdo al canadiense que asaltaba bancos, allá por 1916. Tuvo la más dulce voz que cualquier bancario o testigo haya escuchado:

"¡Todos, por favor, pongan las manos donde pueda verlas!".

Convenía creer en la advertencia. Dicen que cuando asesinó por vez primera sintió una "terrible disociación".

Si mi memoria no me falla, creo que murió en un enfrentamiento con la policía.

Fue hace largo tiempo.

17 de marzo, 1997. Lunes

Hoy me toca sacar la basura.

Mutie está enferma. La veterinaria vino a recogerla esta mañana. Cuando dejó de comer, supe que algo le pasaba.

Recibo una llamada. Sí, número alto de [glóbulos] blancos en sangre. No comí en todo el domingo. Hoy sí, algo a la mañana. Vomité más tarde.

El más atemorizante descubrimiento: un *agujero* en el cuerpo de ella. Para nada reciente, porque no se hallaron rastros de sangre fresca. ¿Calibre 22? ¿Pistola de aire? No sé si los médicos indicarán cirugía.

Me gustaría pegarle un bastonazo a ese hijo de puta.

Lo mismo que dicen esos dos protestantes, los hijos Lee... cuando mi nombre es mencionado, ellos dicen:

"*Ese* hijo de puta".

Compárenlo al trato que el Don les da a sus asistentes: una ruleta en Mound City, Illinois, por asociado.

Para mí, de las "relaciones públicas" de la mafia nacieron los "comunicados de prensa", moneda que los viejos caducos rechazan (y ante la cual, el astuto que la ofrece responde: "pensé que la necesitaban más que yo"). Malparidos.

De ellos para mí, la absoluta "nimiedad".

Y yo aquí, a la espera de un ataque de mis enemigos.

Los protestantes hacen todas esas leyes contra las drogas, el alcohol y las apuestas, ¿pero quién se opone a estas sanciones? Los malparidos y "decentes" norteamericanos como yo y el vecino. Jamás los italianos, los negros, los chicanos o los coreanos.

Y recibimos las mismas patadas que un perro extraviado.

"No queremos a gente de su especie aquí".

Es momento de que *empecemos* a tomar medidas.

Cf. The Last Don, el libro:

Dante tiene una "risa sanguinaria". Es decir, le *gusta* matar. Un hombre decente que realizó un trabajo con Dante dijo:

"Gime, se babea y los pelos se le erizan. Dispara los apestosos vapores de una prostituta que menstrua. Es repulsivo: acércate y verás".

"Jamás haré otro encargo con Dante. Está loco".

Muy malas maneras, más allá de la locura que corra por su sangre. La madre es un caso psiquiátrico sin cura –grita, rompe platos, se tira al piso y patalea–. "Parió a uno de los suyos".

Verán, un mafioso debe ser *cool*. Es parte del oficio.

De pronto, la mafia se traslada a un negocio legal, como la venta de bienes inmuebles. Un competidor empieza a dar problemas, ¿qué hacemos?

¿Le gustaría levantarse con la cabeza de su hija adolescente en la cama? Quizás así demostremos ser los mejores comerciantes de la ciudad.

¿Quién disparó a Mutie? Tenía un agujero en el vientre.

Me gustaría darle un bastonazo a quien lo haya hecho.

Seguiré buscando.

18 de marzo, 1997. Martes

Llamé al veterinario. El agujero, parece, proviene de una pistola de aire comprimido. No fue reciente. No se necesita extirpar el balín.

Continúo con *The Last Don*.

Se muestra muy convencido, ignora los peligros innecesarios (cortarle el pene a alguien, por ejemplo, y lo peor es que parece *disfrutarlo*):

"Está creciendo. Madurará". Dice el Don con indulgencia.

"No, Don, no madurará. *Jamás*".

Tu corazón sabe que no es así.

Dante está corrompiéndose en la maldad de los infiernos. A pasos agigantados.

"Don, su indulgencia con 'risa sanguinaria' nos pone a todos en peligro. Ensucia nuestra imagen". Típicos trucos de italiano: le corta el pene a alguien, tira ácido en la cara a una dama. Muy mala imagen. *La bellafigura.*

¿Y qué otra cosa tiene un hombre?

Nada.[112]

Ahora bien, a "MI DÍA".

Cosas que Eleanor nunca hubiera dicho:

"Traté de persuadir a Franky de que revocara la pena capital en un caso penable por la Ley Lindbergh.[113] Un tonto delincuente habría forzado a un policía a que lo condujera hasta la frontera de México. Franky dijo: 'necesitamos sentar un ejemplo'".

"¿Ejemplo de qué? ¿De una ley que aplica todo su vigor punitivo a criminales de baja monta y ofensas de bajo calibre?"

"Él dijo: 'Esto es ridículo', y salió de la habitación con su velocísima silla de ruedas".

"Hay que limpiarlo cada vez que defeca. A veces escucho a una asistente o enfermera decir: 'ya tiré el pañal del presidente. Está limpio'".

"Sería malo para mi imagen que él o yo dijéramos: 'mi/tu diarrea ensucia nuestra posición pública, y eso desagrada'".

Cada Don debería tener una "risa sanguinaria" para propagar el miedo que necesite: a menos que otro en la Familia ya haya asumido esa tarea.

"¡Todavía es joven!"

"Tampoco llegará a viejo".

"Le ruego lo disculpe, es mi *hijo*. Nacido del vientre de mi señora Cherifa, Dios la guarde, famosa puta de Palermo".

---

112 En castellano en el original. [N. de T.]

113 Ley que previene contra el traslado de un secuestro fuera de los límites judiciales del territorio. Al intervenir, suele otorgarse la pena de muerte al culpable del delito. [N. de E.]

"El chico fue tu ruina y no puedes borrar la sangre que los une, ni tampoco evadir tu responsabilidad. ¿Acaso contemplas con orgullo que tu hijo le corte el pene a alguien? ¿Y cuando expresa abiertamente su locura? No aceptamos el trabajo sucio".

(Esto parece obra de la casta de los intocables: en Arabia, también llamados *Sollubi*. Cuando usaron sus tenazas recalentadas sobre los malheridos, el vulgo los consideró poseedores del arma más implacable. En muchos casos, los Beduinos, encontrando esta forma de tortura un tanto abyecta, fabricaron unos penes metálicos que hervían en las ascuas de una vasija. Se defecaban y orinaban encima del divertimento, el de aplicárselos a sus enemigos: no podían contenerse. Más tarde convinieron que los sables y los trabucos eran, en general, más efectivos para matar a los *Sollubi*.)

Dante, ¿pertenecerás a la casta de los *Sollubi*?

Gregorio, que ya había oído muchas sandeces sobre predestinaciones cósmicas, dijo:

"tu propio terremoto se aproxima. A la Familia no le agrada".

Da rienda suelta para escribir todo aquello que no dabas por sabido.

Y cuando lo haces, ya es demasiado tarde para dejar de escribirlo.

¿Y bien?

Ninguna respuesta está prevista, ni es solicitada.

¿Y para qué formularlas si no dan lugar a otras preguntas?

18, 19 de marzo, 1997. Miércoles

Dicen que solo el amor crea. ¿Y quién demonios amó entonces al ciempiés? Recibió más cariño del que supuse.

Ahora bien, matar a un ciempiés me hace sentir seguro (anoten uno menos en este mismo instante).

20 de marzo, 1997. Jueves (primer día de la primavera)

Soñé anoche con Jane Bowles. Dice que ha dejado de beber y que se siente mucho mejor. Una máquina que brilla de un rosa satisfecho, como una vaca contenta, mide su "mejoría".

"Supongo".

Cuando el viejo Arch fumaba su pipa, la gente falsa temía por no oír los sonidos y las mentiras.

¿Existirá acaso alguna mentira en estar vivo?

Por supuesto, pero eso la mayoría de la gente no lo sabe.

Comencemos: los Grises sondean la Tierra en busca de conflictos —percances—, *energía*.

Unifican las guerras, el hambre, la pestilencia, el odio, el miedo y la muerte.

Planeta Tierra. (Buena gente, un poco ignorantes.)

Tiene la sensible misión de hibridizar la descendencia con terrícolas: otros experimentos han comprobado ser unilateralmente desventajosos.

21 de marzo, 1997.

Muchas ex celebridades mueren en la semipobreza.

The Last Don.

Una buena antología biográfica, que recopilaría a quienes pasaron de los diamantes a los harapos: tal famoso adicto (¿Deere?) Aquel otro, etc.

"Bobby [Bantz] fue puesto bajo análisis con la intención de volverlo más agradable para el público".

"Allí el paciente se someterá a las decisiones de su juicio".

¡Qué imagen de debilidad nacional otorga esta farsa del psicoanálisis! Una vez más, alteran las responsabilidades. Fue inventado por la avenida Madison y ayudado por las películas, el entretenimiento, las palabras, los académicos y los escritores: de hecho, *por toda* la coyuntura liberal, informada y melindrosa.

"No, no lo hice: fue [mi] neurosis".

Don Clericurzio dice:

"todos son responsables de sus actos".

¡Escuchen, escuchen!

Seas alcohólico o abstemio, loco o cuerdo.

Yo declaro la Doctrina de la responsabilidad total para: alcohólicos o abstemios; psicóticos, o los poseídos por un demonio de cualquier índole.

Poner la imprevista existencia en manos de un viejo y sabio doctor:
"Usted es mi malvado gusano",
"Usted es el docto",
"Usted es el docto malvado gusano".
–De camino a una sesión accidentada–.
Y [bailó] en el consultorio del doctor, a la espera de un ataque de disentería.
(En cuanto a si a un paciente debiera permitírsele el acceso al baño del médico, esto es, digo, de importancia cuestionable.)
El paciente, hundido en una vil transfusión, se aferra a las posaderas del doctor y se hace encima. Babea con cariñosa puerilidad:
"Usted es mi... actor favorito –¡ups!– tuve un *accidente* con los pañales".
Surgen inconvenientes en la terapia que requieren del manejo de un experto.
Sí, definitivamente.
En este caso, el terapista debe actuar con firmeza, pero sin vocación paternal. La frontera entre una cosa y la otra es muy estrecha.
Se niega rotundamente a cambiarle los pañales, que compró de camino a la oficina y que luego estrenó en los baños del subterráneo –donde fue acosado por unos incansables bribones–; ya comienzan sus digresiones...
"Sal de aquí, niño mugriento. Le diré a mi padre".
Resultó que el paciente tenía la enfermedad de Wilson *y* un tumor cerebral.
Hay una lección aquí, muy a menudo ignorada: asegúrate de agotar las posibilidades de tu cuerpo antes de embarcarte en las peligrosas aguas del análisis profundo.

El libro, *The Last Don*, gran, gran lectura.
La [Familia] Clericurzio debe mantener un perfil bajo, de lo con-

trario sufrirán redadas militares: cavan túneles debajo de las paredes, saltan del cielo en paracaídas o aferrados a parapentes–

"Es mi sueño, Don, trabajar para usted como soldado. Le ruego que no me juzgue poco valiente por mi cojera". (Pierna izquierda.)

"Déjeme mostrarle, Don, de qué soy capaz. Deje que lo ayude a sentar de rodillas a los Gambinos".

Y ahora irrumpe, de la tierra del jardín:

"Que no soy marica, no tengo miedo. Todo lo que tengo en el corazón es lealtad para mi Don".

Llamando al capitán Bligh:

"Despeje el puesto de avanzada de esa chusma, sr. Pippi".

Emergen de la tierra como colmillos de dragón y caen del cielo como gotas de agua. Aciagos ruidos de los martillos que atacan las murallas: ahora caen, al igual que una represa ante la presión de las multitudes.

"Y los muros se vinieron abajo".

El Don aparece desde su balcón con un atavío náutico:

"cada hombre por su cuenta. Sálvese quien pueda".

Un helicóptero lo arrebata de su balcón y lo lleva a un plato volador [que], esperándolos, los succiona.

Hace una reverencia final:

"hasta pronto, imbéciles. Me voy a una patria con mejores paisajes".

Siempre asumí que solo en su más amplio sentido el amor podría crear vida. Incluso ahorcándome del odio seguiría amando a los gatos, a los lémures y a las comadrejas.

Pero, ¿quién o qué cosa sería capaz de ahorcar a un ciempiés, un escorpión o una peluda tarántula y sacar algún amor de provecho?

Quizás nos ubique un paso más cerca de la cima en la lucha por la supervivencia del más apto.

"Lo cierto es que no se pudo hacer otra cosa con las serpientes, los lagartos... ¡animales! ¡Y el *Homo Sapiens*!"

(Ensordecedores aplausos.)

El ciempiés existe para recordarnos lo alta que hubiera sido nuestra caída sin las parábolas para atenuarla.

"Yo quiero, yo quiero".

El *Homo Sapiens* siempre ha sido un codicioso villano, ayudado por su vociferante lengua.

Verán, el ciempiés estuvo a un paso de ser una serpiente, un lagarto, un arácnido peludo o incluso un animal. Y esa es [la] base de que lo rechacemos fuera de toda repulsión razonable: vemos la caída, pero no las parábolas momentáneas.

Para el ciempiés, la parábola es eterna.

"¿Pero dónde está el amor?".

Recuerdo a Bill Wilson por las calles –afortunadamente– vacías de Tánger, dando cortes al aire con un cuchillo, gritando entristecido:

"¿Pero dónde está el amor?"

"Por amor de Dios, quita tu navaja, que así no lo encontrarás".

Las fortalezas –como las de Don Clericurzio, allá en el Bronx– quedaron demodé gracias a la artillería, los bombardeos aéreos, los agentes químicos y biológicos –el ébola o el gas nervioso– y a las pedradas de hondera, que caen sobre un jardín.

Poco después del almuerzo, el Don se siente mal. Va a su habitación.

Cuando no reaparece, a eso de las 5.00 de la tarde, Diego se preocupa. Golpea y luego entra a los aposentos del Don.

El Don, sangrando de a tonos rojizos, apenas puede hablar:

"Es una peste, no hay caso. Llama a los doctores".

Veinticuatro horas más tarde, la fortaleza fue precintada. Un inexplicable brote de ébola. Tasa de mortalidad entre el 80 y el 90 por ciento.

Fue el fin de la familia Clericurzio. Los soldados que lograron sobrevivir buscaron cualquier otro tipo de empleo disponible.

Paradójicamente, el sueño del Don se cumple: son absorbidos por los Estados Unidos de América, [institución] completamente inútil, junto con –esto es comiquísimo– los contactos que el propio jefe de la mafia supo establecer.

The Last Don, el último Don, desde luego... me recuerda a *Le* [*sic*] *Grande Illusion*:

"No sé quiénes ganarán, pero será, a la larga, entre los De Gramont y los Gottfried".

Viejas familias, de cuando las madres no tenían por costumbre tutear a sus hijos. Algo —demasiado familiar— jamás podrá contravenir las leyes de la aristocracia, ni en su impecable imagen como guerreros.

No existen reglas que informen su estado de aparición: vienen solas.

22 de marzo, 1997. Sábado

Todo calmo en el frente occidental.

"Es un largo camino hasta *Tipperary... Keep the home fires burning*"[114] —borroso, incoloro, allá por 1917-1918—.

"Pero mi corazón está aquí".

Súbitamente se abren paso las imágenes y el sonido: próximo y estridente.

A las 4.50 h de la tarde, Allen Ginsberg[115] llamó del Beth Israel Hospital. Su voz sonaba curiosamente débil. Tuvo hepatitis, mala medicación experimental (esto ya ha ocurrido otras veces). Necesita tomárselo con calma y cancelar todos los compromisos. Nada de viajes a Italia o a la universidad de Naropa hasta mediados de julio. Después, tiene un evento muy importante al que acudir.

Yo estoy aquí, en St. Louis,[116] hablando con un viejo tahúr (otrora militar), Johnson de nombre, con leve acento alemán.

Le dije: "estoy apostando contra mí mismo".

No le agradó. Era un hombre de los de antes, de casa compartida y una olla para muchos hermanos. Sus ojos eran vivaces y astutos, sinceros y pérfidos al mismo tiempo. Por muchos años tuvo que cuidarse las espaldas.

---

114 Canción de Ivor Novello, de la Primera Guerra Mundial. Traducción aproximada: "conserven encendidas las llamas de los hogares". [N. de T.]

115 El poeta Allen Ginsberg (1926-1997) inició su amistad con Burroughs a mediados de los años cuarenta. Esta relación nunca cesó desde entonces. Él y Jack Kerouac son considerados los fundadores de la *Beat generation*. [N. de E.]

116 Durante el periodo 1932-1943, entre viajes interinos, y sobre todo después de su graduación, en 1936, Burroughs visitaba la zona roja del Valley District, al este de St. Louis, a veces con su amigo más joven, Lucien Carr, de quien Kammerer se había fatalmente enamorado. [N. de E.]

No era adicto, siempre me doy cuenta de eso.

¿Y cuál era su as bajo la manga?

(Excelente manera, esta, de recobrar la expresión AS BAJO LA MANGA.)

Cerca de cincuenta, pero volvamos a su tugurio amoblado.

¿Cómo puede alguien soportar sin drogas tan precarias condiciones de vida?

Esto, a mí me muestra todo el poder que las drogas tienen sobre mi, tan hipócrita que soy...

"Sí, sí: ya no consumo".

Dije esto ya sabiendo que con una dosis de 60 mg de metadona por día, una abrupta abstinencia tiene consecuencias fatales.

Consejo para los jóvenes:

"Cualquier cosa que logren bajo el efecto de los químicos se puede obtener de otras maneras".

Es cierto, tengo conocimientos sobre el tema. Pero quinquiera que busque algún engañoso rédito de una obra todavía no publicada quedará, desde ya, decepcionado.

Jerry, a quien cito:

"pienso viajar por el mundo y ser muy cruel con la gente que lo habita".

(Es interesante, mi otra pluma se rehusó a escribir "cruel", se quedó sin tinta.)

Jerry Wallace está muerto.

Qui vivra verra.

Recuerdo a un estudiante de cuando daba clases [City University College, Nueva York].[117] Dicho alumno había escrito:

"Fui informado previamente de los contenidos del curso, y así me sentí *menos herido* por él de acuerdo a [*sic*] la advertencia". (¡¡De acuerdo *con*!!) ¡*Menos herido*!

¡Qué mentalidad!

---

117 En la primavera de 1974, Burroughs regresó a Nueva York desde Londres, para dar un seminario de escritura creativa en el City College. Terminó quedándose allí hasta 1982. [N. de E.]

Como [Jerome] Lloyd Wallace en sus peores momentos, que eran sin duda atroces.

(La pluma, otra vez sin tinta, parece indicarme la muerte.)

De pronto se me fue el interés por *The Last Don*. Pasa. Siguiendo la trama me entretuve y luego –puf–, perdí el interés. En otro libro de Crichton, que abandoné, estaban a punto de abducir al protagonista en Tokio.

No es que el argumento fuera tan previsible, pero *sencillamente no me importa*: como si hubieran succionado la energía del texto.

Voy por el último capítulo, guerra con la Familia Sentado. Está tan *pasado de moda*. Siempre las mismas enemistades y las mismas maniobras.

Los recursos, desde luego, son obligatorios para esta tediosa reliquia del pasado: opiniones altaneras, valores inexorables, castigos morales, etc., etc.

Me acuesto dulcemente, etc., etc.

Has vivido la vida que te corresponde, Don Clericurzio, pero es momento de descansar: junto con los ingleses –víctimas de la malaria– al oeste de África y los bismarckianos alemanes de cansadoras cicatrices en duelos con estudiantes de esgrima.

Tengamos algún alivio cómico. He aquí un duelo de esgrima.

Comienza [y de inmediato] con una afilada laceración, que dejará una espléndida cicatriz.

Luego, su sangrienta cara se retuerce, adquiere un gesto maniático y decapita al otro practicante de un corte limpio. La cabeza rebota entre testigos atónitos.

"*Unerhört!*"[118]

"*Er hast die ganze Kopf aufgeschnitten!*"[119]

El cuerpo se desploma, manando sangre.

¿Alguna otra reliquia esperando allí fuera, pacientemente?

¿Y "ancianos de bellísimos modales"?

---

118 ¡Insólito! [N. de T.]

119 ¡Le han cortado la cabeza! [N. de T.]

¿O algún sabio cazador de marfil?

"Nunca vendas tus sueños, hijo, porque nunca fueron tuyos. Pertenecen a la humanidad".

"Supongo", dijo Arch.

Y hay mucha sabiduría en sus palabras.

El gran, grandísimo supongo. El Juicio Final.[120]

El temido "ejecutor" de Stalin murió a los 97. Supongo que su plazo vital excedió a los cálculos divinos.

¿Quién demonios es este Ernest Veil, el novelista en *The Last Don*?

"El gran escritor norteamericano", "el tesoro nacional", sin ir más lejos.

Tal cosa no existe, ni aun por aproximación.

¿Quién? ¿William Gaddis? Ni por casualidad. No puede competir contra Hemingway, Faulkner, Fitzgerald, Genet o Beckett.

¡Nada! ¡No busquen en ningún lado! Tampoco Kerouac.

Gano yo por amplio margen.

"Ya no vienen como antes".

Como lamentó Hemingway en sus últimos y oscuros años.

Durante su último tiempo, no tuvo ni fortaleza ni protección. Nunca llegó a advertir que *hay siempre un enemigo a la vista*. De no ser así, ninguno de nosotros seguiría en este mundo.

Por supuesto.

"En este tablero de ajedrez
de noches y de días...
Por aquí y por allá mueve
lo que blanco avisa y aniquila
y de negro, uno por uno,
de noche muere".[121]
Rubbaiyat,
Omar Jayam

---

120 Juego de palabras intraducible entre *I reckon:* imagino o supongo del coloquio inglés y *the Great Reckoning:* Juicio Final. [N. de T.]

121 *On this checkerboard of* / *nights and days... / Hither and thither moves* / *and checks and slays and* / *one by one in the* / *Closet lays*. [N. de T.]

23 de marzo, 1997. Domingo

De pronto vio y siguió mirando aquello que le arrebataron durante toda su vida.

¿¿¿???

24 de marzo, 1997. Lunes

Puse a Allen Ginsberg en la Máquina de los Deseos.[122]

Su voz, desde el Beth Israel Hospital de Nueva York, sonaba muy débil.

(No olvides traerme las afeitadoras descartables.)

¿Cuál es el secreto? (arriba)

El secreto es un argumento confiable, pulido en sucesos cronológicos, generalmente con una "clave" reservada para el final, como en el libro de Michael Crichton acerca de no sé qué tontería sobre las Brujas de Salem.

¿¿Y cuál será este grandioso secreto que a él le habrán ocultado??

Siempre hay un enemigo. En caso contrario, nosotros (mis amigos y yo, más bien una selecta pandilla) no estaríamos en este mundo.

Lo único que trae a la luz –¡cámara, acción!– algo de sentido a este mundo y a los acontecimientos de la vida es la transgresión, en algún punto (drogas, alienígenas, abusadores infantiles, disidentes... para quienes debemos protegernos del Basto Vulgo).

La irritación lleva adelante muy culturales perlas del sentido común.

(Arriba algo tiende a un altísimo malentendido.)

Ah, sí: quizá sea un híbrido de alienígena.

¿"*Ellos*" ocultan esto?

Los alienígenas, por supuesto, junto con su padre: severo deudor.

La madre sospecha:

"¡No! ¡No!".

De acuerdo, papá Hemingway. Danos un café cortado.

---

122 La máquina de los deseos es un aparato psicoelectrónico que puede contener una foto o un pequeño objeto para guiar los pensamientos del sueño. [N. de E.]

Aquí estamos bajo amenaza de tornado, alerta de última hora: ¿y luego qué? ¿Qué evento se precipita por efecto de las horas?

(La gente levanta los escombros de sus casas y –después del tornado– destapan una botella de Absolut[123] mientras asoma el sol.)

Mira aquí, papá.

Ahora miren, llegó la hora de los milagros.

25 de marzo, 1997. Martes

Parece que el joven Dante, nieto de Don Doménico Clericurzo, tiene una "risa sanguinaria" –conveniente [para] las torturas– y que empezó, como suele ocurrir, torturando a animales pequeños: jamás repartiendo periódicos.

El Don no lo aprueba [pero] tampoco escarmienta:

"Está creciendo. Madurará".

Cada Don, cada dictador, cada señor de la guerra debe mostar una "risa sanguinaria", de vez en cuando, como para inspirar el miedo necesario. Especialmente si ese "risa sanguinaria" es, pongamos por caso, un jefe de policía, de nombre Beria. Es siempre la misma fórmula: *rumores* de tortura, soplones quemados en hornos de cremación. Tales rumores activan el arquetípico horror y, por sobre todas las cosas, el *miedo*. El miedo por dentro.

Trujillo llevaba el miedo consigo como si fuera otro, casi visible. Sus asesinos lo despojaron de aquello. Fueron vistos y capturados. Morir les llevó diez días. Volvieron los cuerpos irreconocibles gracias a la intervención de tenazas ardientes, enemas de ácido sulfúrico, ojos comidos por ratas y un lecho sobre el que acostarlo dulcemente, etc., etc. (con los tiburones).

El miedo de Trujillo se escuchaba desde la tumba.

Podría listar a *todos sus ayudantes o sospechados y/o potenciales asistentes.* Larga lista, claro está, y de la que sacó provecho.

---

123 En marzo de 1997, la compañía Absolut Vodka inició negociaciones para que Burroughs hiciera un aviso publicitario. Muchos otros amigos, entre ellos Keith Haring, lo habían hecho previamente. El proyecto no prosperó. [N. de E.]

Ya que yo saqué el mío (después de alimentar a cientos de tiburones: casi a miles, mejor dicho) decido tomar la torre de comunicaciones.

Me instalo en la fortaleza, declaro el estado de emergencia. Que todos sangren.

Difamé su nombre, derribé sus estatuas. Tal persona jamás existió.

Era un espejismo maligno, una imagen del odio.

Y ahora nos libramos de sus malvados actos y de las manos con que ejercía la tortura.

Volviendo al viejo Arch:
"¿Sabes qué les pasa a trastornados viejitos como tú, Arch?".
"Son sodomizados por habitantes del presidio".
"Incluso hacen fila".
"Supongo", dijo Arch.
Saca un violín del aire mismo.
"Bueno, un poco de música para el camino, ¿no?"
"Rápido y más rápido, en círculos,
saca del tedio a tu pareja de baile
y baila más y más rápido, en círculos".
De regreso al pueblo, una "loca ventisca" voló el patrullero [con ellos dentro] fuera del camino. Ambos oficiales murieron en el acto.

26 de marzo, 1997. Miércoles

¿Qué tal esta idea para una publicidad de Absolut? El tío Sam dedica una mazurca a sus *enemigos* [los cosacos] —narcotraficantes, abusadores infantiles, terroristas, disidentes— con una botella de Absolut balanceándose sobre su galera.

28 de marzo, 1997. Viernes

Dos chicos de Glasgow se sientan contra una pared y mascullan:
"Ea maestro, no, no dijimos nada".
Insultantes comentarios a los transeúntes.
Y a veces uno de estos chicos entrará en algo conocido como "vaga-

bundeo", un estado que les permite *irradiar* [una cólera] desmesurada. Una leve [resonancia] acompaña esta etapa de transición. Lo vuelve el respetado modelo a seguir de muchos otros chicos, que en silencio se arrodillan ante la presencia del "vagabundo con toque mágico".

Perderá su toque,
tarde o temprano,
por descuido o choque.
Mantén el toque,
pues mientras se mantenga,
dará el húmedo clima su arenga.[124]

El horóscopo de James dijo: "novedades alarmantes al cierre del día", y mientras cenábamos (martes por la noche), recibió la noticia de que John Lee,[125] arquitecto y viejo amigo, se tiró desde una represa del lago Clinton.

30 de marzo, 1997. Domingo

John Lee, aparentemente, se suicidó saltando de una represa del lago Clinton, desde veinte metros por arriba de las rocas salientes con las que chocó.

"Investigando la muerte de –testimonio de familiares, jueves por la noche– notamos que el cadáver –descubierto a orillas por un perro– no mostraba pruebas concluyentes".

Después de que sembraran la duda, alguno intentó averiguar la verdadera causa de la muerte.

Profanen las tumbas de los ahorcados. Dejen que su sentencia final, producida (o eso dicen) "en el último instante", eyacule MUERTE: *Tod, Death, la Mort.*

---

124 *He loses the Dooz / sooner or later / anything goos / As long as you can Pose and hold together / In heavy weather.* [N. de T.]

125 John Lee era un amigo íntimo de James Grauerholz en Lawrence; también, aunque no tan cercano, de Burroughs. Burroughs se alojó en el departamento de John durante su primera visita a Lawrence para una residencia de cuatro días en la Universidad de Kansas, en 1976. Lee murió a los 51 años, el 27 de marzo de 1997. [N. de E.]

De este modo hubiéramos puesto a los Boers de rodillas con mayor rapidez y facilidad, porque una *maldición habría resultado más favorable*. Decidieron, en cambio, combatirlos con querellas que elevaron a un indefenso juez Boer. Lo mataron a garrotazos. Se quedaron sin nada.

El mayor Bruce McManaway vio que un grupo de personas cargaba un piano, de 150 kilos en total. Fue en Londres.

Dio una muy convincente explicación de la Magia Blanca:

"Vas hacia el final del túnel. Allí te encontrarás con tus amigos y una muy bondadosa guía".

Muy bello. Muy satisfactorio.

1 de abril, lunes, o sea 31 de marzo, 1997

Será un martes.

Ayer asistí al entierro de John Trent Lee. Suicidio, pero con una sombra de duda. Era buen cristiano y el suicidio es la destrucción de la obra de Dios, sobre todo a ojos de un católico.

Pero, ¿quién puede asegurar cuándo Dios aparta la vista?

Qué facil debe ser: digamos, para los ingleses de clase media, Eton, Oxford, el parque, todo *tan* aparente, las bugambilias, la cabaña...

–Por medio segundo– una jaqueca de malaria amenaza con aparecer.

Fue al baño y tomó dos píldoras de morfina, sintiendo frescas ondas de alivio en sus dolores de cabeza.

Cita de Conrad:

"Mientras el dolor sepulta en tierra la mareada serenidad que sigue al consumo del opio".

An Outcast of the Islands, Joseph Conrad.

¿Qué era lo que iba a decir sobre John Lee?

Nunca creí en su pacto con el mundo: había algo de insustancial en él...

La noche que pasé en su departamento (que luego casi explota por una fuga de gas, solo lo hizo a destiempo), apenas lo vi con vida.

Desde entonces lo he visto, o mejor dicho no, la mayoría de las veces, cada [vez] menos.

Luego, con los Heidsiecks,[126] y toda esa gente champán [que] estuvo allí.

2 de abril o cercanías, 1997

Mientras nos acercamos al milenio, el Bien y el Mal se disputan las cosas en el tablero de ajedrez de noches y días.

Los cultistas del suicidio en masa son conducidos por el Flautista.[127] Treinta y nueve cayeron pacíficamente, con fenobarbital en su vodka. Se dirigían hacia la más alta condición humana. Ovnis, a la víspera del cometa actual [Kohoutek], los recogerán, desencumbrándolos de sus vestiduras terrestres.

¿Qué más?

Necesito alimentar a los peces.

Debo alimentar a los peces.

Como toda persona que habite este planeta, estoy al borde de la estasis o el caos total. Los peces únicamente existen por breves recesos.

¿Qué habrá sido del hermano de William Faulkner, que fue uno de los más destacados agentes antinarcóticos? ¿Estaría William orgulloso de tener un desbocado defensor de burocráticas leyes en el Capitolio y no uno que defendiera los olvidados derechos de la Guerra Civil?

Imagino que tendrá sus argumentos:

"¿No ves? Es una perspectiva completamente distinta".

"No creo que esto 'cambie de perspectiva'".

Vengan a revisar mis premisas. Supongo que necesitaremos a un encuestador y él determinará si mis premisas están, o no, o al menos la mitad de ellas: la línea entre una cosa y otra es muy delgada, mejor será mantener la vista en la meta.

"Donde usted lo ordene".

---

126 El poeta performático Bernard Heidsieck (pariente de los Heidsieck, fundadores del champán) y su esposa Françoise, fotógrafa, ambos muy amigos de Burroughs desde la década de 1960, estaban de visita esa semana. [N. de E.]

127 El suicidio masivo de los cultistas del Heaven's Gate, en California, ocurrió en esa época. [N. de E.]

El día está hecho.

Dios está cerca.

O lo *estuvo*.

La Traición universal ha inundado la Tierra.

Buscan clemencia como serviles y temerosos perros. Muchos se orinarán para adoptar las más inverosímiles genuflexiones: alguno se adelantará y olisqueará la bota de un oficial con su nariz humedecida.

El oficial retrocede, de su boca cuelga un escarbadiente. Patea al suplicante y le derriba un molar.

El suplicante lo mira y sonríe.

"Le dimos un uso a las bestias insurrectas, pero en su tiempo. Ya no son necesarias".

Tales sentimientos fascistas no reflejan las actuales políticas en colonias.

Versos de poesía mandan ondulaciones: aguardan el sonido de una pequeña voz.

Jueves 3 de abril por la mañana, 2 de abril, momento presente, 1997

Dos de mis más escandalizadoras imágenes: el segundo antes de que el capitán aborde el bote salvavidas; el piloto que se tira del avión, dejando que sus pasajeros mueran. Ambas palidecen hasta la oscura banalidad.

Resulta muy dificultoso expresarlo con palabras.

Lo primero [fue] hace una eternidad, días de peaje. Mientras manejaba, pensé:

"Qué cosa terrible sería atropellar a un niño".

Luego algo sobrevino, podía sentir su procedencia, un oscurísimo calabozo. Una figura que en sombras sostenía a un niño muerto con inconcebible desprecio:

"¿esto es suyo?".

En el Club de la Universidad, en Nueva York. Vi a un espástico esperando el elevador. Llevaba una muleta.

Me imagino empujándolo al suelo y golpéandolo sin ninguna compasión por su estado, con un demente y grotesco babeo mientras cae como pez fuera del agua.

(Ah sí, estoy leyendo *Night Manager* de Le Carré: un lisiado que limpia mesas. Usa dos muletas. Su *ritmo* molesta a los comensales. Supongo que esto fue la mecha que condujo al espástico del Club.)

Estoy en una encrucijada: pude haber sido matón muy apto de la mafia. Lo dejé pasar.

Tenía que hacer algo más. Soy un natural amanuense, un escritor.

Dos personas. Quiero saber dónde están (o estuvieron).

Bill Gilmore[128] y Jerry Wallace.

Bill tendrá ya 86. Puede perfectamente estar agonizando.

¿Jerry? Estoy casi seguro de que murió.

No lo volví a ver después de esa larga gira [1983]: Minneapolis, Finlandia, Noruega (dos paradas), Suecia, Dinamarca. (Cuando volví, el gato blanco de James había desaparecido.)

El punto es: lo vi *antes* de la gira. ¿Después? *Nada.*[129]

Nuestro contacto en París no resiste revisión, tampoco *après.*[130]

Gilmore siempre quiso "escribir una gran novela". Llegó incluso a publicitarla, pero de modo alguno a escribirla.

Me encantaría verlo decir, pasándose el libro de un lado a otro por la nariz: *escribí una gran novela.*

Recuerdo haber ido [yo] a cenar con Gilmore y Use, en Nueva York, muchos años atrás.

Yo hablaba de aprovechar no sé qué negocio cuando el camarero pasó gritando:

"¡Ratas! ¡Ratas! ¡Ratas!".

¿Qué clase de amigo es este?

¿Jerry? De los peores. Ahí, encabezando la lista con el personaje de Mary McCarthy en *The Young Man* y el Walter Ramsey de Capote en *Shut a Final Door.*

---

128 Bill Gilmore: un amigo de Burroughs y compañero en Harvard. Fueron socios en Nueva York durante los años 1939 y 1940. [N. de E.]

129 En castellano en el original [N. de T.]

130 Después. [N. de T.]

Y la verdad es que nuestro contacto no resiste una revisión... nada nuevo bajo el sol.

Habitación 15, habitación 18.

"Todo el mundo es responsable de sus actos: sea lo que hagan".

Don Clericurzio, *The Last Don.*

Quiso terminar el mandato del Don eliminando a una de las familias. Un movimiento despiadado y de muy cortas miras.

Los asesinos de *Hassan i Sabbah* no temían a la tortura. ¿Y por qué?

Un escuálido muchacho es acusado de matar a personas del doble de su tamaño. Lo demuestra cuando carga con dos detectives de 90 kilos a sus espaldas, sin esfuerzo ni ayuda —como los rieles de un matadero—. Pero muy pronto, las autoridades se cansaron de *su* pequeño juego.

"¿Te ahorcarán?"

"Oh sí", responde. "Pero no estaré allí".

El guardia apaga las colillas en sus brazos y lo abofetea.

No hubo caso. Nunca quitaron la silla, porque no estuvo allí.

Fue acusado de robar y matar a una considerable suma de ciudadanos, la mayoría más que decentes.

Otro detalle repulsivo del escuálido estaba en sus ojos. Se iluminaban de vez en cuando, como lo hacen las compuertas de un horno de turba, que siempre acarrean un infierno privado. Había algo en aquellos *ojos*, y también una especie de almizcle en sus olores.

Vi una foto suya, amarrado, de camino al cadalso.

Tuvieron que colgarlo.

Quitaron la silla,

porque no esaba allí;

y el asaltante,

con la más dulce voz, dijo:

"todos, por favor,

pongan las manos

donde pueda

verlas".

Era la voz más dulce que cualquier bancario o testigo haya escuchado. Pero para aquellos que se resistieron a su dulzura y apretaron el botón de emergencia:

"Dicen que cuando mató a alguien sintió una terrible disociación".
Me parece muy bien.

Y luego el golpe: un mundo sin la voz de Allen.
Puedo sentirla ahora mismo.
"¡Oh, piezas y trozos de...!", decía él,
"que al unirse...".

El aficionado se acerca a los toreros, cortejándolos con despreciables gemidos de toros moribundos.
Me parece muy bien.

Aún 3 de abril, 1997. Jueves

Allen Ginsberg está muriendo de un cáncer de hígado.
"Entre dos y tres meses", dicen los profesionales, y él responde: "trato de no pensarlo, pero supongo que serán menos".
Agrega:
"Pensé que estaría aterrado, pero estoy anhelante". Espero no lo sofoquen con agotadores cariños. "Allen escribe poemas: está inspirado".

Los comienzos de la *vida vinieron a este mundo en cometas.*

5 de abril, 1997. Sábado

Allen Ginsberg murió [esta mañana]; en paz, sin dolores.
Tenía razón. Cuando los doctores le dieron de dos a cuatro meses, él contestaba: "trato de no pensarlo, pero supongo que serán menos".

6 de abril, 1997. Domingo

"Vida".
Una especie de mutilada existencia conocida como Tu Diversión. Se solicita gratitud.
"Libertad".

No me tomen por alguien más estúpido de lo que parezco.

"La búsqueda de la felicidad".

Busca es un prometedor caballo alazán; Felicidad, un capón fuera de forma pero con notable experiencia en las carreras. Será montado por Sereno, un muy *experimentado* jockey, que hace no mucho cambió su nombre al de Tedio.

Recuerden:

[Kerouac] "regresó de la tumba con un pene de proporciones bíblicas. Pensé que te interesaría".

El hombre del contestador también dijo:

"el hecho de que existas ya es un insulto para mí".

"¿Quién eres?"

"¿Qué tuvo Allen?"

Un elemental acierto en el punto de vista, muy similar al del Dios Mono de los hindúes.

Como el joven acólito en busca del Maestro. Ese chico descubrió que Allen se acaba de ir.

¿De qué hablo?

Viejos henares de Monet y Pissarro. Mis manos en las suyas, como guantes amorosos: me conducen a *bellísimos* colores.

Salpica al buen mozo de chaleco. Un verdadero Adonis, querido mío...

—¿por quién serás querido *tú*?—

¿Y dónde estabas cuando cancelaron tu vuelo?

Está en contra de la ley.

Por aquellos años solía escogerlos más jóvenes, bonitos y escuálidos.

"A menudo tengo remordimientos", confió un retirado oficial inglés, muy paternal con los mancebos árabes.

Había dos de esos en Tánger: uno español, "Tony el sueco", y otro también árabe.

Estamos al 8 de abril, 1997

Treinta y dos [grados] afuera. Fresco y ventoso.

¿Allen?

Tantas y tantos

—click/Tánger, click/París, Londres, Nueva York, muchos clicks. Los Ángeles, ciudad de los ángeles—.

9 de abril, 1997. Miércoles

Anoche tuve un revoltoso sueño, compraba una maleta a Fred Baxter[131] por 65 dólares. Una chica, detrás de un mostrador, me dijo:

"¿puedo ayudarlo?".

Yo respondí:

"sí, mi maleta. La compré [en] una zona conocida como Luxor. Me la robaron".

Ella:

"¿está listo para hacer la denuncia a la policía?".

Yo:

"sí".

Pero nada pasaba.

Después de eso, trataba de encontrar mi camino hacia un sitio no muy memorable... una increíble zona de calles y escaparates [desgastados] tendida a lo largo, como un llano. Buscaba comida.

¿Dónde estará la maleta de 65 dólares?

¿Y dónde está Fred Baxter? ¿Quién es? ¿Cuándo y por qué?

¿¿Una?? ¿¿que en jeroglífico egipcio signifique agua y plantas acuáticas??

¿Dónde está Gregory? Ya van muchos días que anunciaron la muerte de Allen.

¿Dónde está Gregory?

¿Qué está pasando?

---

131 Puede referirse al profesor James Phinney Baxter III, mentor de Burroughs en Adams House durante 1933-1934 (y luego su enemigo en la Oficina de Servicios de Inteligencia, cuando aprobó al general William Donovan apto para servicio...). [N. de E.]

10 de abril, 1997. Jueves

Leyendo *Denial of the Soul*, de M. Scott Peck, médico. Muy bueno, muy imparcial en su rechazo de la dogmática psiquiatría.

"Ellos" gruesamente subestimaron el papel que cumple la *posesión*, siendo mucho más común de lo que "piensan": si acaso sus cerebros permitieran tan digno desempeño. Retrasados, la gran mayoría.

El caso de Howard: algún organismo o entidad que afecta a todo su cuerpo no quiere ser desalojado. Entendieron que Peck es una mortal amenaza.

¿Y matar al parásito [con el suicidio] será considerado lo más peligroso?

Sucede cuando la bestia queda arrinconada.

No se trata de un comentario muy astuto, pero le veo muchos usos posibles.

"Considerará, la libertad,
al menos por un rato,
asolar a un llorón escita
de su interés inmediato
bajo el velo que al sol quita".[132]
Olvidé el nombre del poeta.
"Cuando el verano con
húmedos dedos enfría,
al muelle regresa
¡esta santidad vacía!"[133]
"Où sont les neiges d'antan?"[134]
"J'aime ces types vicieux
Qu'ici montrent la bite".[135]

---

132 *And a freedom shall / a while repair / to dwell a weeping / hermit there... / gradual dusky veil.* [N. de T.]

133 *When spring with dewy / fingers cold / returns to deck this / hallowed mould.* [N. de T.]

134 ¿Dónde están las nieves de antaño? [N. de T.]

135 "Me gustan estos tíos viciosos / que andan por aquí mostrando la pija". [N. de T.]

*"Simon, aimes-tu le bruit
des pas sur les feuilles mortes?"*[136]
A mí sí.

10 de abril, 1997. Jueves

De camino a Kansas City con Wayne.[137] Manejo muy cuidadosamente. Los accidentes son pandémicos gracias a la oscuridad y la lluvia.

Tomé una dosis de 30 mg de morfina para espabilar, y otra de 70 en la clínica. Me sentí maravillosamente bien cuando almorzamos en Nichol's, mi preferido por más de 15 años: dos huevos fritos de arranque, tres rodajas de tocino, bien marrones, pan blanco apenas tostado y tres tazas de café.

¿Dónde está Jerry Wallace?

Quizás en Wichita. Puedo averiguarlo.

11 de abril, 1997. Viernes

Unas cuantas expresiones memorables.

Vail Ennis, alguacil de Beeville, Texas:[138]

"Hablen ahora o no estarán en condiciones de responder nunca. Ni uno ni otro".

(Se refiere a dos sospechosos detenidos):

"[piensan] que soy un hombre duro. No es así. No existen los hombres duros".

Idénticas palabras a las de un Don de la mafia, que llegaron a mis oídos gracias a Little Jack Melody, suplente.[139]

---

136 "Simón, ¿te agrada el ruido de los pasos entre las hojas muertas? [N. de T.]

137 Wayne Propst, amigo de Burroughs en Lawrence, reemplazó a Grauerholz para acompañarlo a la clínica ese día. [N. de E.]

138 Burroughs y Joan Vollmer fueron arrestados en Beeville, Texas (en 1947) por tener sexo a un costado de la carretera. Iban hacia New Waverley, donde tenían una granja. [N. de E.]

139 Ladrón de poca monta asociado a Burroughs y Ginsberg durante fines de la década de 1940. Con él se encontraba Ginsberg el día que participó de la persecución de 1949, evento que resultó en su arresto e interinato en el Columbia Presbytarian Psychiatric Institute de Nueva York. [N. de E.]

[–] Mmm, algo no huele bien. *Dejó su paraguas*, muy mala señal [de asesinato.] Obvio *modus operandi*.

Malparidos, recuerdo la clínica del doctor Dent, el médico de la apomorfina:

"Debería estar disponible para entonces".

El paraguas refiere a Paul Bowles.

Suena el timbre. Recoge su paraguas y me entrega una cinta, con el siguiente rótulo: "Aquí vienen las sonrisas".

Quizás yo...

haya visto ya demasiados "paraguas"

y demasiadas sonrisas.

Vuelve a buscar su paraguas y me entrega una cinta, rotulada "Aquí vienen las sonrisas".

¿Dónde exactamente?

¿Para quiénes? ¿Por qué?

Sí, sí, supongo que está bien.

Aun así...

Miranda en la veranda

es una novia mía;

y de la falta de ella

yo rezongo en agonía.

Mientras espero me desborden

mil palabras de justo orden,

me basta que en remplazo sirvan:

Miranda en el mirador

mi defensa cerca anda;

porque los hijos todos de Miranda,

al silencio fueron llamados.[140]

Uno debe escribir sobre lo que es o lo que somos.

Tú, ya veo, estás listo.

Yo también lo estoy:

---

140 *Miranda on the veranda / is a sweetheart of mine / from the lack of Miranda / I simply peck and pine / while waiting for my mouthpiece / to put all the pieces in line / Till then my only words are / Miranda on the veranda / waiting for my defender / all the children of Miranda / are united in the right of silence.* [N. de T.]

y ahora somos uno.

Al doctor de apomorfina: ¿pensará que esto podrá curarme?

En absoluto.

Y dónde...

Diez segundos para empezar.

Fred Baxter.

No se mueve por mi círculo íntimo.

Acaba de ver la expresión de su amigo, el homicida, en la silla eléctrica. El pelo se le *levantó*, como un penacho, de la alegría.

[Viene] al caso. Recientemente presencié cómo ejecutaban, por inyección letal, a alguien en Texas. El pobre estaba exultante, levantaba los brazos.

"¿Sufrió?"

"Querido:

"Nunca antes he escrito una carta como fan.

¿Cuántas recibiste que no empezaran del mismo modo? Yo, ninguna".

"Mi nombre es William S. Burroughs. Soy un humilde practicante de las artes del linotipo, un [A]sistente Técnico de la Milicia Shakespeare, como éramos llamados en tiempos de una guerra que se desconocía. Excepto, claro, para quienes participamos de ella".

Viejas cosas dejadas de lado, de batallas ya muy lejanas.

12 de abril, 1997. Sábado

Hoy comprendí de veras lo que se *siente* al convertirse en una bestia. El modo en que los colmillos desgarran mis encías, las garras brotan de mis uñas y mis pelos se erizan como agujas clavadas.

Mi cara está bien ahora. Puedo tomar cualquier apariencia.

Digamos, como el *radiant boy* ("chico radiante") de Fitzgerald: tengo sus mismos gestos.

Stutz Bearcats afuera, esperando. Corren los años 20.

En realidad, soy más [una] molestia que un monstruo: como los calurosos sueños de invierno, de a pedazos roídos por los ratones del tiempo.

Lo que alguna vez brilló con llama interna ahora procede con carraspera

—lo que alguna vez brilló,

ahora carraspea—.

La bestia es reciente. El niño radiante, no, todo lo contrario.

Muertos y queridos días: *où sont les neiges d'antan?*

¿Dónde están las nieves de antaño?

La bestia come por dentro. Es muy doloroso. Se retuerce, gruñe y ladra dolores salvajes.

Vuelvo a mi carta para el señor Scotty Peck:

"Nunca antes he escrito una carta como fan.

¿Cuántas habrá recibido *usted* con el mismo comienzo?"

Scotty, deje que primero me presente: aunque supongo que si no es descortés anticiparme, puede que usted no lo necesite. Mi nombre es William Seward Burroughs, un humilde practicante de las artes del linotipo: [A]sistente Técnico de la Milicia Shakespeare, de la guerra que todos desconocieron a excepción de sus participantes, cuando la cosa estaba a punto de estallar.

"(Ruedas giran en la cabeza de uno —paranoia— o el brillante intelecto, mortalmente peligroso.)"

"Coincidimos en muchos puntos. *Detesto* a los humanistas seculares, como a toda la prensa del *Skeptical Inquirer*. No son objetivos".

"Tres veces me dirigí a esa impúdica gaceta:

quienquiera que niegue las percepciones extrasensoriales no ha abierto bien los ojos".

"(Nadie más ciego que aquel que no quiere ver.)"

"Tres veces para que lo entendieran".

"Como ocasional morfinómano por, harán ya veinte años, apruebo totalmente tu postura acerca de los calmantes".

La retracción de un grupo de células puede provocar ocasionales dolores físicos y psíquicos. En estos casos, la medicación de sulfato de morfina no está contraindicada.

Mi abogado me llevó al hospital para tomar media dosis.

¡Qué diferencia! No por nada la conocen como "la cura de Dios contra la enfermedad".

"¡Veinte miligramos!"

Se hace eco por los pasillos.

Vayan al grano: que sean cuarenta.

12 de abril, 1997. Sábado

"Media dosis para el paciente", resuena por los pasillos de la clínica.

¿Dónde están?

¿No se supone que Pat[141] y el resto se iban a encargar de la cena?

Apenas puedo escribir ya. Sueno como si se tratara de mi última entrada.

Bueno, lo es, a esta altura no puedo hacer mucho más.

No, no,

a lo mejor

—no—.

13 de abril, 1997. Domingo

Decía:

"Mis fuerzas se encuentran en su más bajo punto entre las 12.00 y las 14.00..., cuando, de repente, [yo] agarro un libro y leo lo que sigue: 'en su más bajo punto'".

¿Alcanzaré alguna vez el lugar de lo que, en algún punto, fui?

Leyendo *Denial of the soul*, de Scott Peck, médico. Muy sensato. Muy bueno.

Tal como me pasó con *The Last Don*: muchos de los dictámenes del Don produjeron cambios en mí. Él cree en Dios. Yo también.

Dice:

"Todos son responsables de sus actos".

Sin ninguna duda.

---

141 Pat Connor. Era del círculo íntimo de Burroughs, en Lawrence. Habitualmente, preparaba cenas para el escritor. [N. de E.]

El desacato de responsabilidades puede verse por doquier: si no, lean *Shut a Final Door* de Truman Capote, para apreciar sus últimas intervenciones.

Dice:

"Nunca maté a un policía".

Brion Gysin pronunció exactamente lo mismo en la habitación 32, *9 rue Git-le-Coeur.*

Me siento mareado, podría estar muriendo.

Qui vivra verra. De la forma en que ahora me siento, no sé si llamar a un doctor o a un sepulturero. Nada bueno.

Afortunadamente, *mes copains*[142] llegan.

Puede que me haya llegado la hora.

"En vista de que la muerte, un final necesario, vendrá cuando tenga que venir".

Shakespeare, Julius Caesar.

En cualquier caso no temo... morir esta noche.

Tuve la verdadera sensación de que me moría hace una hora o dos.

Volveré. Más fuerte que nunca.

15 de abril, 1997. Miércoles

Anoche, un sueño erótico con Marker. Con mis manos recorría un delgado cuerpo masculino.

Me levanté sintiéndome muy bien.

16 de abril, 1997. Miércoles

Cita con el doctor Orchard: operación de cataratas en el ojo derecho, el lunes 21 de abril. Ambulatoria.

---

142 *Mes copains:* mis amigos. Grauerholz y el poeta John Giorno, que fue muy amigo de Burroughs desde mediados de la década de 1960 hasta el fin de su vida, regresaban a Lawrence por Springfield, Missouri. Cuando llegaron, Burroughs comentó haber sufrido un leve infarto. Se contactó de inmediato con el cardiólogo quien, por estar disponible, lo citó en su clínica para el día posterior. Burroughs escribió unas líneas al final de la página que posiblemente identificara como sus últimas. Al descubrir que no fue así, las arrancó. [N. de E.]

Todo el mundo dice que estoy haciendo lo correcto, y coincido. No tengo ninguna ansiedad y sí plena confianza en el doctor Orchard, en todo el cuerpo de médicos del hospital Lawrence Memorial. Fuimos hoy allí a llenar unos formularios y entregar mis historias clínicas.

Debería haberme sometido antes a la operación. El procedimiento es el habitual: terminan, y a casa en pocas horas.

Concluí mi lectura de *Denial of the Soul*, del médico Scott Peck, un psicoterapeuta que —como yo— cree en Dios. Muy sensato.

A favor de las internaciones y de toda la morfina que se necesite para combatir las dolencias.

Él deplora —moderadamente— el humanismo secular. Yo también, pero inmoderadamente.

Es insustancial, sin *élan vital*.[143] Nada de misterios, ni de peregrinajes. Para estos ilusos, no existe lugar que merezca peregrinación. No tienen nada de espirituales: quiero decir, ninguna convicción sobre un avance espiritual.

18 de abril, 1997. Viernes

Anoche soñé con Ian, bastante sexy. Él andaba vestido con un overol muy pintoresco y un casco de plástico marrón: quizá de ese nuevo material que encontraron en Roswell, New Mexico.

Las excusas no tardarán en venir. Parece que bajaron de un misil el Vuelo 800 [Trans American Airlines].

¿Y de qué trata esta guerra contra la marihuana? Una droga benéfica sin perniciosos efectos. ¿Para qué?

Aquí de veras hay un propósito, y uno que necesitan cubrir, por muy malintencionado.

Me refiero a que es RUIN. Cubierto con mentiras transparentes que solo los más estúpidos creerían. Y [esos] mentirosos y promotores de la Gran Mentira trabajan esforzadamente (ya que no tienen nada que hacer) para divulgarla.

---

143 Impulso vital. [N. de T.]

Los influyentes, la gente del *mainstream*, se está volviendo cada vez más estúpida. Creen todas las mentiras y los engaños de aquellos que están en el poder.

Dios mío, ¿para qué prohibir el uso de la marihuana? Estimula el apetito, quita náuseas y amplía la atención. Por ejemplo, si estoy poco inspirado, después de unas pitadas, encuentro cinco o seis formas de escribir algo.

El viejo y socarrón George Will diría:

"Es como *Howl* escrito bajo el efecto de la benzedrina".

¿Y, si puedo preguntar, cuáles son los verdaderos "valores norteamericanos"? ¿Cuáles, los japoneses? ¿Y los alemanes?

Para dar por sentada una confusión implícita –sobredeterminada– suelen tener más de un argumento a mano.

Nuestros valores son legión. Mucho más que el dinero o el poder.

El poder se usa para extradiciones de narcotraficantes acusados aquí.

[Me] encantaría ver cómo Japón extradita al presidente por los daños de la bomba atómica, u Honduras a la CIA, por contrabando de drogas. O por qué no a J. Edgar Hoover (ojalá se pudra en el Infierno), para que afronte severas acusaciones por agravio sexual en Nigeria o Zaire, incluyendo el travestismo: casi toda Washington o Nueva York puede servir de testigo.

La confusión escribirá su obra maestra.

Mientras tanto, deberemos aceptar que nuestros líderes están certificadamente locos o peor.

Allen Ginsberg fue el primero en pararse contra la fraternidad norteamericana y hablar abiertamente de los asuntos homosexuales. Por eso los demás advertimos que "había un Dios en él".

Un Dios es la búsqueda de las *cosas verdaderas*.

"Qué innecesaria es la pausa, dormir... y no destacarse en la práctica".

"*Aquello*" desaparece para siempre.

Todavía hay tiempo para buscar nuevos horizontes. La búsqueda de los valores norteamericanos es tan real como la ética ilusión de quienes mueren bajo sus reglas, los ciudadanos. Y quizás sean muchos más, porque "la frontera" fue y siempre será una irreemplazable noción de los valores norteamericanos.

Ahora que la frontera geográfica ha desaparecido, lo que queda es el más grande horizonte: el espacio, la completa unión entre mente, alma y espíritu.

Dejemos que los astronautas investiguen el espacio. Invirtamos más en programas espaciales y menos en la tonta guerra contra las drogas o en armamentística.

¿Pero qué posibilidades tiene un joven de participar? En tiempos de Colón, una ola de entusiasmo reinó en los pueblos del Viejo Mundo:

"Navegar es necesario. Vivir no es necesario".

Uno hubiera esperado que ese entusiasmo continuara después del primer cohete a la luna.

Pero a cambio, ¿qué tenemos? Excusas.

"Muy peligroso". ¿Peligroso para quiénes?

¿De dónde provienen? ¿Por qué están aquí?

En cualquier caso, ¿qué demonios son? ¿Qué quieren estos estúpidos?

¿Por qué no se dirigen a los escasos individuos inteligentes que quedan en este planeta?

Verán, ¿qué es lo que está mal con el cannabis? Es una *droga ilegal*. ¿Quiénes la volvieron ilegal? ¿Y con qué propósito?

El cannabis permite *ver* a quienes, por muy buenas razones, no quieren ser juzgados: los enemigos de los mamíferos.

¿Qué se puede hacer?

Colaboradores, como George Will, responderían:

"Nada".

Los invasores lo tienen todo programado.

A lo mejor no *—qui vivra verra—*.

Quien viva, verá:

y nadie es tan ciego como aquel que no quiere ver.

Los invasores están débiles. Han adquirido una trágica debilidad, gracias en parte a los estúpidos esfuerzos de la raza humana. Examinen, si no, la caza de brujas, etc.

Hay que mantener vivo el Fuego de los Antiguos.

Sin conflicto, no hay energía. Sin energía, no hay vida.

Abril 19. Sábado

Las 13.45 h. Los técnicos llegaron ya para las grabaciones de Jim Morrison.[144]

Acabo de terminar. Me grabaron y lo pusieron en la cinta. Diez mil $ por dos horas de trabajo. Encargo difícil, pero adoro trabajar cuando puedo (y hacerlo mejor que nadie).

La primera pregunta que me hago antes de aceptar algo es: ¿puedo hacerlo bien? Si no, lo rechazo.

Segunda pregunta:

"Está también la cuestión de mis honorarios".

Buena gente. Conocen todo lo que hay que saber sobre la ingeniería de sonido. Profesionales.

Gertrude Stein alguna vez dijo (y estoy de acuerdo): la gran desdicha proviene de encontrar su *métier*. Su oficio, su profesión.

Soy un escritor, un copista. También un cura: como la mayoría de los copistas.

Espiritualmente hablando, detesto la cristiandad acérrima: muertes provocadas por distintos grados de ignorancia; estupidez; xenofobia apenas disimulada; odio visceral.

¡Por Dios santo, aléjense de mí!

Los católicos:

"Quiero hablarte de la vida después de la muerte, del Santísimo Padre y de su naturaleza".

"Mejor no pensar en cosas como esas. Prestan a confusiones. Y ahora, antes de que se haga tarde, debo irme, que quedé en verme con el obispo en el campo de golf. Gran jugador el viejo, tiene vista de lince".

"¿Podría consultar algo con el obispo?"

"Me temo que no, viejo amigo, tiene compromisos de aquí a la Eternidad".

"¿Y por qué entonces no construimos un *wigwam*? Ciervo Lastimero está en el pueblo".

---

144 El productor Ralph Sall grabó a Burroughs leyendo un poema de Jim Morrison, para un álbum tributo a The Doors. [N. de E.]

"No, no me parece".

Se aventura a salir.

"Dios, ¿estás por ahí? ¿Hay alguien?".

No soy un humanista secular. Lamento cuanto haya contribuido a la creación de esta aberrante criatura conocida como humanista secular.

Yo creo en Dios.

No conoce la omnipotencia. Necesita ayuda ahora mismo.

Ustedes, co-creadores, vengan a resistir en esta ruin y tonta Guerra contra las Drogas. La gente que reniega de esto es ruin. Han infectado [el] planeta con un miedo injustificable, como ocurrió con la caza de brujas durante la Edad Media.

Recuerden al mensajero [parla]mentario en Sudáfrica, que destrozó su tórax con el cuchillo de su despacho. Apuñaló muchas veces al demonio que le agusanaba los intestinos.

Suficiente.

¡Adivinen! ¿Quién era la portada del *Times* por ese tiempo? Ni más ni menos que Verwoerd, más tarde Primer [ministro] (ya bien caduco), y de muy desmejorado aspecto.

¿Y quién lo remplazó? El ministro de Seguridad y Asuntos Internos.

Hm hmm: me acuesto dulcemente, etc., etc.

21 de abril, 1997. Lunes

Hoy es lunes. Me operó el doctor Orchard.[145]

No sentí ningún dolor. Me pusieron un parche. Quizá no pueda leer.

Mañana me lo sacan.

(Conozcan a John Healy, el hombre más notable [de la ciudad] en lo que hace a [práctica de tiro], a punto de tener su parche quitado.)

---

145 El Dr. Richard Orchard es un respetado oftalmólogo de Lawrence. Realizó pruebas anuales sobre la vista de Burroughs y, más tarde, una operación de cataratas el 21 de abril de 1997. De ella Burroughs salió muy bien, lo cual aumentó el gozo de sus frecuentes prácticas de tiro. [N. de E.]

Allí cuelga un Sudlow. Sudlow es el gran artista de las salas de espera. Principalmente de paisajes, la mayoría de otoño o invierno. Se mudó cuando yo partí de mi casa de piedra, donde ese penoso malparido de Panta Rhei (*né* John Tayler) me arrendaba sus tierras. Como muchos arrendatarios, no se llevaba bien con nadie. Me acusó de réprobo y de quebrantador de la moral.

Hm hmm. Réprobo –palabra de muy antiguos modales–.

Me recuerda a Charlie Van Southerland, el gran réprobo de St. Louis.

"Ah, sí, era encantador".

El –dejo espacio en blanco– incompetente doctor Senseney.

"¡Uf!", refunfuñó su señora. "No me pareció tan encantador esa última vez que lo vi de paseo por Olive Street. Eructó por diez cuadras y solo se le pasó a la décimo primera".

Cómo burbujea la mente: es idéntica a la hierba marchita.

Puedo leer, el doctor asegura.

Excepto que no puedo. [Él] debería haberlo sabido.

22 de abril, 1997. Martes

Parche quitado. Se avecina el tratamiento de colirio.

"¿Puedo leer?"

"Sí", contesta el doctor.

Al llegar a casa, descubrí que no era cierto.

El error gramatical lo cometí yo. Debería haber preguntado: "¿podría leer?" y todo el artificio se hubiera venido abajo. Solo me queda rezar en esta confusión posquirúrgica.

Martes temprano, náuseas terribles: no vomité nada sólido. Tomé 30 miligramos de metadona. Cuando James llegó, ya me sentía bien.

Agradable charla con Linda:[146]

"La morfina es para el dolor, ¿y a quiénes deberían dársela? A los convalecientes, por supuesto".

---

146 Linda era una de las enfermeras favoritas de Burroughs en la clínica de metadona de Kansas City. [N. de E.]

26 de abril, 1997

Así que, ¿es todo mental? ¿Está todo en la cabeza? ¿O no?

Fui a un neurólogo. Estos olvidables individuos me hacen siempre las mismas preguntas psicoanalíticas –sí, mi primo murió en un sofá, de un tumor cerebral–.

Desestimemos a estos *vieneses* anticuados, como los buenos fantasmas que son. Instruidos bajo la atenta cautela del *Herr Professor* Freud.

Me quejo de que mis dedos ya no reaccionan como antes, no hacen lo que les digo.

Me mira con solapada astucia –y vileza–. Responde:

"¿quizá sienta alguna culpa de lo que haya hecho con ellos? ¿*Nicht wahr*?".[147]

Equivocado.

Reflejos puestos a prueba.

Hurto sin los reflejos de un gato y canto el jazz como un tirolés.[148]

Mis reflejos están muertos. No puedo ni armar un cigarrillo de marihuana.

Vaya al punto, doc.

"Necesitamos hacerle algunas pruebas más. Hasta ahora todo funciona con normalidad. Túmbese con la zona lumbar al descubierto y...".

Paren.

Quizás *esté* todo en mi cabeza, del mismo modo en que lo estuvo para mi primo, allá por 1920. Un vendedor más que apto para el oficio. De la nada misma empezaron los vómitos hasta que sufrió [un] ataque de...

"De modo que piensa regurgitar toda su vida, ¿*hein*?".[149]

"Y entonces, también piensa ignorar todas las enseñanzas de su

---

147 ¿No es así? [N. de T.]

148 Juego de palabras entre *Scat Tan* y *Cat Scan*. El *Scat* es un estilo del jazz; "*tan*": moreno, ocre, tómese "apagado" por sentido; *Cat Scan*, una expresión obsoleta para el castellano: "estafa gatuna". [N. de T.]

149 ¿No cierto? [N. de T.]

padre, ¿*hein*? Piensa acudir a su *Mutter*[150] para que le cambie los pañales, ¿verdad?"

El doctor se agacha debajo del sillón como un gnomo, su cara se retuerce con la insospechada sordidez de la perspicacia y del Menschenkenntnis (conocimiento del Hombre). Lo ha visto todo. Es, sin ir más lejos, un reconocidísimo fisiatra –que ya trata de justificarse:

"Asumí, equivocadamente, que los estudios neurológicos fueron realizados con la más profunda–".

Afortunadamente, el tumor era inoperable, en cualquier caso.

Él es, incluso después de equivocarse, un reconocido fisiatra que ahora ve cefalea masiva y muerte.

Que en paz descansen aquellos muertos y queridos días.

Pregunten a mi primo el vendedor, Robert [Hoxie],[151] que tuvo la desdicha de morir antes de que los rapaces días de la mala praxis enriquecieran quienes le sobrevivieron.

Estaba todo en su cabeza,
pero de eso hace ya mucho.
Y ahora mi inspiración
yace en el alquitranado polvo
del infierno.[152]

Anoche soñé con algo.

Supongo que fue lo primero que vi –entre muchas otras cosas que ocurrieron, las que debían ocurrir y las que [no] pudieran evitarse– cuando un blanco camino aparece ante mis ojos, que conduce a ninguna parte. Hay una pequeña laguna con peces.

¿A qué? ¿A qué se debe tanto odio de los federales por la marihuana? Es una sustancia benéfica.

¿Por qué?

---

150 Madre. [N. de T.]

151 Robert L. Hoxie (1903-1940). [N. de E.]

152 *"It was all on his head. / But that was a long time ago / and now my inspiration / is in the tar dust / of the sty"*. [N. de T.]

28 de abril, 1997. Lunes

Mi vista mejoró un poco. ¡Gran decisión la mía!

George Wedge[153] pasó con unas *Cottonwood Reviews* para que las firmara. Vale[154] vino ayer.

Me encontraba sumamente encantador ¡y cómo lo disfruté! Es bellísimo de ver, que un tema de conversación sea bien recibido. Cuando pasa es maravilloso, y a mí solo me ocurrió en estos últimos años. Actuar con encanto y ver que surte efecto.

Esto [es] completamente distinto a la sensación de inspirar miedo y a la de observar el impaciente hastío de los interlocutores.

Quiero que la gente se sienta mejor después de un encuentro, y no peor.

¿Recuerdan a Mark, el vendedor de ropa sucia en Tánger? Se me antoja traerlo a la conversación.

¿Fue el doctor Brunquist de veras un médico en Egipto?

"¿Y dónde es que [tú] conseguiste el doctorado?"

¿Qué clase de negocio es este, pertenezca al medicinal o no?

Estoy en la *"agradable* ruina",[155] dijeron los muchachos que, sin invitación, interrumpieron [mi] siesta.

El pez gato, la serpiente emplumada de inteligentes y anchos ojos...

por supuesto, al Hombre lo diseñaron para copular con otros animales.

En los suburbios, en cambio, se acurrucan temerosamente y dicen: "No te involucres en esto, John".

---

153 Profesor de la Universidad de Kansas, en el departamento de inglés. Se hizo muy amigo de Burroughs en la década de 1980, cuando lo invitó para que diera una clase sobre las adicciones en literatura. Durante el otoño de 1987, Wedge coprodujo *River City Reunion* con Bill Rich y James Grauerholz. A lo largo de muchos años, Wedge editó un suplemento académico, el *Cottonwood Review*. [N. de E.]

154 El editor e historiador cultural V. Vale, de San Francisco, fue amigo de Burroughs por mucho tiempo. [N. de E.]

155 Burroughs era a menudo visitado por peregrinos en Kansas: algunos con invitación; otros por sí mismos. Uno de estos visitantes usó de título, para un artículo de una pequeña revista, la frase aquí referida. [N. de E.]

Lo siento, cariño, ya lo hice. A ver si te [entra] esa información por la vagina.

Ya hace mucho. Tiempo atrás.

Parece que me acerco a los 83 años.

Recuerdo atravesar el puente Vancouver a la edad de 79:[156] toda esa timidez, ineptitud, y el miedo a la exposición...

Reproches sobre incapacidades podrán pesarme, pero:

"Estoy demasiado viejo".

–Rockola panameña–.

¿Marlene Dietrich y Rosemary Clooney?

"Divierto a un hombre del que mucho sé,

(la luna lena y las luces apagándose.)

Dijo, 'pondría una canción;

no puedo; llegó la hora: medicación'.

Está demasiado viejo,

para ser hábil ya.

Demasiado viejo, demasiado,

para ser hábil ya".[157]

29 de abril, 1997. Martes

Leyendo *Extinct*, de Charles Wilson.

Este megalodonte, gran tiburón blanco, se creía extinto por al menos cinco millones de años. Ha acechado los más profundos confines del océano, oculto en las oscuras aguas por años luz.

Y así salen de sus profundidades para controlar la mente de los hombres y persuadirlos de que su misión en la vida es mantener *bien alimentados* a los *tiburones*.

Depositan a los animales de granja y a los peces en hondas trinche-

---

156 El último viaje de Burroughs a Vancouver fue en el verano de 1978, cuando tenía 74. [N. de E.]

157 *I entertained a man I know. / The moon was high and the lights were low. / He said: 'I'd like to play a theme / but it's time to drink my Ovaltine'. / He's getting too old / He's getting too old to cut the / mustard any more / He's getting too old / He's getting too old / He's too old to cut the / mustard any more.* [N. de T.]

ras. Los tiburones retroceden, y relamiéndose, sacan las mandíbulas a la superficie para devorar la comida.

Mi afecto está con los tiburones. ¿Cuánto más tendría por ellos si se devoraran a las personas?

Ya hay demasiadas de ellas dando vueltas.

30 de abril, 1997. Miércoles

Mañana, *May day*, *May day*, MI DÍA, pedidos de rescate internacionales. *M'aidez...*

"¡Ayúdenme! ¡Un tiburón me dentó la mitad del cuerpo!" ¿Y?

Rara vez me sentí tan mal. Nauseabundo, lento de reflejos. Molesto dolor de cabeza.

¿De qué sirve ir a un médico? Diagnósticos y vitaminas...

Sería genial, como Scott Peck sugiere, que todos los alumnos de medicina tuvieran que sobrellevar los síntomas y las *sensaciones* de un amplio repertorio de enfermedades. Desde infecciones leves hasta un cáncer terminal: o el kuru, la enfermedad de la risa. Expuestos un mes a cada tipo de ellas, bajo supervisión desde luego, con una buena dosis de *agudísimo dolor*. Así sabrían qué es lo que se siente.

Del experimento saldrían médicos muy aptos para el diagnóstico y si el estudiante (de cualquier edad) no progresara, sería mandado a los niveles inferiores: por ejemplo la rabia o la meningitis, para distinguir [sus] jaquecas de las [fingidas] por un adicto. O para que considere si media dosis de morfina se adecua a pacientes con rabia.

Quedarán reservas en caso de que no mediquen de sobra. Llegó un cargamento entero desde Oriente. Cuando la cosa funciona, no hay errores para la percepción de los sentidos.

El cirujano escucha atentamente y, sonriendo:

"cosecharán su siembra".

El doctor que no prescribió morfina, ni unos míseros cinco miligramos de valium para dolores de un cáncer terminal, empieza a entender el mensaje:

"soy solo un médico. Sáquenme de aquí".

"Concretamente, doctor, no puede abandonarnos hasta no haber pagado el último centavo. ¿Desea su valium *oral* ahora o después?"

El doctor mira hacia adelante.

"Siempre pensé que los pacientes con dolor eran simuladores o, cuanto menos, señoras quejosas".

"Veamos, está usted en la etapa siete. Quizá podamos darle una inyección *agudísima*".

Cosa rara, algunos pacientes escapan al dolor llegado este momento. Transmutan el dolor a una carga energética, *resplandecen*.

¿Qué es este lugar, por qué exige remordimiento a los médicos?

Algunos lo llaman Purgatorio y otros el repaso de una vida.

La curación postraumática es proporcional a la lucidez con que el trauma se manifiesta nuevamente.

Las insensateces de muchos neuróticos. Piensan que el universo gira en torno a sus estúpidos problemas.

Me acuerdo del doctor Kurt Eissler.[158] De tanto en tanto decía cosas que de veras significaban *algo*. Dijo:

"los intelectuales judíos pueden hacer lo que se propongan".

Me dejó pensando en aquel tiempo.

Me dijo que yo creía ser un santo.

"Si pudieras entablar una relación más cálida con el terapista".

La tuve. Diez dólares por hora.

Es injusto, pero ¿qué no lo es?

No, yo no me acobardo ante la presencia de un psiquiatra judío.[159]

Es solo que:

"Nunca pudo ayudarme".

¿Acaso era un judío del *Jewish Observer*?[160] ¿Y qué estaba observando?

"¿Cómo puede esta cosa llamada 'relación más cálida' volverse ma-

---

158 Burroughs consultó por corto tiempo al psiquiatra Kurt Eissler (1908-1999) en Chicago, durante los años 1942 y 1943. [N. de E.]

159 Juego de palabras irreproducible: *"no, I do not shrink from the Jew Shrink"*. To *shrink*, como verbo, responde a "encogerse o vacilar"; a "psiquiatra" como sustantivo. [N. de T.]

160 Revista de la comunidad judía en los Estados Unidos. [N. de T.]

nifiesta cuando yo hablo y usted no? Coménteme *sus sueños*, doctor".

En este momento, 5.04 h de la tarde, tengo la fuerte sensación de que Allen está presente.

Afuera, entre las hojas de los árboles. Lo veo con claridad. Toca un instrumento desconocido, una especie de canción del Lejano Oeste.

"¿Estás despierto, Allen?"

"Sí, apenas".

Fríos y vacantes resoplos.

"Allen, por favor pasa: aquí todo está vacío y triste. Allen, ¿qué es este lugar?"

"¿Has amado a alguien que no fueran tus gatos Ruski, Spooner, Calico...? ¿Ian, Brion, Anthony Balch o tu madre?".

Cielo azul en el horizonte, muy nítido: es un deleite para la vista.

Muchas de estas historias, por supuesto, las inventé.

1 de mayo, 1997. Jueves

Mayday, Mayday.

Vuelvo a convertirme en "bestia".

Un delincuente juvenil, próximo a la defunción, ha torturado un gato en mi presencia.

Mientras, otros dos agarraban [mis] brazos.

Ahora nace de mi barriga: un ardor sube por [mi] columna vertebral. Los caninos desgarran [mis] encías, me babeo y la sangre gotea. Las garras brotan de [mis] uñas, temblorosas.

Con agilidad gatuna, [yo] me libero de quienes me sostienen.

El líder de la tribu me examina, luego grita y atina a correr. No llega lejos.

La Bestia salta sobre sus espaldas, lo derriba y arranca con las garras sus ojos y su garganta: se oye un grito de estrangulación. La Bestia, entre sangrientas carrasperas, arrastra al hombre hasta una alcatarilla y, al rasurar su cara, o lo que queda de ella, lo tira a las mugrientas aguas.

Buen trabajo, felicitaciones, etc.

Mayo 2, 1997. Viernes

Esta mañana fui al banco para cerrar una cuenta.[161]
"Está usted muy viejo, padre William".

El ojo ve. ¡Qué milagro!
"Escudriñemos las cosas de importancia verdadera", dijo un pez gordo: "Dios, la familia y Shakespeare".
La muerte y la rendición humana.
Envestido de una rota chilaba marrón, en la cafetería opuesta al Café Central del Zoco Chico. Tengo una tarjeta sucia con mi nombre en ella.
Masculla desde un tractor mientras da marcha atrás, aproximándose. Esto fue en Pine Valley, Texas.[162] El pueblo más cercano [a] Cold Springs.
Y el judío que dirige la ferretería dice:
"¿Qué te ha picado?".
La pregunta vuelve su cara negra del odio. Le chorrea sangre por lastimaduras hechas con cortes de botella.
"Usted es *muy mal* actor", le digo. "Apréndase mejor los diálogos".

"¿Quién puso cianuro en el parecetamol?"
Y lo que es más importante, ¿paró en algún momento? Las posibilidades son emocionantes.
Por todo el país, él ya deja amobladas las parcelas de muerte —fentanil, aspirinas, vodka, insulina— cianuro, botulismo, arsénico, acónito y bario: que explotan como bombas de tiempo. Cada almacén requiere un sistema special de seguridad, fíjense en la puerta.
Luego empiezan a llegar los aletargados de distintos sectores gubernamentales. (Un club entero de comedores de *ortalon*[163] murió bajo

---

161 Burroughs había comprado una parcela cerca de Lone Star Lake, al sur de Lawrence. Se la compró a su amigo Steven Lowe. [N. de E.]

162 En 1947-1948, Burroughs y Vollmer vivieron en una granja cercana a New Waverly, Texas, en vecindad con Cold Springs y Pine Valley. [N. de E.]

163 Plato extremadamente delicado que se sirve en Francia. Los más estrictos degustadores

sus servilletas, inhalando el amargo olor a almendras del ácido cianídrico, astutamente oculto en el grasoso plato. Algunos dicen que la venganza es un plato que se sirve frío. Yo, no sé si llego a tanto. Soy de mente abierta.)

Algunos vinos exclusivos y el supremo brandy Napoleon confieren el parpadeante atontamiento del acónito:

"Dios mío, ¡me han envenenado!".

"Hay ciertas cosas que mi estómago presume conocer".

Ah, y las amanitas que se infiltran desde el suelo junto con las colmenillas y las trufas negras.

Y para regresar a los viejos usos, las hamburguesas ya no llevarán carne, al menos, no de la acostumbrada: un rejunte de escalopomina, LSD y, como toque final, belladona. El paciente se encuentra desorientado, deambula entre los autos del tránsito sin noción del peligro, con muchas convulsiones y ataques. Millones hacen lo mismo en el McDonald's, en sórdidas pizzerías o en cualquier pueblo de las afueras de los Estados Unidos.

Ahora bien, la escena es más que digna, ¿*hein*?

Pero se detiene. ¿Por qué?

Piensen como si fuéramos, digamos, seis cómplices de ocurrencias similares. Mapas en las paredes. Las máquinas producen las etiquetas y el producto básico está listo para ser distribuido.

Y ahora, con maletas, bolsas de compras y portafolios, los agentes de la muerte se separan...

No han alcanzado aún la etapa biológica de los sudores febriles, etc.

Las relucientes ciudadelas de mi voluntad.

Pero siendo la voluntad una bestia, ¿cuánto provecho se saca?

El provecho de mis propios réditos.

---

lo comen tapándose la cabeza con una servilleta. El nombre correcto es "ortolan", nombre vulgar del ave "escribano hortelano", muy preciado antaño en la gastronomía francesa, siendo su consumo objeto de un ritual muy particular y rodeado de secretismo, que implicaba el uso de una gran servilleta. Actualmente, su caza y su consumo están prohibidos. También puede estar incluido aquí un juego de palabras, ya que otra acepción de la voz ortolan es "charlatán". [N. de T.]

3 de mayo, 1997. Sábado

Llegó el caviar.[164]

Imagino a alguien entrando en bancarrota por comprar el mejor caviar de esturión beluga a 28 dólares la onza. Ese alguien viene a casa un día, con su hija de 50 años y [una] tropilla de adolescentes que comen de a inmensas porciones, acompañadas por *milkshake*.

"Abuelo, venga y únase a la fiesta". Extiende el tarro, vacío: "demasiado tarde".

El abuelo los habría matado a todos en caso de no morir por *oportuna* falta de caviar.

"Los trabajadores nos ponemos en fila por apenas un mísero dolar al día".

"Usted no me asusta. Me paro con la unión".

"Aquí no hay neutralidad:

o eres un hombre de la unión,

o un esquirol a cargo de J. P. Blair".

(Suenan breves canciones en yiddish, ideadas por judíos.)

"'No he muerto nunca', dijo él".

"¿Y dónde está tu prueba?"

"De San Diego a Maine,

en fábricas, minas y molinos,

hay trabajadores que defienden sus derechos.

Por esas zonas pueden encontrar a Joe Hill.

Ahora bien, la Guardia Nacional

tiene muy devotos hidalgos en sus filas.

Alcahuetes y maricones, la gran mayoría,

pero los mejores de esta tierra.

¿De qué lado estás tú, soldado,

de qué lado?"

---

164 Burroughs disfrutaba de acompañar con aperitivos su cóctel preferido de las tardes, vodka con coca-cola. Uno de ellos, su favorito, era el caviar; y otro, más frecuente aún, los huevos de salmón. Estas delicadezas eran entregadas en paquetes con hielo seco, para conservarlas. [N. de E.]

Acabo de terminar un libro que se llama *Extinct*, sobre megalodontes. Grandes [tiburones] blancos, de casi 30 metros de largo. Muy inteligentes.

Cuentan con mi afecto. Hubiera odiado ver cómo matan a estas nobles bestias, con dinamita.

¿Así que de vez en cuando se comían un ser humano? El problema estuvo en su moderación.

Pero de las hondas trincheras, ¿qué comida extraían?

Mi afecto siempre estará con el tiburón. Al menos es sincero y honesto en sus obras, mientras el *Homo Sapiens* las disimula o baila un cancán digno de vejaciones.

Alguien, tiempo atrás, empezó a cantar esto:

"Sube la temperatura, no me sorprende, ella sin duda sabe bailar el cancán".

James Le Baron Boyle[165] dijo, luego de su canto:

"Demasiado horrible".

¿Entonces no estuvo donde nosotros estuvimos antes?

¿Qué? Fue a poco tiempo.

"Corta caminata para usted, un hombre tan calificado".

El nuevo jefe entre jefes.

"Si se niega a pagar, quedará revocada la protección que la Familia le extiende".

La servidumbre y el personal de servicio lo miraron con inquina.

3 de mayo, 1997. Sábado

A veinticinco minutos de las 7 de la tarde, en mayo, día sábado.

Escribir consta de vergonzosos procedimientos.

"Soñé que me *comías* la espalda, entera, partiendo desde arriba".

Olores de pánico y combustible andan cerca.

¿Qué?

"Juro por Dios, lo hice entonces, ¡y lo volvería a hacer!"

¿¿Y la mayoría?? Se persuade o mata. No hay término medio.

---

165 James Louis Le Blanc Boyle II fue un compañero de Burroughs en Harvard. [N. de E.]

Dos opciones: o [te] persuades, o matas. P o M.

Bass, forajido disparado por el viejo Seldman a metro y medio de distancia. Murió cuatro horas más tarde. El desocupado forajido había matado a un *ranger* inexperto. Le pidieron que dejara de beber y volviera a su hogar. Cosa que hizo, pero no a su casa, sino a una aislada habitación del burdel, donde Bass dio sus últimos suspiros.

Domingo, 4 de mayo, 1997.

Cuando dobló la esquina, la brisa del mar le dio los últimos destellos de esperanza.

Fue solo una ventisca. ¿Alguna vez vendrá otra?

No si ellos pueden evitarlo. Qué fiasco.

Paren.

Piensen en todo el mundo, los trillones de habitantes comiendo, haciendo el amor, felando, durmiendo, soñando e ilusionándose. ¿Qué esperanza puede existir en esta cárcel?

¿A. J. [Connell]?[166]

"Un carcelero de bajo rango".

Tiene el estatuto de ser un convicto, él lo sabe mejor que nadie.

Entrenados y novedosos idiotas gritan:

"¡Paranoia!"

"¡Uxoricida!".

Viles entidades se retuercen como el tríptico de *Las Tentaciones de San Antonio*. Demonios tiran de sus barbas, desean impedirle que se convierta en santo, cosa que él considera inevitable. La discordia alienta a estos demonios, a estas criaturas de energías concentradas, les da poder para intervenir y tirar.

¿Debería escribir un *bestseller* sobre los médicos que conozco?

Todos mis analistas se aferran a su escasa fe.

Pero observen bien, porque de pronto viene un corte, como de

---

166 A. J. Connell fue el fundador de Los Álamos Ranch School y su director durante las décadas de 1920 y 1930. [N. de E.]

cirugía a corazón abierto. Luego del corte se pasa de aquí para allá, ¿ven? Después vienen los protocolos médicos.

¿Y adónde conducen estos elaborados análisis? Respuesta:

"A ningún lugar específico".

Cuando finalizó mi tratamiento con metadona:

"Dices la verdad, uno no puede comprar un arma o manejar un auto. Aun así, todos prefieren no hablar de ello. Te sorprenderías de los nombres que figuran en la lista del tratamiento".

Estados Unidos está lleno de discordias a punto de estallar, de incipientes abusadores de niños y de adictos que cruzan los bien podados céspedes suburbanos... de hombres con respetables computadoras:

"¿Un caramelo, corazoncito? Acércate, sin miedo".

Extrañaba ese chiste, ya está bastante pasado de moda. La vejez me está castigando con fuerza.

Antes de agarrarlos, espósalos y tíralos semiinconscientes al suelo. Un golpe de palmas a ambos oídos funciona bien, o un puñetazo en la garganta: las [venas] se marcan más si se acierta otro golpe en el estómago.

"¡Pedazo de mierda!"

"Ahora, hijo, cuando un hombre se mete con el caviar de esturión, bueno, no hay nada a lo que renuncie para satisfacer su apetito. Mentirá, timará y hasta incluso matará por un pedazo. Llegan al punto de no ser humanos, sino recipientes del caballo de Troya ruso, que depone su mortal carga".

Allen murió el 5 de abril de 1997.

5 de mayo, lunes, 1997

Si una plaga debiera matar a un tercio de la población, rezaría para que afectara no solo a los humanos, sino también a animales domésticos, especialmente perros y gatos. La imagen de trillones de gatitos huérfanos es demasiado horrible como para ser confrontada.

"¡Soltad amarras!", gritó el capitán de la Isla en Movimiento.

La clínica de metadona emergió de una niebla de mentiras. Tal como uno de los primeros doctores me decía:

"De haber usado la palabra 'morfina', jamás habríamos obtenido la aprobación oficial".

Lo cual ilustra el nivel mental de la "aprobación oficial", si nos guían consideraciones semánticas.

La metadona es la primera síntesis de compuestos formados por una molécula de morfina. Es también tres veces más fuerte, por peso. Cinco miligramos de metadona equivalen a cincuenta de morfina, y en algún punto podría decirse que las cantidades afectan la calidad.

Los síntomas de morfina no aliviados (lepra ocular, veneno de pez piedra) pueden a veces controlarse con hidromorfina, metadona o heroína, aplicadas por inyecciones.

Como podrá observarse, la cura contra la adicción de heroína es igual de adictiva. Sí, lo sé, qué gracioso. Durante dos años en Tánger me acostumbré a inyectarme –[biseptom] o como coño se llamara– un derivado de la metadona, bazofia pura.

Como dije, una pirámide de mentiras.

Similar a una cura del whisky: la clave está en beber gin.

Ahora tomemos a un abusador. Ya está, ya pasó, pero aún los muchachos se obstinan en gritarle:

"¡Violador! ¡Pedófilo!".

Y apedrean su casa rodante.

Él mira hacia arriba, un muy antiguo anaquel con un kris malayo. Obsequio de un compañero de la marina.

Se levanta y siente que una marea roja empuja desde sus entrañas. El reflujo sube de la médula hasta la punta de su cerebro.

"¡Ya salgo!", grita, al tiempo que abre la puerta y surge de la nada, agitando la daga en la mano contra quienes afuera están [arrodillados del miedo]. Demasiado tarde. Blande y da tajadas, la cara blanca como una máscara de porcelana.

7 de mayo, 1997. Miércoles

Una piedra rebotó en sus sienes y el kris dio vueltas como la varita de un zahorí. Lo tiró sobre el sillón y huyó hacia adelante. La juventud linchadora, a los tropiezos, atinó a correr. El asesino acordeló a la víctima, la agarró del pelo para atrás y el kris la degolló. La sangre saltó a borbotones.

(Una vez vi que hacían lo mismo con una cabra de la escuela [rural] Los Alamos, allí donde disparaban a los simpáticos tejones. Lecciones muy valiosas fueron estas. A. J. me confía: "hablando con Hitchcock —el profesor de latín— el otro día, nos preguntábamos '¿sabrán los niños en qué se están metiendo?'"")

Los otros se han ido ya, con salvaje pavura. La policía circundó la casa rodante.

Una vez más, la puerta se abre y él se abalanza hacia la lluvia de balas. Frena, invierte el kris, agarrándolo desde el filo, y lo lanza con sus últimas energías al cuello de un policía gordo. Al segundo aluvión de balas, él cae, [su] cara "en blanco, impiadosa como el sol". Fin de la barata historia de terror, al menos por hoy.

"Platicamos un poco".[167]
Pidió un indulto humano a una poco misericordiosa pareja alienígena.

"Tenemos un problema", dijo Fraser, el infame abogado de *The Third Pandemic*. Dicho sea de paso, una historia muy interesante.

Puedo pensar en otra.

Esta élite se está uniendo en una conspiración para joder al mundo. Ya tienen a su agente, infalible, junto con el antídoto.

"¿Dejamos que este inútil trillón de habitantes muera a las Puertes de la Tierra?"

"Seguro, los precios del antídoto subieron estratosféricamente, pero, ¿quiénes quedan para comprarlo? Del modo en que yo lo veo, deberíamos incitarlos de a poco, para que el vulgo evalúe la magnitud del problema. Mientras tanto, nosotros, en Laboratorios Unidos, haremos lo imposible para encontrar la cura. Aquí, ¡por fin! Está con nosotros, pero no es precisamente barata".

Y sacan el mismo provecho que un rey ocioso:

"Qué innecesaria es la pausa, dormir... y no destacarse en la práctica".

---

167 En castellano en el original. [N. de T.]

'Título para un libro: *All the Evil Old Men*.[168] Como el de Fitzgerald, *All the Sad Young Men*.[169]

Cactus Jack Garner: "borracho, malvado y tahúr".

Y allí en Irán (cito, del *Time*, "el débil monarca y el malvado mulá"), ese, el viejo y malvado mulá, tiene el poder de levantar o disuadir rebeliones.

¿*Stalin*? Jamás entendió la maldad. Era cruel, estúpido. Un calloso y xenófobo campesino, ¿pero malvado? No, eso jamás.

Hitler sí. Hay una foto suya en que la maldad brota, tal como ocurre con la incontinencia: brota hasta por fuera de los márgenes. Si la pudiera encontrar ahora...

Bugsy Siegel, con sus facciones brutales e impiadosas. Disparó a la cabeza a corta distancia, con una Winchester. A través de [una] ventana, mientras la pobre víctima leía el *Evening News*.

Entonces, esta marisabidilla de computadora esboza cómo se verá [la] próxima pandemia y dónde se gestará.

También lo hacen los libros: nos muestran que las políticas actuales se están apoderando de nosotros.

Permítanme ya bajarme del escenario.

Parece que tu acto terminó, Burroughs.

Miren: un ingenioso Hopper, ahí fuera, nos muestra calles, caminos y árboles que no conducen a ninguna parte; ese impulso melancólico de lo que no persiste. Ya nada queda.

La influencia mundial que ejerció Allen en asuntos de pureza, de *glasnost*, es incomparable. Él, con el coraje de la más absoluta sinceridad, encantó y desarmó a la Fraternidad de las Bestias.

8 de mayo, 1997. Jueves

Consideremos los crímenes que son definidos por su *razón de ser*, y no los que se perpetran con intenciones precisas, en espacio y tiempo

---

168 Todos los viejos malvados. [N. de T.]

169 Todos los jóvenes tristes. [N. de T.]

invariable. Tales leyes ya fueron puestas a prueba. Vi sus inicios en New Orleans.

El agente dice: "me temo que deberé mandarte a prisión".

Sospechoso: "¿por qué, señor Faulkner?".[170]

(Sí, el agente antinarcóticos y hermano de William Faulkner, ganador del premio Nobel de literatura. ¿Estaría William orgulloso de él? Espero que no.)

Sospechoso: "¿por qué, señor Faulkner?"

Agente: "porque usted es un maldito adicto".

Su crimen está en su *razón de ser*, no en sus actos delictivos.

Estaba en un patrullero. Fui testigo del intercambio, pero su significado me resultó muy ingrato por aquellos tiempos.

Ahora bien, entiendo que las personas deban ser arrestadas a causa de *su maldad y sus reacciones diabólicas*.

En ese caso, podríamos empezar por Faulkner.

¿Sigue vivo, señor Faulkner? Parece que ha cambiado de bando: pasó de la gobernación central de Washington al Departamento de Policía, allá por 1984.

Pero por maniobras del azar, la moneda delata a los verdaderos Entes Criminales.

Ellos suprimen cualquier procedimiento oficial, cualquier tentativa, cualquier encargo.

¿Y qué es lo que hacen? Son lo que L. Ron Hubbard denominó "personas supresoras". Él también pertenecía a su clasificación. Recuerden, acusa siempre a otros de lo que tú haces.

Leyendo *The Third Pandemic*: una maligna y resistente pugna entre la psitacosis, la enfermedad del loro y una incubación de dos o tres semanas, durante la cual el enfermo puede divulgar sus padecimientos y agentes infecciosos.

*"¿No es cosa sana
cantar y bailar cuando*

---

170 Burroughs fue arrestado en New Orleans por posesión de armas y drogas en 1949. Lo encarcelaron y luego lo internaron en un hospital. [N. de E.]

la Muerte a las puertas llama?
Indíquenle un no que entienda
y díganle que no, que aquí no venga".[171]

"En caso de morir, solo piensen de mí: en algún rincón de una tierra ajena, hay algo que durará para siempre".

Tánger, México D.F., St. Louis, París, Londres, Nueva York, 202 Stanford Avenue, Palm Beach, Florida, Lawrence, Kansas (al menos en esta dirección, avenida Aprende por las Malas (*Learnard*), 1927). Y un toque de Atenas, Albania, Dubrovnik y Venecia.

Emano la vil pestilencia de lo no consumado, de los asuntos [no] pendientes.

Así que, ¿para qué molestarse?

"Está viejo, padre William.

¿Por qué no sienta cabeza?"

Estos factores [pesan]...

Lo que quería decir, ¿qué era?

Una pregunta en jeroglífico egipcio: agua y plantas acuáticas.

8 de mayo, 1997.

Día de clínica. Teresa me espera en el punto de encuentro.

Buen desayuno en Waid's.[172]

Vino el paté. También el caviar (americano.) No tan bueno como el de esturiones rusos, pero mucho más barato.

Volvamos al primo Bob, a su tumor cerebral inoperable y al psicólogo, que con innobles excusas se cubre su pellejo vienés:

"Asumí, *natürlich*,[173] que los chequeos de los nervios se habían realizado al fondo más profundo [*sic*]".

---

171 *Is it not fine to / Dance and Sing / While the bells of / Death do ring? / Turn on the toe / Sing out Hey Nonny no.* [N. de T.]

172 Cuando Burroughs no desayunaba en Nichol's, a la salida de clínica, iba a este sitio, muy próximo. [N. de E.]

173 Naturalmente. [N. de T.]

9 de mayo, 1997. Viernes

¿Cuántas piezas tengo hasta ahora para un libro de relatos?
   1. *Young Man, Shut a Final Door*
   2. Paul Swann[174]
   3. Un malhumorado pistolero
   4. Señor Kaposi[175]
   5. —

10 de mayo, 1997. Sábado

¿Por qué no vino James para ir a Eudora, a buscar mi Smith & Wesson calibre 22, modelo 317? No contestó el teléfono en todo el día. El pacto era firme. Entonces, ¿*warum*?[176]

> "Porque... ¿él era un doctor
> franco y severo?
> Mató a todos los pacientes
> que [vio] primero:
> y buscó alrededor por más,
> cuando de ellos estuvo
> lleno".[177]

Y —los sueños que no consigo recordar— lanzan destellos.

En un avión, a punto de aterrizar en la calle, muy cuidadosamente señalada con luces. Puedo ver ventanas de ático y techos de piedra, todo muy gris y muy 1920. ¿Se estrellará el avión?

---

174 Un atleta y modelo que se llamaba a sí mismo "el hombre más bello del mundo", pero estaba muy deslucido cuando Burroughs y Kells Elvins asistieron a una exhibición de su físico en un evento privado de Nueva York a fines de los años 30. La risa no muy bien contenida de Burroughs ocasionó que los echaran del evento. [N. de E.]

175 Título de un relato corto de ficción escrito por Burroughs. Fue grabado por la Giorno Poetry System (un sello discográfico), pero nunca publicado. [N. de E.]

176 ¿Por qué? [N. de T.]

177 *For he was a doctor / Brave and true? / He killed all the patients / That came within his [view] / And he looked around / For more when he was / Through.* [N. de T.]

Y aquí aparece Maurice Girodias,[178] más joven que de costumbre. Debo de estar en alguno de esos sueños detallistas.

Lagunas, piletas, agua, siempre agua.

¿Dónde está James? Son las 16.57 h.

Ni modo, Pat me llevará mañana temprano.

Domingo, 11 de mayo, 1997. 11.00 de la mañana

Pat Connor: ayudante clínico del quirófano, horrorizado mientras saca una válvula de goma del bolsillo.

"Soy el doctor", anuncia. Tira la válvula al suelo.

Fui a lo de Fred.[179] Disparé muy bien con mi nuevo ojo.

("Señor, sí, señor", asegura el conscripto.)[180]

Luego es lunes.

Fue un lunes el día en que Robert Ford disparó a Jesse James:

"El cobarde que mató al señor Howard

y recostó a Jesse James

en su tumba".

Ahora Fred abrió una cantina en Colorado. Tuvo problemas con un expolicía. Fred, tontamente, no llevaba su arma esa tarde. El policía le dispara y lo mata.

Érase una vez un lunes, 12 de mayo, 1997

Ese gordo malparido de Newt Gingrich exige la pena de muerte para los narcotraficantes, etc.

---

178 Maurice Girodias (1919-1990) fue un visionario editor en The Olympia Press, París, durante las décadas de 1950 y 1960. En 1959, publicó la primera edición del libro que consagró a Burroughs: *Naked Lunch*. [N. de E.]

179 Fred Aldrich fue un amigo íntimo de Burroughs en Lawrence. Su granja, ubicada a unas cuantas millas del pueblo, sirvió de escenario para incontables excursiones, que se multiplicaron durante los últimos diez años de vida de Burroughs. [N. de E.]

180 Juego de palabras irreproducible. *"Eye, eye, Sir!" Eye*, que significa ojo, remplaza a "aye", afirmación usada por conscriptos. [N. de T.]

Es otro de esos charlatanes: estúpido, penoso y xenófobo, dándose aires.

"Porque las ideas de un político son como los vientos de un molino: cambian de parecer muy a menudo".

Lagarto indecente.[181]

12 de mayo, 1997. Lunes

Mucho tiempo antes, a una caminata de distancia.

Recuerdo ser joven en el sueño, con una vida por delante. Era algo así como un poblado de 1890, lleno de personas amables. Ignorantes y amables personas.

No tenía ninguna urgencia. Los dólares repicaban en los bolsillos de mis jeans. Por entonces, los dólares valían una comida, desde venados a faisanes, o un *verdadero filete* (es probable que de una especie amenazada o ya extinta). Vinos de las mejores bodegas francesas –y sí, por supuesto, un excelso caviar esturión de beluga para empezar, acompañado de un vodka con hielo–.

O de cuando con [un dólar] se compraba a cualquier mancebo. De cualquier tamaño, raza o color.

¿Qué es lo que hicimos mal?

Supongo que la equivocación siempre está y siempre estará. Son las leyes de la vida.

"La seguridad, sutil máscara del cambio
ante la cual sonreímos sin saber si el gesto es correspondido".
Edward A. Robinson.

"¡A los Dioses y al Futuro! ¡Al destino de nuestros gobernantes!"

Alguien acaba de jugar una carta conocida como "Caballero del Sur".

"Es muy mala, compadre".

"No es peor que un *adicto*".

---

181 *Newt* significa "lagarto". [N. de T.]

"¿Dónde quedaron las guerras de antaño?"
(Y los enemigos que ayer conocí.)

"Queridas mujeres muertas, con cabellos entrelazados en sus peines y bustos.
Me siento frío y envejecido.
Me siento como Tiresias,
[una] muerte prevista y olas llevándose mis restos en susurros".
Viejas, muy viejas palabras.

La otra noche: sueño de una playa gris con enrejados y vías de ferrocarril oxidadas. Un oleaje de lodosas aguas se arrima.
Nadie se mete al agua y no es milagro –fría como está–. Es un trabajo para el Club del Oso Polar, que rompe el hielo y se sumerge.

"Todos los narcotraficantes deben ser ejecutados", dijo Newt, un hombre muy entrado en carnes.
También castigará los embarazos de las adolescentes. Además de las inyecciones de marihuana, el sexo en lugares aislados... etc., etc.
"¿Qué hay en la sangre de los hombres que los obliga a comportarse así?"
Debo ir urgente con Charlie Kincaid[182] para que revise mi gingivitis. Parece una leve infección crónica.
"Charlie, tú y yo podemos combatir esta malintencionada bacteria y mandarla nuevamente a su cieno de origen".
Tantas escenas terribles con...
Olvídalo, desactívalo, suéltalo ya. Solo está en tu memoria, suprímelo.
Tienes el poder para hacerlo.
Escríbelo ahora mismo.

---

182 Charlie Kinckaid fue el dentista personal de Burroughs durante muchos años. Hombre simpático y moderno, apreciaba mucho las ideas del escritor. [N. de E.]

15 de mayo, 1997. Jueves

Acabo de terminar *The Last Don*.

No tengo nada contra el asesinato. Algunas personas son dolores eternos, así que, ¿por qué no...?

La primera víctima asignada a "Cross" era este pésimo "poeta" de ideas liberales. Verdaderamente horroroso. Estallaba en cólera hablando de los celos que sentía por su mujer, hija del gobernador de Nevada (importantísimo sujeto para la mafia.) Le apuñaló sendos ojos y perforó el estómago. Acusado de demencia pasajera, salió caminando del juicio al día siguiente.

Él es Cross. No pudo haber sido de otra forma con tan notable malparido.

"Pero luego me pidieron que matara a mí tío, Wideman. No puedo hacerlo".

No puedo matar sin antes saber a quién. Un hombre actuando sin instrucciones se humilla más que una puta dedicada a la caridad.

Días de antes. En ese entonces, la heroína y el oro costaban 28 dólares la onza.

Bueno, no exactamente. El oro estuvo a 35 dólares la onza durante años y después se disparó: a 300, 400, ¡¡500!!

Me acuesto dulcemente a la cama, etc., etc.

Entonces,

¡genial! ¡Grandioso!

Y demodé.

Una escena de época,

perfectamente lograda,

usando estólidos y anticuados

personajes como

Almayer:

¡larga vida a *Lord Jim*!

Barón de algún remoto

feudo, cerca de un sombrío

lago.

El tristemente célebre capitán Seward se transforma en una pila de huesos.

Y el camarero en The Shadow Line [regresa] a Blighty para registrarse como heroinómano. Murió en Prince's Square,[183] en Bayswater.

"Esa mirada que me echó el tendero negro..., insólita, como si yo fuera negro. Me *arrojó* la heroína".

Mejor será permanecer en Oriente, donde todo es más fácil y barato, ¿qué puede haber para mí en Inglaterra? Una estufa a gas por unas libras, un baño de vapor por unos chelines...

Neblina y decadencia.

Decadencia y neblina.

Creo que prefiero quedarme

donde estoy

—con mis botellitas baratas—.

¿Quedará algo para mí en Tipperary?

A lo mejor deba irme, acompañado de mi medicación para emergencias: morfina, heroína, opio.

Podría suceder.

"A todos los perniciosos extranjeros, ¡fuera!"

Me iría, soportando todo cuanto pude soportar hasta ahora.

Allá en Inglaterra, me enteré de que uno de mis camellos murió hace seis meses. Revisen la no señalada pocilga en Prince's Square, Bayswater, para más pruebas.

16 de mayo, 1997. Viernes

Y aquí estamos, por fin —de vuelta al lugar donde Bass dio su último suspiro— el piso bañado en sangre.

"¿Qué haces aquí, niño? ¿Tienes alguna queja?"

El chico camina desganadamente y abre el baúl de su camioneta. Descubre una espantosa horda de larvales criaturas, sanguinarias. Tienen colmillos y garras retráctiles.

---

183 De 1960 a 1974, Burroughs vivió la mayor parte del tiempo en Londres. En 1964 se alojó por dos semanas en un hotel ubicado al 7, Prince's Square, Bayswater. [N. de E.]

"Debería haberlo sabido, doctor".
¿Contamos las armas y la munición que nos han provisionado?
¿Para qué molestarse? No ganamos nada.
No lo hicimos.

EXTRA

Edición especial. 17 de mayo, 1927. Sábado

(Miren, anoté 1927 sabiendo que estamos en 1997. Vivo en el número 1927 de la avenida Aprende por las Malas [Learnard] y aquí todo es la mar de aburrido. Estableceré que, la fecha, la dirección, el año y el tiempo corresponden a las 4.50 h de la tarde.)

Leyendo *Invasion*, de Robin Cook.

Pequeños platos negros caen sobre un insípido pueblo: mortalmente aburrido. Los temas de conversacion de sus habitantes no se apartan en general de sus hábitos alimenticios (bananas y malvaviscos)...

Bueno, los platos parecen inofensivos, pero una brecha se abre, una aguja sale de sus profundidades y empiezan a inocular inyecciones. Influenza. Para jóvenes y saludables, esto significa unas horas de reposo; la muerte para los desvalidos y quienes sufran afecciones crónicas (diabetes, artritis).

Aquellos que se recuperan cambian para bien. Son más fuertes, más sanos, más atentos a las condiciones climáticas del medioambiente: lluvias forestales, etc.

No puedo entender por qué Casey y Pitt están tan preocupados por parar esta cosa. Yo les sugeriría que, por el contrario, la alentaran.

(No me han llegado noticias de John D. C. desde hace tiempo. Recuerdo que empleaba "nismo" por "mismo", como en "todo da lo nismo".)[184]

---

184 Consonancia de imposible reproducción semántica en castellano: usa *"sane"* en lugar de *"same"*, como: *"it's all the sane"*. Cambia "Todo da los hombres sanos", que sería la traducción literal, que es un disparate, por "todo da lo mismo". [N. de T.]

Con la locura que engendra el toque de estos ovnis, ¿quién quiere retener el letal, ilusorio y asfixiante peso de la cordura, cuando todo da lo nismo? ¿Cuál es su motivación? Es, sin importar los muchos que al respecto se quejen, inhumano. Y agradezcamos que así sea.

Y ahora un sabio chico callejero entra en escena:

"Algún provecho podrá sacarse. Mientras todos duermen, ¡puf! La trampa se cierra. Así se alivia al *Homo Sapiens* de un posible desabastecimiento de proteínas en el planeta X".

¿Por qué siempre se tiene una visión tan negativa? Incluso cuando alguien sonríe si nunca antes lo hizo, si alguien expresamente declara sus inclinaciones sexuales...

Solo sigo viendo cosas buenas en estos platos negros. Que invadan Lawrence. Ahí sí que da lo nismo.

Es la lenta amenaza lo que quiebra al hombre.

Así que, ¿por qué demonios, Robin Cook, te ensañas en darle una buena imagen al planeta Tierra?

Con voz de monarca, exijo nuevas leyes: "Aquí el error está todo en lo que no se hizo,

todo en la timidez que titubeó...".[185]

¿Usted piensa que hay algo intrínsecamente maravilloso en el *Homo Sapiens*?

¿Una pestilencia nocturna que desaloja la Tierra, llegado el caso?

¿Qué ha sido de los gatos, de los perros y los peces de acuario?

Debemos tener cuidado.

Durante una de mis primeras experiencias en la técnica del recorte (*cut-up*):

"Traicionar el alma más sobria

libera una gran pestilencia nocturna".

Todos los días es lo nismo.

El mismo cielo azul, la misma ruta,

mañana, mañana y *demain*: hasta la última sílaba registrada en los anales del tiempo.

---

185 Últimos versos del "Canto LXXXI", de Ezra Pound: *"Here error is all in the not done, / all in the diffidence that faltered.* [N. de T.]

"Qué innecesaria es la pausa, dormir,
   descansar sin brillo,
   y no destacarse en la práctica". Tennyson

17 o 18 de mayo, 1997

¿Dónde estará la olvidada *Sneer*?[186]

17 de mayo, 1997

Llamamos a este "El día de los vivos *y* los muertos".
   La bondad, en muchas oportunidades, nos abrirá sus puertas.
   Aunque quizá no tanto.
   "Los molinos de Dios trabajan lentamente pero con resultados casi imperceptibles".

23 de mayo, 1997

Viernes. Miércoles, gran día, con la banda YO TAMBIÉN[187] en Kansas City.
   Adoro estas apariciones públicas: son como una inyección de sincera y recíproca disponibilidad.

   Iré de regreso a donde
   las balas vuelan y aferrado a la
   vaca estaré
   hasta que muera.

   Aquí ya no puedo reprimir la carcajada.

---

186 Folletín cómico, publicado en Kansas City desde fines de los años 90. El ejemplar que Burroughs buscaba contenía una breve entrevista de Grauerholz. [N. de E.]

187 La banda U2 invitó a Burroughs a participar en el video *Last Night on Earth*. La filmación demoró el tráfico en Kansas por muchísimas horas. Burroughs retrataba a un cliente de supermercado, vestido de traje (lo cierto es que, en realidad, ocurrió el 22 de mayo de 1997). [N. de E.]

Trato de encontrar una *nueva* lectura, [una] que de veras marque quién soy y el por qué estoy aquí: "debo hacerlo".

Empecemos con la grotesca e indisimulable mentira americana.

Allen Ginsberg, de acuerdo con George Will, hizo su carrera gracias a las disfunciones de una sociedad norteamericana: esto es, él [puso] el dedo en la llaga de la Mentira. Así surgió *Howl* y después vino el *glasnost*. *Howl* fue escuchado en todas partes, desde México, pasando por Pekín, hasta la Rusia del *glasnost*. Fue el grito de una sofocante y distorsionada generación.

Club Deportivo Segunda Guerra Mundial.

La cara roja por la ira y el alcohol, se abalanza sobre un viejo orondo y repulsivo:

"Bovard", gruñe, "podría matarte en diez segundos –o incluso menos–".

"¡Sácame las manos de encima!"

Ruedan como una bola de nieve, pollo *à la king*.

"Te mataré, Bovard" –blandiendo una navaja– "si no aceptas mis términos".

El *maître* se levanta y frota sus manos.

"Nunca he visto nada igual en el Club, señor".

Y con súbita cólera espeta:

¡salgan ambos de aquí, este es un lugar decente!

24 de mayo, sábado. 1997

Todos los gobiernos son fundados por la mentira. También las organizaciones.

Las mentiras pueden ser inofensivas...

(Esta es una milagrosa cura llamada metadona. Previene contra el deseo de heroína. Sí, seguro, y el gin previene contra el deseo de whisky. Sea como fuere, la mentira fue la única manera de abrir una clínica de metadona.)

...O también pueden ser malignas, como la guerra contra las drogas, ahora vuelta una contra la Disensión. Una guerra contra la verdad.

Fíjese lo siguiente.

Bennett, tardío zar de las drogas:

"debemos apuntar a los consumidores ocasionales. Que la gente sostenga empleos y familias en condiciones de adicción da un mensaje muy malo. *Muy peligroso*".

¿Peligroso para quiénes?

En otras palabras: solo la [subordinación] a la Mentira es CORRECTA y decente.

La verdad es muy peligrosa. Nixon dijo que Leary [era] "el hombre más peligroso de los Estados Unidos".

Una vez más: ¿peligroso para quiénes? ¿Y de qué manera?

Como Allen Ginsberg: expuso la grotesca e indisimulable mentira norteamericana, o quizá las de toda índole. Fue un símbolo internacional de la verdad, de la pureza, del *glasnost*.

Consideren la afirmación de Bennett sobre "los peligrosos consumidores que funcionan dentro de la sociedad". Suena un poco contradictorio: si apunta a estos que asume peligrosos, admite que existen. Si existen, entonces tampoco encontró la manera de refrenar la amenaza.

"Bueno, espero que lo logres, niño. Mal rayo me parta si no, y lo digo en serio. Sé lo difícil que debe de ser, y si alguna vez necesitas algo, tengo en mi bolsillo justo lo que necesitas".

¿Quiénes son estos fantoches antidrogas? Por amor de Dios, ¿[de] dónde provienen? ¿A dónde creen que van?

"La marihuana trae problemas de memoria a corto plazo, interfiere en la coordinación del cuerpo y provoca cáncer de pulmón". (Y también echa a perder los valores morales y la poca inteligencia que el individuo poseyera.)

Hecho comprobado. El cannabis es la mejor cura contra las náuseas: incrementa el apetito y el bienestar general. Asimismo, estimula la imaginación visual. He obtenido imágenes excelentes bajo sus efectos. Es uno de los más sutiles y efectivos afrodisíacos en existencia. Lo usaba en mis tiempos de mayor frugalidad —¡y *qué apareamientos*!, como exclamaba un devoto crítico francés—.

¡Venga para acá!

¿Quién es usted? ¿Para quiénes es tan peligrosa la verdad?

¿Qué es la verdad?

Algo inmediatamente visto como cierto: la verdad espiritual evidente.

(Hoy tomada en poca consideración gracias al Método Científico. Puede ocurrir una sola vez y no repetirse nunca.)

Nosotros fabricamos la verdad. Nadie más lo hace. No existe verdad que no fabriquemos.

Pongan el dedo en la llaga de la Gran Mentira. Háganlo en nombre de los "arcones mágicos abriendo en las espumas de los ruinosos mares los feéricos rincones olvidados" (Keats).[188]

Allen expuso la Gran Mentira con su poesía y maneras de representar la verdad: espirituales y evidentes.

Últimas palabras: "de dos a cinco meses, dijeron los doctores".

Allen respondió: "trato de no pensarlo, pero supongo que serán menos".

Después me dijo:

"pensé que estaría aterrado, ¡pero estoy *anhelante*!".

Son las últimas palabras que me dirigió.

Recuerdo hablar por teléfono con él *antes* del diagnóstico final. Había algo en su voz: algo débil, algo remoto.

De alguna forma lo supe.

Howl en México, Pekín, el *glasnost*: sí, y lo peor es [que existen] individuos contentos con su muerte.

Estos "individuos descartables consideran su oposición un 'Hito'".

Entonces, ¿está aquí o está allá? ¿Contra la pared?

¿Animales en la pared?

La jirafa y el canguro ya figuran.

Como alguien dijo de la muerte de Tim Leary:

"Por fin nos libramos de ese individuo descartable".

Alguna persona dijo que cuanto más se hable de la perdición, más rápido ocurrirá la propia.

Allen expuso la gran mentira: dio un aullido que se escuchó desde México hasta Pekín, pasando por Roma y Rusia. Militaba la senda de la verdad, de la pureza, el *glasnost*.

---

188 *Magic casements opening on the foam / of perilous seas in fairy lands forlorn.* [N. de T.]

Leary fue otro. Hablé con ambos (por separado) antes de que murieran.

Leary, la noche anterior a su muerte, dijo: "¿por qué no?"

Allen, el día anterior:

"la verdad es el disenso, allí donde reside todo el poder de la Gran Mentira".

Y la Gran Mentira recorre varios sitios, desde el falso "Día del Armisticio", acuñado por Hearst, hasta la Guerra de Invierno (como en el frente hacía mucho frío, se atrincheraron en alguna redacción local de Helsinki, bebiendo vodka y elucubrando absurdas primeras planas: "los hipotérmicos soldados, con sus fusiles nunca disparados"), claro está, en la guerra contra las drogas.

Bennett: "las investigaciones acerca de la marihuana...".

Hechos que puedo testificar, por experiencia y observación: muchos de los mejores efectos en mi escritura los produjo esta benéfica esencia. Puede no existir salida de un *cul-de-sac* literario, pero después de unas pitadas encuentro cinco o seis caminos distintos.

¿Por qué tanto odio contra una sustancia benéfica e inofensiva?

La nicotina mata a 40.000 personas por año y el alcohol –Dios mío, ni hablemos de cuántos abusos y conductas moralmente reprobables desencadena...

25 de mayo, lunes, 1997

Hoy es el Día del Armistice –digo, de la Memoria–.

La búsqueda de una respuesta definitiva: el Santo Grial, la Piedra Filosofal.

Un milagro que nunca mengüe. En cualquier caso, ¿quién desea una respuesta definitiva?

Le pregunté a un físico japonés: "¿de veras usted desea conocer el secreto del universo?".

Contestó que sí.

Pensé: "una ínfima parte de ese secreto podría consistir en la correcta aplicación de escalar las paredes".

Yo, por otro lado, solo busco saber lo que necesito y hacer lo que me corresponda.

"Solo soy un ingeniero retirado".

La Gran Mentira, ejemplos:

"Muy peligroso".

"El hombre más peligroso de los Estados Unidos".

"*Nosotros* dijimos que era verdad cuando no lo era. ¿Necesitan más pruebas? La gente nos cree".

La Gran Mentira es lo que persuade u obliga a muchas personas a creer.

El fascismo nunca necesitó una amplia mayoría, solo un 10%, además del apoyo de las fuerzas armadas. ¡Y qué fáciles fueron de persuadir! Incluso cuando el poder tiene el tamaño de una zanahoria, aun así...

Hm hmm: el corruptible planeta. Y los "incorruptibles" son los más grandes pusilánimes jamás creados.

La guerra contra las drogas es una guerra contra la disensión, una especie de conversión a [un] estado policial, con dominios *internacionales*. Es también una guerra contra los negros.

¿Y quiénes están a cargo de todo?

Los inquebrantables protestantes. Dicen: "*ese* hijo de puta", cuando oyen mi nombre.

"*Je suis un vieux combattant!*"[189]

Recuerdo que Jean-Jacques Lebel había montado un escándalo durante una lectura, 1959 o 1960. Fue muy divertido.

(Qué tonto era yo por aquellos tiempos.)

Recién a mis 83 pude comprender algo.

En términos de procedencia, solo vengo de una atormentada pubertad con apenas una pizca de sentido común.

Para ver el mundo sin engaños, ¿qué se necesita?

"Con algo de codeína uno sobrevive bastante bien".

¿A dónde fueron a parar los adictos? ¿Es que acaso ya han muerto todos?

---

189 ¡Soy un viejo combatiente! [N. de T.]

26 de mayo, lunes, 1997.

Cito de *The Secret Is Out*, un libro de espionaje:

"El coronel Alfred Real fue un notable agente doble, de los mejores que hayan existido. Para hombres y mujeres honorables, no hay nada más merecedor de desprecio que un espía, que traiciona a los suyos para ganancia personal".

¡Qué tontería! Los hombres superiores y perspicaces nunca tienen seguidores. Eso se lo dejamos a los negros, los judíos, los asiáticos y los *rednecks*.[190]

¿Son los americanos mi gente? Algunos sí. Algunos ingleses, franceses, italianos y alemanes, no tanto.

Ah, me olvidaba, también están *mis fans*, por supuesto. Esos son de los míos: en el más cabal de los sentidos. ¿Quién más compraría y leería mis libros? Ellos *sí* que son de los míos.

Pero dejo que eso lo juzguen los negros y los judíos, que tienen muchos seguidores. Yo, en cambio, a nadie más allá de mis fans y mis personajes de ficción. Escapan a los márgenes de sus páginas para estar conmigo. La X marca el punto.[191]

Hablando de los míos, de quienes me rodearon: los protestantes y los empresarios (mi propio tío Ivy Lee, también conocido como "hiedra venenosa",[192] que fue un publicista de los Rockefeller. Debo admitir que jamás me agradaron. Sufrí la desagrable experiencia de observarlos *demasiado*).

Más tarde, mirar se convertiría en el más agudo arte de mi profesión; temo que no por entonces.

"Ese chico me pone los pelos de punta".

"Parece un cadáver andante".

Y ahora nuevos rumbos de lectura. ¿Baile y canciones?

---

190 Mote despectivo con que se designa a los trabajadores rurales de Estados Unidos, particularmente a aquellos de ideas republicanas y racistas. [N. de T.]

191 Locución dialectal mucho más frecuente en inglés que en castellano. Traducida sin mucho esfuerzo: *X marks the spot*. [N. de T.]

192 *Ivy* quiere decir "hiedra". [N. de T.]

"¿No es extraño? No hay dudas
de que nadie te reconoce cuando
triste andas o triste saludas.
Y tan pronto como te levantas,
de algún desgano, bien erguido,
todos de vuelta quieren ser tu
olvidado y más entrañable amigo".[193]

Marlene Dietrich:
"demasiado viejo, demasiado, para ser hábil ya".

Aquí un poema de Wordsworth, llamado *Michael.* Va un escueto [resumen] del mismo.

Un tal granjero tuvo un hijo llamado Michael. Juntos, construyen una empalizada para que las ovejas no escapen. Más tarde Michael se va a Londres y cae en malas manos. Decide no volver.

"Tantas veces el viejo se dirigió a la empalizada
y no movió una sola piedra".

¿Habré yo querido saber algo? Lo intenté todo, el yoga, el psicoanálisis, la técnica Alexander; hice un seminario con Robert Monroe (los *viajes fuera del cuerpo* humano.) Probé la cabaña de sudar, una ceremonia *yuwipi* y la cientología en Londres.

¿Busco una respuesta?

¿Por qué? ¿De veras quieres conocer *el secreto*?

Claro que no. Solo busco saber lo que necesito y hacer lo que me corresponda.

"Aquí el error está todo en lo que no se hizo, todo en la timidez que titubeó…".

Ezra Pound (viejo incomprendido).

Aquí va un recorte de él:

"necio de espadas estrechas.

193 *Ain't it strange, without a doubt / Nobody knows you when / you're down and out. / Then as soon as you get up / on your feet again / everybody wants to be your / long-lost friend.* [N. de T]

Impotentes sin guardia
usureros se apoderan del aire".
Poco comprensible, es verdad. (Continúa)
"el silencio sólido de
los escarabajos negros".
¿Dónde está la caballería, la nave espacial, el escuadrón de rescate?
Hemos sido abandonados en este planeta, reinado por malparidos
de discreto poder intelectual. Ningún sentido. Ni un esbozo de buenas
intenciones. Una mentira tras otra. Malparidos mitómanos y sin valía.

Spike Jones y la parodia musical. Su *Hawaiian War Chant* (canción de
guerra hawaiana) es un clásico.

¿Qué puedo decir?
Me han mentido y privado de mis derechos de cuna.
"Hijos de la vergüenza y la melancolía,
¿se alegrarán mañana de su valía?
Hijos de los quehaceres, mal avenidos,
¿prestarían sus servicios a los desconocidos?"
—¿y arrodillarse ante los Grises, los alienígenas? (a aquellos que no
conozcan las emociones, nosotros les enseñaremos a tenerlas)—.
¿Podremos alguna vez mirarnos cara a cara?
Yo estoy dispuesto. ¿Y tú?
Dime la respuesta y te diré cuál fue la pregunta.
Nadie, excepto un bobo, querría saber cuál es el secreto del univer-
so. Ni hablar de quienes creen conocerlo...
Una cosa: no está ahí fuera, fosilizado, a punto de ser descubierto
—no, no, está *vivo, a punto de inventarse*—.
Como Brion Gysin en Marte.
Vivo.
Habrá muchas formaciones rocosas en Marte que, para Brion, se-
rán el lienzo de sus pinceladas.
"Él es el doctor experimentado".
Ese es su epíteto al papel que cumple:
"Aquí viene el doctor experimentado".

"Sigue operando como cuando tenía dieciocho".

"Me informaron que se inyecta desde hace dos décadas, ¿verdad? ¿No le parece un poco crédulo de su parte?"

(Aún no tan viejo, con bigote. Agradable.)

"Es muy mal hábito, Burroughs, déjelo".

El narco inspector Goldstein, apenas salido de Harvard, me dijo jocosamente, golpéandome el mentón:

"¡Mírate! Estás hecho un *desastre*".

"No todos somos derrelictos, ni merecemos ser tratados como tales".

El policía le dice a Huncke:

"se nota que usted es un imbécil".

Puedo meterme en la cabeza de muchas personas. Obtengo pequeñas muestras de sus sentimientos y emociones.

Quiero saberlo *todo*, de los inicios a nuestra muerte. Conocer la *Comédie Humaine* de principio a fin.

"Consejeros y toda esa mierda".

"¿Estás loca? ¿Caminar por aquí a solas?".

"¿Acaso te molesta?".

"Embarazada, por supuesto".

Dos obreros de Londres se acercan a una tropilla de exploradores:

"Por aquí deambulan los malévolos. Hacen el amor entre ellos".

Bill se distrajo.

Aclárese que estas escrituras son anteriores a Perlman.

¿Entonces?

"Y un espíritu con malvada impronta disparó a Joan porque..."

¿Sueño reciente? Cobraba una forma acaramelada, increíblemente deliciosa. Por un lado, chato y azucarado y por el otro, cubierto de mugre, de mosquitos y moscas hambrientas. *Mal agüero*. Los sueños con insectos casi siempre preceden a la enfermedad terminal. *Qui vivra verra.*

29 de mayo, jueves, 1997

El repaso de una vida no es algo que se componga de sucesos organizados, no. Se compone más bien de fragmentos:

–(Teléfono: anteojos a mano.)

"Con algo de codeína uno sobrevive bastante bien"–.

De esto a lo otro:

"Parece un perro criado para la matanza de ovejas".

Esto dijo de mí Politte Elvins, padre de Kells, luego víctima de una paresia. [Había] ido al médico para su tratamiento: "los doctores son como máquinas automáticas".

"Tome Beano para el sarampión:

son dos dólares por anticipado".

–Se escuchan viejas canciones de campamento en Los Álamos, de Henry Bosworth–.

Odio a ese hijo de puta, si es que aún vive. Me llamó "un perro mestizo, inútil y servil".

Lo colgaría de una efigie para que lo quemaran en alguna plaza pública. Lo usaría de mofa para los *boy scouts* como un monumento, con el siguiente cartel colgado del cuello: "Ramera injuriosa, cuidado con ella: muerde sin bozal".

(En el último tiempo, lo despidieron por gastar bromas pesadas a los muchachos, especialmente a la familia Marsden: Bob Marsden[194] era otra de esas rameras injuriosas.)

A. J. fue el primero en advertirlo:

"Sí", dijo, "sé exactamente quiénes se levantaron esa noche".

Tenía toda una red de soplones.

"¿Cuál es el lugar más seguro en todo Estados Unidos, Billy?" me preguntó. Connell contestó por mí: "donde estás".

(¿Se imaginan la espera a una ejecución? En ese caso, digo, Fort Knox sería el lugar más seguro, por aislado y por tener TANTO oro. O quizá algún banco de Zürich, atendido por gnomos.)

---

194 Bob Marsden fue un compañero de Burroughs en Los Alamos Ranch School. [N. de E.]

Salió de una pila de aserrín, se prendió fuego y ardió con latencia años enteros, como un colchón.

Me acuerdo que en New Orleans Joan prendió fuego la cama con un cigarrillo. Yo fui el que despertó. Echábamos agua a un hoyo y el humo salía de otro. Nos llevó cuatro baldes apaciguar las llamas y cincuenta dólares calmar a la propietaria.

Mi vaso se derrama ante la súbita imagen de una Glock con doble gatillo.

Si pudieran...

31 de mayo, 1997. Sábado

"Un pensamiento verde bajo una verde sombra".
"A mis espaldas escucho siempre
las aladas carrozas del tiempo aproximarse".

Esta mañana me bañé.
Doug y Stephanie[195] de I.O.T vienen a cenar esta noche.
Leyendo un libro sobre epidemias llamado *Replicator Run*, de Rainer Rey. Muy bueno. La epidemia es tratada con síntomas insólitos, como quemaduras de tercer grado.

¿Por qué no hacemos revisión de las "combustiones espontáneas"? Se producen de la nada: al igual que el olor de las enfermedades. Pudren desde dentro (y se contraen a través de los poros supurados por un ciempiés transmisor que repta, del mismo modo que un pene).

Esa vil salamandra llamada Gingrich, correveidile de la Casa Blanca, se ilusiona con un Estados Unidos libre de drogas en los 2000. ¡Qué prospecto más aterrador! Desde luego, excluye de su lista al alcohol y al tabaco, cuyos consumos van en alza. El último de los estados que

---

195 Douglas Grant y Stephanie Williams fueron amigos, que Burroughs conoció en una secta llamada, al menos de acrónimo, "I.O.T". Se encargaron, junto con Bob, marido de Stephanie, de introducirlo durante los tempranos años 90. [N. de E.]

acate las medidas terminará peor que el primero. ¿Por qué la unanimidad es vista como un atributo tan deseable?

¿Cómo puede obtenerse cosa semejante?

Sencillo. Una operación sin mayores riesgos podría eliminar el influjo de las drogas sobre los receptores cerebrales. Quienes se nieguen serán privados de todos sus derechos. Cualquier arrendatario negará el hospedaje de sus tierras a los adictos; cualquier restaurante, sus servicios.

¿Y qué hay acerca de las personas que sufren?

"¡Ciertos sacrificios son necesarios para frenar esta amenaza!"

Testeo de drogas. Mandatorio para todos los ciudadanos. Quienes se nieguen verán sus derechos confiscados, como de costumbre: nada de pasaportes, Seguridad Social, cobertura médica o autorización para portar armas.

2 de junio, lunes, 1997.

Me pregunto si el país desculará, alguna vez, que la guerra contra las drogas es un pretexto para que la Policía Internacional tome las riendas.

¿Hemos de soportar tanta basura?

"Hijos de los quehaceres, mal avenidos,

¿prestarían sus servicios a los desconocidos?"

—quienes, por alguna razón, aún "no pueden determinarlo", necesitan la total conformidad de los habitantes del globo.

¿Para qué?

Para una sola cosa: cubrir su parasitaria y malintencionada presencia. Prefieren a un genuflexo *Homo Sapiens* a que sus intenciones se revelen.

Exterminio.

¿Qué más?

"Hijos de la vergüenza y la melancolía,

¿se alegrarán mañana de su valía?"

—¿Y entrará de buena gana al matadero, obediente como es el *Homo Sapiens*?

¿Y si no?

¿Por qué no?

Golpéenlos donde más les duele, no acepten sus términos. Golpéenlos duro, debajo de la cintura.

Coches alineados en la calle Learnard.[196] ¿Qué sucede? ¿Qué pasa ahí abajo? Los coches ahí siguen y la calle generalmente permanece vacía todas las tardes. ¿Se desvían de dónde? ¿Para qué lado se dirigen? ¿A quiénes representan? ¿Quiénes son?

La pregunta en jeroglífico egipcio: "agua y plantas acuáticas".

Plantas agitadas por los vientos,

reflejadas en el agua.

Agua, plantas y resignación.

¿Qué pasa ahí abajo?

No puede saberse.

Llame.

Mi mano es uno de esos misterios.

Basta es basta.

Solo lleva uno el poder realizarlo.

Uno es todo lo que se necesita.

En cuanto a la humanidad, de ella solo se salvaría la parte buena: quienes alimenten a los gatos.

(Cualquier plaga debe matar a los perros y a los gatos, de lo contrario, algo horrible sucederá: millones de animales huérfanos.)

"Nada es cierto. Todo está permitido".

Permitido, siempre y cuando el sujeto sepa que nada es cierto. Literalmente.

"Estos son nuestros actores, y como vaticiné, serán espíritus fundidos en el aire: en el espeso aire".

La única salida se encuentra arriba, en el cielo.

---

196 Burroughs vivió desde 1983 hasta su muerte en 1927 Learnard Avenue, Lawrence. [N. de E.]

Muy arriba, más o menos en el *Sky* Vodka.[197]

Fue hace ya tiempo, pero no tanto –y como les gustaría indicar a los cristianos:

"El compromiso existe hasta que la propia obediencia indique la salida de tus deberes".

En el libro *Replicator* [*Run*], de Reiner Ray, "pánico nacional": ¿desde cuándo un hombre viril entra en pánico?

¿Pánico nacional?

Todo el mundo se resguarda en su casa –con armas– para proteger a sus seres queridos.

Afuera:

"*Sauve qui peut*".[198]

Cada uno por su cuenta.

"*Chacun pour soi.*"

SOS. SOS. SOS.

May day. Socorro, socorro.

SOS.

Muchos ineptísimos recuerdos se erizan como los pelos de un gato.

Olvídalos ya.

4 de junio, 1997. Miércoles

Una cosa graciosa que dije en una oportunidad –Dave Wollman y yo dábamos vueltas por las calles vacías de Tánger–, a la una de la tarde, y Dave me dijo:

"Creo que tenemos compañía".

En efecto, tres árabes de apariencia insolvente nos seguían.

Entonces retrocedí, prorrumpiendo en:

"¡caerán ante la mirada de una odalisca suripanta!".

Puedo ver las polvorosas calles; de los árabes, apenas las sombras: –"incapaces de reaccionar, infinitamente brutales"– por vivir durante

---

197 *Sky* quiere decir cielo. [N. de T.]

198 ¡Sálvese quien pueda! [N. de T.]

años en las calles –"aventajándose entre ellos de las debilidades de cada cual"–.

(Fitzgerald, *A Short Trip Home*)

Los paró la luz roja. Caminamos a nuestras siestas sin mayor problema.

"*Je suis un vieux combatant.*"

Jean-Jacques Lebel en una lectura, allá por 1959, París. Por fin libres de la contagiosa vanidad de los franceses. Fue un gran evento.

Lo vi con frecuencia. En Bourges me presentó a Jacques Lang, Ministro de Cultura. (Tengo que dejar por escrito algunos nombres en estas "memorias" o "grimorio", que sería más acertado.)

Me hizo acordar: "llámame Eddie".

Jamás me olvidaré de Eddie:

"Algunas personas vomitan por el síndrome de abstinencia".

Jamás me pasó, pero después de un período de cincuenta años consumiendo metadona, ¿quién sabe?

¿Agua y plantas acuáticas?

Qui vivra verra.

"*J'aime ces types vicieux, qu'ici montrent la bite*".

"Me gustan estos tíos viciosos, que andan por aquí mostrando la pija".

–anónimo, mingitorio público de París–.

"¿No es cosa sana cantar y bailar cuando la Muerte a las puertas llama? Indíquenle un no que entienda y díganle que no, que aquí no venga".

Londres [*en los*] *tiempos de plaga.*

Sí, adoro la vida en todas sus formas y representaciones, pero al final siempre suena la campana en el ocaso.

Odio a quienes propician conformidad. ¿Con qué propósito? Nunca bien intencionado, desde luego, fiel al estilo *Homo Sapiens*. *¿Hein?*

Imaginen la despeinada banalidad de una Norteamérica libre de drogas. Ningún adicto, solo pulcros y obedientes norteamericanos de uno a otro mar. La zona de la disensión será exorcizada, como un rito vudú en una olla. No habrá disensión. No habrá villas. Tampoco operaciones encubiertas. No habrá nada.

Allí por las despiadadas calles a mediodía. Sin cartas. Una sesión en una sala de terapia.

¿Qué tan bueno sería

obtener una total conformidad?

¿Qué será de lo que fue singular en este mundo, de los rasgos característicos?

De la excentricidad...

cualquier cosa que nos separe a mí de ti:

esperando absorberlos a todos.

No tengo muchas certezas acerca de qué pasará con todo, ni a dónde irá.

Alimenten las zarigüeyas con paté.

"Con algo de paté uno sobrevive bastante bien".

6 de junio, viernes, 1997

(No quedará [poco] decepcionado.)

Me pregunto sobre [el] futuro de la novela, o en cualquier caso, de la escritura.

¿A dónde se dirige? ¿A dónde irá a parar después de Conrad, Rimbaud, Genet, Beckett, St. John Perse, Kafka, Joyce?

¿Después de Paul y Jane Bowles? Estos últimos entran en la categoría de escritores que saben hacer una sola cosa muy bien. Paul trabaja sobre la oscuridad y lo siniestro, como una aterradora película de clase B.

¿El caso de Jane? Muy bien los itinerarios y las motivaciones de los personajes, pero es tan especial que difícilmente se pueda poner en palabras.

¿Quién más nos queda?

Ah, sí, me olvidaba de Graham Greene. *The Power and the Glory.*

¿Y Hemingway?

Quizá cuente con demasiado "jugo", como diría él, y quizá no del suficiente como para ubicarlo entre los selectos: Joyce [etc.]

"No alcanza, Papá. Te mataste por vanidoso, hinchado como un globo hasta reventar".

Supo que su fin se acercaba:

"Ya no vienen como antes".

Él no estuvo para comprobarlo.

Volvamos a la escritura: *revenons à nos moutons*.[199]

Quizá no haya mucho más para decir, al menos como certeza primitiva.

Conrad repite mucho esto en *Lord Jim* y *Under Western Eyes*.

Y también Genet, en la costa española: puedo sentir su hambre, bajando a los muelles donde algunos pescadores le tirarían un pescado que él cocinaría a brasa viva y sin sal.

¿Para qué continuar?

"El tranvía dio una vuelta en U y frenó. Fin del trayecto".

Paul Bowles, *The Sheltering Sky*, el final.

El cielo, el cielo.

Apenas puedo escribir la palabra "cielo".

Supongo que me siento...

¿Para qué continuar?

"La nieve poblaba toda Irlanda... como en el final de una genealogía, sobre los vivos y los muertos".

(*Dubliners*, correctamente citado.)

"Conozco el truco", cacarea el viejo terrorista.

Under Western Eyes.

Ginger me toca con su avejentada patita, como si quisiera algo. La dejo salir.

"Triste como la muerte de los monos". *Anabasis*, St. John Perse.

Recuerdo la muerte de un mono en *Toby Tyler and the Circus*.

Bill Willis[200] reprueba gentilmente a la vieja Fatima, por divulgar cierta información:

---

199 Retomemos el hilo. [N. de T.]

200 Bill Willis fue un ostentoso decorador de interiores que hospedó a Burroughs a fines de la década de 1960, mientras este último escribía *The Wild Boys*. [N. de E.]

"¡Ramera incontrolable!"

Ella después vendría para que yo la consolara. Vieja y frágil, como Ginger.

Esto fue en Marrakech.

Uno puede vivir bastante bien en Marrakech.

Fragmentos de película. El loro de John Hopkins. Su Fatima, con dientes de oro, que habla para sus adentros –y muy alto– a toda hora, pregunta:

"¿Te aburro?".

"Terriblemente".

¿Ven a qué me refiero con el futuro de la escritura?

Si han de preguntar, yo soy un escritor: un humilde practicante de las artes del linotipo. Pertenecí a la Milicia Shakespeare en los años de guerra.

Héroes [a la fuerza]. Todo muy deprimente.

"Reconoces el padecimiento tú,

quien me abandonaste,

cuando me vuelas,

yo soy las alas".

"Las viejas, muy viejas palabras".

The Nigger of the Narcissus.

1900: cuánta seguridad, cuánta calma, una luz completamente distinta. Hoy ya extinguida.

La Tierra fue corrompida por la bomba atómica. Ya no hay más inocentes. Era una manzana y el Pentágono se babeó sobre su cáscara, con sangre hirviendo de sus glotonas comisuras:

"Déjenme una muestra más de aquello".

"Basta de molestarme con la guerra. Es un sanguinario bodrio".

(Te estás volviendo un poco escueto en las afirmaciones, ancianito. ¿Por qué no te recuestas?)

"Ruin".

Lo que la CIA hace contra el narcotráfico es ruin.

No, no están "haciendo nuestro trabajo": en absoluto. Ruin. Y completamente malintencionado, sobre todo en lo que respecta a las capacidades humanas.

"Hijos de los quehaceres, mal avenidos…
¿prestarían sus servicios a los desconocidos?"
¿Quiénes son estos desconocidos?
Inventar en lenguaje de señas se dice:
[garabato de escritura automática.]
Byrd. Almirante Byrd en el insignificante polo Sur –allí donde el Ártico todavía no es distinguible–. Puedo ver las motas de los leopardos reflejadas en las capas de hielo: y, por supuesto, a los inexorables pingüinos.
Zanjado esto: ¿dónde estoy?
¿Cómo podría saberlo?
Sería el primero en no saberlo.
¿Hay algo más justo que eso?
Y, por favor, no me tomen por más bobo de lo que no parezco.
Acérquense.
No verán lo que no puedan descifrar.
Es más fácil cuando ellos tienen una impresión de primera mano.
Suficiente.

Movimiento de la *Rive Gauche*: *Les Silents*, Los Silenciosos. Se rehúsan a dejarse ver, parientes de Cthulhu y los infectos Antiguos, urdiendo sus malévolos planes por millones de años, cada vez más y más ruines.

7 de junio, 1997. Sábado

"No tengo mucho que decir", como respondió David Budd[201] cuando comenté que Wallenda, en Puerto Rico y a sus 73 años, murió al caer de un alambre, haciendo trapecio, a causa de un ventarrón.

---

201 David Budd (¿?-1990) fue un pintor que Burroughs conoció en París en la década de 1960. Budd pasó la mayor parte de su vida como trotamundo, con el circo de Sarasota, Florida, y sus historias le permitieron a Burroughs escribir *The Last Words of Dutch Schultz*. Siguieron siendo muy amigos hasta la muerte de Budd. [N. de E.]

Pude ver su gesto por la TV cuando supo que no iba a sobrevivir. Sentí como si me sepultaran a 100 metros bajo concreto (el alambre era sostenido por dos cúpulas de iglesia). No era de redes, tampoco de púas.

"¡No tengo mucho que decir!"

Se mostró demasiado orgulloso como para llorar. De ser así, habría tenido un impacto *terrible* para la audiencia.

"Su cara se retorció a la manera de un grito humano, al igual que uno producido por la rotura de una copa en una mesa discreta".

Lo menos que pudo hacer.

"Hojas minúsculas, también vamos a la deriva"

—en hermético dialecto sáfico y feminista—.

Aquí va el tamal completo:

"Porque ya vimos de muchos otoños
los caminos que las hojas persiguen:
casi alegres, ligeras, agraciadas,
tomándolos, y nunca regresadas,
en invierno caen, de nieves que intimen...
Hojas minúsculas, también vamos a la deriva".[202]

"Algún día será otoño"

—de una lesbiana feminista, años 20 o 30, San Francisco—.

A la deriva: como una estela paralizante de tentáculos protozoarios, hermético dialecto que cierra tu cabeza, al igual que la caperuza en un ahorcado, para cubrir "la horrible mueca" por el cuello tensado. (Rima.)

¿Quién querría estar en su lugar, compartiendo esta "horrible mueca"? La *última* de sus "horribles muecas".

Llegada esta instancia yo me retiré del Juego.

Fue una decisión definitiva, con base en el material que había recabado: quiero decir, al que por ahora tengo acceso.

---

202 *"For we had learned from many an autumn / the way in which a leaf can go / lightly, lightly, almost gay, / taking the unreturning way / to mix with winter and the snow... / Little leaves, we too are drifting."* [N. de T.]

9 de junio, 1997. Lunes

¿Qué es importante?

¿Cuándo fue la última vez?

No tengo idea de cómo acondicionar a la "Máquina de los Sueños" con su constante actividad.

Yo opino que es mejor dejarla, que no se sobrecaliente.

Aquí [vino] James, Tom ya está aquí. Buena acústica.

Me gusta *aquí, ahora.*

10 de junio, 1997. Martes

Leyendo *How About Demons?* de Felicitas Goodman (¿será pariente de Lord Goodman?, Tuve el placer de conocerlo, director del Arts Council).

El síndrome de la posesión demoníaca presenta [tantos] avisos como cualquier otra enfermedad. Lleva su tiempo, digamos, del 1800 al presente. No importa que ocurra en Alemania o en Yucatán, siempre se manifiesta de las mismas maneras. El sujeto emana, o mejor dicho exuda, olores brutales. Grita con solo ver o tocar objetos sagrados: agua bendita, crucifijo, o la presencia de un sacerdote.

"Larry, hipócrita onanista: lleva tus sábanas a la lavandería y lávalas tú mismo... Padre, *Father, Vater, Père*: tú y tu sotana. ¿Piensas que puedes ocultar el tenso pene debajo?"

Adoran humillar a los hombres de hábito. ¿Por qué es tan así?

¿Qué es este miedo a los objetos sacros? ¿Qué está pasando aquí?

¿Por qué la Iglesia se opone a investigar su influencia y dominio?

¿Por qué niegan tan rápidamente los permisos para realizar un exorcismo?

Creo que la posesión es casi universal.

Otra manera de decirlo [sería]:

"omítanme de su 'nosotros'"

—estamos todos en el mismo presidio—.

Le pregunté al Oráculo quién era A. J. Connell. La respuesta vino:

"Un carcelero de bajo rango".

Entonces la escuela rural de Los Alamos supo ser, desde luego, un presidio y un campo de adoctrinamiento.

A. J. le preguntó a Hitchcock si alguno de estos niños sabía en qué se estaban metiendo.

"¿Conociste ya a Skipper?"

Y una escena con Skipper en una de las aulas de Los Alamos, de frente, a la vista de todos.

El calmo e irónico Skipper: muy, muy parecido a Girodias.

El exorcismo aparenta ser inadecuado:

"Espíritus innobles, salgan del cuerpo de esta criatura de Dios, yo los expulso".

Y esta "criatura de Dios" probablemente se trate de un espécimen tan lamentable como Holden Caulfield, *The Catcher in the Rye*.

(Bueno, puede que él huyera de la fama.)

"Sus designios, padre, son una letrina".

"En el nombre del Hijo, del Padre y del Espíritu Santo, me encomiendo a la expulsión en alma y cuerpo de William Seward Burroughs II".

13 de junio, 1997. Viernes

Cf. Ingresantes a órdenes de la curia eclesiástica.

Tenemos un sencillo remedio. Estacionan al candidato en una ciudad mediana de, digamos, seis mil habitantes.

"Y aquí estamos a fin de cuentas. ¿Desearía una visita guiada por *su dominio*? Empecemos por el hospital".

(Gruñidos desde las salas de oncología y maternidad. Traumas.)

"*Eres* responsable por cada gruñido y cada grito. Debes *sentirlo todo, todas las causas*, de los asesinatos a los suicidios, las depresiones y la psicosis, *todas y cada una de ellas*".

Ahora bien, la mayoría de los aspirantes no pasa [de] las doce horas.

Y aquellos que lo consiguen, ¿cómo lo hacen?

Mayormente apagando sus sentimientos, como muchos médicos y enfermeras: [quedan] descalificados.

Algunos se aferran a sensaciones positivas, pero no hay caso.

Miren una pintura de Pissarro. Una senda, un prado, una mujer con una canasta. Uno está *ahí metido*. Los dolores no intervienen en aquel lugar, ni aun en el arroyo de Giverny.

No todo es miedo, odio, dolor y falsedad áspera.

Como en *Young Man* de Mary McCarthy, cuando internan al protagonista en una sala cercana a la de un paciente con cáncer. Una noche es despertado por sabrosos gritos.

"El paciente con cáncer, ¡al fin!", expulsa él.

"Echa a la vida, y echa también a la muerte. Jinetes, ¡pasen de largo!"

Cantó él, *impúdicamente*.

Al día siguiente le pregunta a la enfermera:

"Los gritos de anoche, ¿provenían del paciente con cáncer?".

"Jamás escucharía ni un grito de la señora Miller. Debió venir de la sala de maternidad".

Su impúdica curiosidad salta a la vista.

"Es el único caso en que vi que el corazón de un joven perfectamente sano, durante una cirugía menor, se detuviera sin motivo aparente".

No tenía razones para seguir.

La muerte es un temible animal.

Y entonces, ¿qué retiene a los aspirantes en su obstinación?

Aquellos momentos: *The Thief's Journal*, J. Joyce, Beckett. Los *potenciales*.

Ahora miremos a los rechazados...

y observen las caras del Infierno: de gran maldad, odio y *desesperación*, arrancadas de la *luz*.

Esto último se trata más bien de una conveniencia. Pueden ser arrancadas de raíz también.

¿Por qué? Hmmm.

Volviendo a los Rechazados: ateos, científicos, "humanistas [seculares]" (qué animal más fiero debe de ser).

Los Rechazados son quienes no logran triunfar en nada, y así, están a gusto con la idea de volverse simples y terrenales Demonios. Eso significa, por lo general, que su zona de influencia es considerable.

14 de junio, 1997. Sábado

Ciertamente los IR (Ingresantes Rechazados) forman el principal núcleo de los demonios posesivos: reprueban, y así odian el propósito de su fallo.

No pueden amar. Suena melifluo, pero el amor es una fuerza muy definida, como la electricidad.

Lo perdieron. ¿Lo habrán tenido?

Me pregunto.

Nunca tuvieron sofisticación alguna. No pudieron obtenerla.

(Ejemplos: Walter Ramsey y el protagonista en *The Young Man*, a quienes cito como individuos de la mayor gracia concedida.)

"¿Qué hay en la sangre de los hombres que los obliga a comportarse así?"

Hemingway.

"*¿Quién es?*"[203]

La Máquina de los Deseos, adecuadamente fabricada con platos de cobre: hasta ahora, los más exitosos resultados se encontraron en escarabajos japoneses, polillas y orugas. ¿Sería mucho exigir el mismo destino para los nemátodos?

Pudimos encontrar, aquí mismo, una *Milagrosa Clínica* para combatir al gusano del corazón.

Los gatos y los perros salen extenuados, exánimes. Se arrastran a la salida de la clínica.

"Primero lo primero", espeté.

Polución, la última [mano] de póker de Wild Bill Hickok, el avance de la artritis.

No importa.

Yo encuentro la sofisticación en la forma de un gato, por ejemplo

---

203 En castellano en el original. [N. de T.]

Ruski, así como también en la de tantos otros animales: lémures, comadrejas, etcétera.

Y resulta que, aquí, los ICD [Ingresantes al Camino de Dios] no pueden siquiera soportar los dolores por quemaduras de un paciente, o el cáncer...

Y así lleva todo a su gesto.

La abyecta mueca del Demonio: una traicionera parodia del dolor.

¿Por qué el dolor, el miedo y la muerte? ¿Por qué el odio y la guerra?

Sin guerra no hay conflicto. Sin conflicto no hay vida.

Es tan sencillo como parece:

"Nos gusta el conflicto y nos odiamos entre nosotros".

Tan sencillo como eso.

Miren, resulta muy cansador tener que relatarlo cada vez: existen los buenos y los malos, de aquí a la eternidad.

Como dijo Sri Aurobindo (fue lo último, después de un trance de diez años):

"Todo ha terminado".

Todos los animales son parte de uno. ¿Por qué muchos ejemplares son rechazados, demonizados, temidos o exterminados?

Como el tilacino en Tasmania, único lobo marsupial, exterminado por *ferales* colonos: que además posan con aquellos que mataron personalmente, en fotos.

Parece que un tilacino mató una oveja, se lo cazó en represalia y el resto vino por añadidura. El último murió en 1936, en el zoológico de la ínsula ya mencionada. Se supone que avistaron algún otro, pero las corroboraciones no fueron confiables.

El último tilacino, herido por la bala de un cazador, cojea hasta su extinción.

Destesto a los colonos, ni que decir tiene. No suponen que su paso por el mundo es igual de frágil.

No lo suponen −y por lo bajo tratan de averiguarlo−.

15 de junio, 1997. Domingo

"Gloomy Sunday", domingo melancólico.[204]

La canción del suicidio, prohibida en todas partes. Incluso, apresaron a sus intérpretes. Todavía emerge de las rejillas del metro y las bocas de las alcantarillas... un viejo mendigo, con un violín hecho a mano, tartamudea: "domingo melancólico".

Yo creo que debería ser censurada: es cursi y artificiosa.

¿Lamentó Cristo en algún momento su crucifixión? Claro que sí: pero el *show* debe continuar.

¿Dónde?

Consideren a las personas de brillante piel verde:

"Mi color nada significa".

Deja que el tránsito avance, pero nada más.

Los negros son diferentes a los blancos. Ya la mirada de sus ojos es diferente, lo sé. Caminando por una calle oscura, mi distintiva mirada en alto, me topé con una mujer negra. Me echó mirada y dijo:

"Hola, señor Fausto".

La ventaja es que no pidió mis papeles de identificación.

No me tomen por alguien más bobo de lo que parezco. Nadie tan ciego como aquel que no quiere ver.

El más atemorizante de los arquetipos, "científicos y humanistas [seculares]" del *Skeptical Inquirer*.[205] Tres veces devolví sus suscripciones: quienquiera que niegue las percepciones extrasensoriales no ha abierto los ojos.

"¿Quiere que le extirpemos los ojos antes de abandonar el hospital?"

"Sí, por supuesto. Aprovechen el tiempo y háganme también una circuncisión".

---

204 *"Gloomy Sunday"* fue grabada por Billie Holliday en 1941, pero al tratar la canción asuntos tan oscuros, estuvo muy mal vista por la industria de la música en general. [N. de E.]

205 *Skeptical Inquirer* fue un boletín informativo, especializado en noticias acerca de fenómenos paranormales. Un amigo había regalado una suscripción a Burroughs, creyendo que le gustaría. Nunca llegó siquiera a suponer cuán profundas eran las convicciones de Burroughs sobre la "magia del universo". [N. de E.]

¿Acaso necesito las reiteradas regurgitaciones de alguien para convencerme de algo?

¡Tres veces! Siguieron insistiendo:

"No puede hablar en serio, un hombre tan inteligente e iluminado como usted".

¿Cuál es su nombre? [Carl Sagan] escribió un grueso libro para combatir la ola de lo irracional (y erradicar) las influencias que amenazan con arrastrarnos a la superstición y a los incipientes cultos. Todo esto combatió y con un solo argumento: un imaginario Cielo de su propia manufactura.

"Cuando la noche se acerca".

(Se dijo en uno de esos bailes con un cantante de fondo, en el escenario.)

"Volveré rápido a mis cielos azules".

17 de junio, 1997. Martes

Debo enviar un cheque al Centro de Primates[206] [Duke University] para que traigan lémures. ¡Cómo los adoro!

Sí, amo a los animales, para desgracia del hombre: que puede, la mayoría de los casos (y desafortunadamente) HABLAR. Largo y tendido, con escaso propósito.

Los buenos y los malos.

"Eso es lo que te pasa por intentarlo".

"Quince hombres en el cofre del muerto"
(sí, viajaba siempre con dos cofres y a veces hasta con tres).
"Jo jo jo, otra botella de ron.
La bebida y el Demonio bastarán por el día.
Jo jo jo, otra botella de ron".

---

206 Después de que los lémures cobraran especial interés para él en la década de 1980, Burroughs visitó este establecimiento de la Duke University junto con su amigo William H. Rich, en 1989. Incluyó una solicitud para reunir fondos en su libro *Ghost of Chance*, de 1995. [N. de E.]

"Fue en el Valle de LeHigh,
    mi hermano Lu y yo.
    Buscábamos un prostíbulo,
    uno bueno".
    "Vayan al Mesón de David
    y vean cómo las mujeres comen mierda:
    para regocijo de todo buen hombre".
    "¿Te gusta cómo se siente?"
    "Oh, tú sí que eres un hombre malo".
    "Toma el amor por el fácil camino:
    aquí, allá o donde puedas
    y que importe todo un comino".
    "Hermano, no le queda ni un céntimo disponible".
    "Algún día será otoño".
    "¿Dónde estabas [tú] cuando el avión fue anunciado?"
    "¿Era una enfermera la que te hablaba en el hospital?"
    "Con algo de codeína uno sobrevive bastante bien".
    "Podré ser viejo pero aún deseable".

Allen Ginsberg:
"La Beat Generation perteneció a un movimiento más sociopolítico que literario".

(Qué afirmación tullida. Que gatee hasta perderse en el olvido.)

La influencia que Allen haya ejercido no es la del gran genio norteamericano, como a George Will le gustaba suponer. Más bien, era la influencia mundial de un hombre que dice la verdad, lo mejor de su visión.

Cuando Allen me habló por vez primera de Blake, pensé: "¡Por Dios, no! Un *descerebrado* más". Pero con su humor y prudencia innatos logró apartarse de las corrientes cósmicas y conseguir un notable matiz de budismo en su obra, religión a la que se sometió fervorosamente.

"[En] cualquier caso, podrás ver que somos incorregibles".

Y así continuó su camino literario. Calmo: sin inconvenientes y sin pretensiones.

Enterado de una esperanza de vida de dos a cuatro meses, él respondió:

"Trato de no pensarlo, pero supongo que serán menos".

El mensaje que su cuerpo haya enviado fue claro. Murió al día siguiente.

En vez de la negación, buscó y verdad encontró:

"Pensé que estaría aterrado, pero estoy *anhelante*".

La reacción ante la muerte: dicen que los gatos ronronean cuando se acerca.

Pienso en Spooner. Qué gato más perfecto: fue para la perfección diseñado [y] conferido.

Uno de mis más devotos Enemigos Literarios, Anatole Broyard, reportó un similar anhelo. Durante un cáncer de próstata, del cual su padre ya había muerto con anterioridad, escribió un pequeño artículo: "Intoxicado por mi enfermedad". Sentía la aproximación de la muerte como una anagnórisis. No hay nada malo en ello.

La influencia mundial de Allen... fue depuesto en Praga y más tarde deportado.

"No nos gustan sus teorías sexuales, señor Ginsberg. Será conducido de inmediato al aeropuerto".

Pero, por amplio margen, para las autoridades estaba bien visto. [Él] habló con [Richard] Helms y el profesor que delató al agente de inteligencia [James Jesus Angleton.] [Ellos] comentaron a Allen la salida de Ezra Pound del hospital St. Elizabeth antes de que el FBI [pudiera] llevarlo a juicio por traición a la patria. (¿Phillip Angel era el nombre?)

[Hoover] desacreditaba todo diciendo: "tuve un sueño". OK, Martin Luther King. Todo vuelve a la memoria como una marea.

"Recuerdos de la guardería. Mejor sacarlos cuanto antes. Empecemos".

Vean ante ustedes al gran literato: haciendo una reverencia. (Angleton, luego regente de la CIA. ¿Quizá le hubiera convenido ser poeta en vez de espía? Mejor trabajar a resguardo, ¿no, Phillip? ¿Acaso no conoce los ángulos,[207] la perspectiva? Usted *es* el ángulo.)

---

207 Por "*angle*", ángulo, contenido en el apellido Angleton. [N. de E.]

Esto es lo poco que queda.

Lowell Wadman, fiscal en Nueva York.

"Adictos", dijo, "hay que hablarles con crudeza –¡mira! le tiemblan los labios–".

Esto fue en un viaje de pesca a Missoula, en las afueras de Montana.[208]

"Costoso hábito. 40 dólares por semana, usualmente menos. Digamos 20".

Por aquellos días, 20 dólares eran un salario. El desayuno en Nichol's, dos huevos, tortilla, tres rodajas de tocino, tostadas y café valía 35 centavos. Ahora 3 dólares con cincuenta, más 2 de propina.

Y, por lo tanto, un hábito era un hábito solo en aquellos días, cuando la heroína costaba 28 dólares la onza. En grandes cantidades, todo puede volverse muy, muy malo.

Anoche, más sueños de agua, pesca y otros asuntos. No recuerdo bien en este instante.

Oigo alto y claro la voz de José, ¿pero qué dice?

Creo escucharla, ¿y qué es lo que dice?

Habla en español:

"*huéspede*". [*sic*]

En Ecuador.

"*No es de...*".

Muchos, muchos años atrás
una vieja yegua torda,
no era lo que solía ser,
muchos, muchos años atrás.
Yagé mucho da...
muchos, muchos años atrás.

Saca tan poco provecho como un rey ocioso. Qué innecesaria es la pausa, dormir... y no destacarse en la práctica.

---

208 El padre de Burroughs, Mortirmer, los llevó a él y a su hermano mayor, Mortimer Jr., a una excursión en Missoula cuando eran niños. [N. de E.]

20 de junio, 1997. Viernes

El actor[209] es bueno para el papel de proxeneta con esos bigotes irregulares. Tiene, a su beneficio, unas muy desagrables manos, ideales para golpear a una ramera.

Junio 21, 1997. Sábado

El actor viene esta noche.

Encuentro difícil la tarea de recordar mis sueños: algunos son extraordinarios. Uno acerca de una pileta que cavaba a diez metros de profundidad. Estaba en medio de una parcela deshabitada, llena de lodo. Nadaba en el Mississippi con José.

Pero aquí viene el premio: un chico delgado, inhumanamente bello, en una habitación de enfrente. Vestía un sombrero con borde rojo en el ala, de modo que solo llegaba a ver las perfectas líneas de su rostro. Chaqueta amarilla y unos pantalones como de seda, sandalias de cuero con orlas doradas. No dijo ni una palabra.

Bajaba al sótano y lo veía de nuevo. Parado, tieso. Nada de palabras ni de gestos, sino...

"¿Le gustaría ser yo? *Eh, pues?*[210]

¿El sueño que he esperado durante largo tiempo?

Hay algo circense en su aspecto. Un actor. *Un peu*[211] oriental. Demasiado perfecto como para ser carnalmente atractivo. El sexo no era una posibilidad. Jamás nos tocamos.

¡Iluminación súbita! Es ruso o tártaro. Veo una espada curva en su cintura y una pequeña pistola. Yo no reconocía los diseños.

Un arma en cada lado. No es de extrañar. La pistola, sobre el derecho, se sostenía por una bandolera de seda roja; la espada, sobre el izquierdo. Quizá toda esta indumentaria militar pertenezca al reino

---

209 Se refiere a Steve Buscemi, cuya actuación en la película de los hermanos Coen, *Fargo*, Burroughs vio para un encuentro con él al día siguiente. El proyecto conjunto era el de pasar *Queer*, la novela de Burroughs, al cine. [N. de E]

210 En castellano en el original. [N. de T.]

211 Un poco. [N. de T.]

de los espejismos. ¿Quizás no? Sé que recuerdo haberlo visto en un sueño con escotillas, hace ya tiempo atrás.

22 de junio, 1997. Domingo

Un exiliado alemán, veterano de guerra (se casó con Ilse Herzfeld Klapper[212] para permitir su ingreso a los Estados Unidos, conozco la maniobra). Me dice:

"cuando alguien me comenta que está en *quiebra*, yo respondo '¿es que no tienes orgullo?'".

"El orgullo es un lujo que no me puedo permitir".

"Eso pasó tiempo atrás, *mon semblable, mon frère*".[213]

"¿Pero qué tengo para darte?"

Eleva las manos con tristeza y luego las aparta:

"¿Huesos de monos? ¿De Eddie y Bill?".

Había un tiempo en que...

"Un tiempo que fue, un tiempo que es, un tiempo pasado".

"Verá señora Norton, para eso *estamos*: para asegurarles y brindarles total seguridad a personas como usted y su marido".

"Jamás la abandonaremos", dijo el flaco y socarrón agente con gabardina y bombín.

"Si siente algún peligro, acuda de inmediato a nosotros: vendremos, portentosos como cometas".

"Ah sí, y eso: también somos discretos".

Miren por un segundo al Cielo y al Infierno como una disputa entre dos familias. Piensen en los asesinatos, las torturas por las que [el] buen Don habrá pasado en un millón de años: pero antes, volvamos al Proyecto Zoológico. Trata de escabullirse como una comadreja y dejar que las autoridades corran con los gastos.

---

212 Ilse Herzfeld Klapper era una intelectual judía proveniente de Hamburgo, a quien Burroughs conoció en Dubrovnik en junio de 1936. Se casó en el Consulado de los Estados Unidos de América en Atenas, el 2 de agosto de 1937. [N. de E.]

213 Mi semejante, mi hermano. [N. de T.]

¿Qué ocurre en los Estados Unidos? Los oficiales al frente son *tan corruptos* que nadie podría creerlo. Qué rotunda estafa.

9.45 h de la mañana, revelación perturbadora:

creo haber perdido el miedo, la capacidad para el miedo psíquico.

El miedo corporal persiste: ¿o es acaso que el miedo corporal responde a los atributos del temor psíquico?

24 de junio, 1997. Martes

Leyendo una novela situada en Los Alamos, durante los aciagos días del Proyecto Manhattan.

Aquí una típica escena de una fiesta, baile por turnos y música *country*, pero con bailarines que solo son científicos. Baste decir que muy capacitados.

Noto que a esta cosa, en su representación poco fidedigna, le falta algo que hubiera estado presente en el "mundo real": el peligro, una posible violencia que está en *todos lados*, pero no *aquí*. Los científicos no rompen los anteojos de ninguna cara ofendida. No patean en la entrepierna a un asistente. Es por eso mismo un embeleco.

Como "Oppie" sentenció:

"Todos somos fantasmas. No existimos. Ya saben, por razones de seguridad".

Debe de haber sido una escena poco realista –la de *Los Alamos*, quiero decir–.

Recuerdo a A. J. [Connell] contándome que había preguntado a Hitchcock, el profesor de latín (el único con algo de sentido común en la institución):

"Me pregunto si los niños sabrán en qué se están metiendo".

Pensé: "buena comida, buena salud, ¿y?".

Parece que somos los *elegidos*: para hacer qué, nadie lo sabe.

Cuando le pregunté [al Oráculo]:

"¿Quién era A. J. Connell?".

Respondió:

"Un carcelero de bajo rango. Su trabajo consiste en mantener a los chicos en fila".

¿Qué fila?

Cuidado con las prostitutas que afirman: "no quiero su dinero".

¡Por supuesto que no! ¡Ansían mucho más de lo que puedes ofrecer!

"¿Qué te piensas que soy? ¿Una puta?"

Y así Connell decía la verdad cuando comentó: "tienes un hormiguero en vez de un cerebro".

[Idéntico] a cuando Mary Cooke:[214] "pero Burroughs, usted es tan *tonto*. ¿Cree que esa mujer que le hablaba en el hospital era una enfermera?"

"Sí, Burroughs", dijo A. J., "no creo que entiendas".

Tenía razón.

25 de junio, 1997. Miércoles

Los Señores. Son de una vieja revista, exhalan ínfimas pitadas de humo.

Los Señores: millones de años con maldad incrustada en sus vetustas caras, como de ámbar, [tan] viles como el ciempiés y [aquellos] escorpiones de aguijón letal. RUINES. Son increíblemente malvados, puestos por mala suerte en este remoto tiempo. El momento en que la Maldad alcanza su maduración última.

"Desconocidos", exhala uno de los Señores con avidez. "Desconocidos".

28 de junio, 1997. Sábado

¿No soy melifluo acaso? Añejé entre gatos y rosas, entre estanques y peces dorados.

"Para abrir una cuenta, presione 5".

"Quedará sorprendido con las recompensas".

(Brion se burló de los mecenas del Renacimiento: lo recompensaron con una prisión.)

---

214 Mary Cooke y su marido, John, eran adherentes de la Escuela de Cientología y los principios de L. Ron Hubbard, las famosas "*Dianetics*". Burroughs y Gysin la conocieron en Tánger en los años 50. [N. de E.]

Me recuerda a la magnífica carta de Samuel Johnson a Lord Chesterfield:

"Hace cinco años, cuando pedí vuestra ayuda para este proyecto (un diccionario), había yo agotado los exhaustivos medios de complacencia que un erudito, ofreciéndose ya viejo y corto de modales, puede lucir. ¿No es un mecenas, V. m., aquel que con indiferencia mira a un hombre ahogándose en las aguas, para luego, llegándose a las orillas, encumbrarlo de socorros? Su ayuda, de haber sido temprana, se habría visto con agradecimiento. Pero al posponerse, temo llegar al punto de no necesitarla y de no ofrecerlo".

(Cito de memoria, cotéjese con el original.)

Comentando las cartas enviadas a Lord Chesterfield, Johnson a su hijo:

"Le enseñaron la cortesía de un instructor de baile y la moral de una ramera".

Esto me conduce a un viejo proyecto: mis pasajes favoritos.

La entrevista en *Under Western Eyes* del consejero Mikulin (y algún otro de apellido ruso.)

La charla entre Marlowe y el naval francés de *Lord Jim*.

Empiezo con el Banquete de Trimalción, Petronio.

The Unfortunate Traveler, de Nashe.

Fury, de Kuttner.

The Siren Web...

Roderick Random, el doctor, borracho a más no poder, amputando extremedidades a velocidad alarmante.

"Si el truco no funciona será mejor que corras".

Una cita sobre alguien [o sobre cualquier cosa] da un mágico lustre, vuelve portentoso el hallazgo.

[De] poder así llamarlo, aquí van unos hachazos de Baudelaire en estado de hachís.

"Portentoso como un cometa".

"*J'aime ces types vicieux
Qu'ici montrent la bite*".

"*Simon, aimes-tu le bruit
des pas sur les feuilles mortes?*"

"¿No es cosa sana cantar y bailar cuando la Muerte a las puertas llama?"

"Oh, estar en Inglaterra, ahora que abril ha llegado".

April Ashley, un travestido. La última vez que la vi, ella, o él, estaba en el Chelsea Arts Club. (Grandiosos almuerzos y desayunos sirven ahí.)

Una vieja travesti (y anónima) me dijo, en una taberna de México D. F.:

"Podré ser viejo pero aún deseable".

"No me tomen por más tonto de lo que parezco".

El asaltante canadiense con la más dulce voz que cualquier bancario o testigo haya escuchado:

"¡Todos, por favor, pongan las manos donde pueda verlas!"

Convenía creerle. Confesó:

"Cuando mato a alguien siento una terrible disociación".

Y ese otro en Chicago, del que incluso hay fotografías...

el Demonio de Chicago, un delgado muchachito con fuerza sobrenatural. Podía levantar a dos detectives de 90 kilos como si fueran plumas.

"Oh, sí", dijo, "me ahorcarán, pero no estaré presente".

Fotos del Demonio en las noticias, lo sacan de la celda en una silla.

"Quedó aturdido por el yoga".

"Despertaré al malnacido", dijo el guardia más gordo, los ojos encerados de ardor. Lo pincha con un cigarrillo en el brazo. No reacciona. Lo hace nuevamente. De vuelta, nada.

"Mierda, traigamos otra silla".

Se hizo.

"Juro que habían pasado cuarenta y ocho horas desde su muerte cuando lo ahorcaron", comentó el doctor.

"No tengo enemigos. Los cambio por amigos de una forma u otra".

"Con algo de codeína uno sobrevive bastante bien".

"Y no movió una sola piedra".

¿Cuál es la respuesta, cuál la pregunta?

"Skipper, de lo frío que estaba su cadáver, jamás contestó una palabra".

29 de junio, 1997. Domingo melancólico, *Gloomy Sunday*

Reflexiono sobre ese extraño agente llamado lingüística, "sin mantener las apariencias", que con cada palabra arrastra dos –o más– *significados*.

"¿*Cierto pez*, solo visto en inaccesibles *corrientes* montañosas, es preciado por los japoneses como un *muy exquisito* manjar?"

"Es asombroso el precio del caviar *genuino*, del *mejor* esturión beluga".

Bien, empecemos con edificantes citas de personas *muy especiales*.

"Esa es buena. *Personas muy especiales*. Viejo fraude".

Hablando de viejos fraudes, Hemingway toma precedencia

–dos de los más atroces epigramas en la lengua inglesa:

"Cada pústula corría con alguna lastimadura

como quejas luego de su ascenso y chifladura".

Dryden, *On Lord Hastings' Smallpox*– en un rincón.

Papá Hemingway en el otro. "El hoyo en la frente, donde la bala había perforado, era del tamaño de una mina sin punta. El hoyo por detrás, por donde la bala había salido, era tan grande como para meter el puño [en él], y solo si este fuera pequeño, por haber allí entrado".

"Por supuesto, como sabrá, fue demasiado tarde. En su pecho se había enterrado el cuchillo hasta la empuñadura".

The Secret Agent, Conrad, situada en Londres.

Ahora pasemos a:

"¿Debo?"

"Sí".

¿No *es* cosa *mala* cantar y bailar cuando la muerte a tus puertas *no* llama?

–indíquenle un no que entienda y griten que no: que aquí no venga–.

"¿Qué tiene de malo esta repetición?"

¿Qué problema hay con que el tamiz no sostenga agua? Para eso están.

Bueno...

Cubrámonos bajo la alfombra, acompañados de otros indeseables. Es más fácil de ese modo.

¿Para quiénes?

O, ¿para quiénes [aquello] se hace más fácil, al menos parcialmente?

30 de junio, 1997. Lunes

Sí, fue un lunes de 1882 cuando Bob Ford disparó al "señor Howard", también conocido como Jesse James, y lo recostó en su tumba.

"El cobarde que disparó a Howard

y recostó a Jesse James en su tumba".

Calurosa bienvenida de los Younger, los otros irrumpen a lo bruto: son tantos...

Era lunes ayer, 30 de junio, 1997. Ahora es martes

Llamada de Charles Henri [Ford][215] en este mismo instante. Parece que sacó buenas fotografías de la Feria en París. (Usarán la que [me] tomaron frente a la Cabina de la Fortuna.)

Tenía un piso en l'île Saint-Louis, lo más recóndito del París más bello, y otro en el edificio Dakota de Nueva York, donde James y yo discutimos durante una cena —hasta que llegó Fred Sparks—.[216] De camino a casa, le describí al malvado falsificador de *If I Were You*, novela de Julien Green:

"¡Dios mío, qué cara! Abyecta, con los distintivos atributos de la edad, la vileza y la experiencia".

Bueno, lo cierto es que Henri siempre me pareció un joven indecente, como si hubiera hecho un pacto con el Diablo. (Del cual, creo, este último se llevó la peor parte.)

Pertenecía al viejo grupo de *Zero* junto con Paul, Jane, Carson McCullers y otros talentosos integrantes. Era un hombre muy singular.

---

215 Charles Henri Ford fue un prodigio avant-garde y por muchos años protegido del pintor Pavel Chelitchew. En colaboración con Parker Tyler, Ford escribió *The Young and Evil* (1933), una novela sobre la vida gay en Nueva York en la década de 1930. Fundó la revista literaria *View* en esa época, y se registran cartas enviadas por él incluso muchos años más tarde. La foto más famosa de Burroughs, la de París en 1960, fue sacada por él. [N. de E.]

216 Fred Sparks fue un fotógrafo de prensa y bon vivant, tan amigo de Burroughs como de Ford. [N. de E.]

Me acuerdo de aquel chile con carne en l'île Saint-Louis. Muy bueno. El arroz con pollo en el Dakota (sin cócteles) fue atroz.

Y aquí viene el Viejo de los tornados y diluvios, dando órdenes a sus asesinos: acecha entre las rosas, con un gato en hombros. Experimentado pero no melifluo, entre gatos y rosas.

El General hace sonar la campana. Los guardias se apresuran.

"¡Hay un gato aquí!"

"Pero señor..."

"¡No discuta conmigo, sargento! Lo oigo maullar".

Una breve pesquisa por las barracas revela que ningún gato o intruso anda cerca, pero en cuanto los guardias se alejan: *miaaau, miiauu.*

¿Cuánto espacio quedará para un general loco?

El hombre fue diseñado para copular con otros animales del planeta: reptiles, peces, aves, ¿insectos? No, en vez, puso su insospechada semejanza por encima de las otras criaturas, alejándose de los propósitos o los soplos de energía. Tambalea ante su vanidad idiota –y su vanagloria– con esperanzas de engullir la eternidad y ser reconocido por ello.

"¡Yo no ser mono, yo ser hombre!"

Golpea su pecho y mira con recelo.

De acuerdo con Emily Post:

"en los precavidos círculos de Londres, los caballeros nunca se quitaban sus galeras o dejaban de observar a su interlocutor".

– "¡Usted yo mono no mirarme!"

– "¿A quién mira este ágrafo?"

Algo anda *mal.*

"Lo lamento Señor, nos equivocamos de diapositivas".

"Eso parece".

De *The Wild Party*:

"Usted no [me] agrada

y no lo conozco,

así que por Dios

voy a darle su merecido".

4 de julio, 1997. Viernes

¡Por la patria y la bomba atómica en Hiroshima!

"Nos estamos convirtiendo en [la Parca] los destructores del mundo", dijo Oppenheimer.

¿Fue el 5 o el 6 de julio el día en que el Proyecto Manhattan llegó a sus espectaculares conclusiones?

"Gracias a Dios que no era un ser humano".

Oppenheimer, "Oppie" para sus amigos.

¿A qué Dios [le] agradeces tanto por Hiroshima y Nagasaki, Oppenheimer?

Que sea olvidado, como si del incidente hayan corrido años luz. Que se disperse al igual que una niebla por la mañana.

"Estos son nuestros actores, y como vaticiné, serán espíritus fundidos en el aire: en el espeso aire".

"La Tierra y todo lo que habitamos... no dejará ni rastro".

(¿¡Por qué demonios no citas correctamente!? De no hacerlo bien, las cosas pueden quedar a medias.)

¿Quién puede –me pregunto– subestimar al Trovador Inmortal?

¿Bacon escribió todo con la mano izquierda? La improbabilidad refinó su obra maestra.

La proyección rebobina hasta la imagen del Barón Franz von Blomberg,[217] el tramposo irlandés que engatuzó a la supuesta hija de los von Blomberg para que "lo adoptara". Pocas veces he visto tanto oportunismo humano como el de Franz. En su tarjeta [leíase]: "Consejero de Familias Reales". Siempre andaba en busca de alguno con tal procedencia.

Pienso en la elevada cifra de gente horrible que he conocido:

"*Ese* no aparecerá nunca más por estos lugares".

"Vayan y busquen a alguien con vida".

"No queremos su mugroso virus aquí".

"Que emana de ustedes como radiaciones de un fertilizante".

Apágalo. Esto no va a ningún sitio.

---

217 William P. Frary von Blomberg, compañero de Burroughs en Harvard. [N. de E.]

Ayuda, por favor. ¡Ayuda, ayuda!

¡Ayuda! S.O.S.

Aquí viene el final de la catástrofe.

Me olvidaba: *¡sauve qui peut!*

Cada uno por su cuenta.

Chacun pour soi.

Los Alamos:

"Lejos de aquí, sobre una cresta montañosa

yace una vida que por amada fue añosa".

"Días de verano, cuando el viento del bálsamo sopla"

(de los hornos infernales)

"y días de inverno que de nieve y patinaje acopla".

(Un planeta helado, que no contenga la vida de esta Tierra, puede sobrevivir.)

¿Qué es sobrevivir? ¿Qué es la supervivencia? Todo lo que TEN-GAS por delante. No prestes atención a lo que tú ni nadie puede ofrecer.

(Hablo, digamos, de una oportunidad en un billón. Pues no, mejor no ser elitistas: ¿una en un millón? Aunque claro, estamos tratando con materiales muy gastados. Mejor inclinarse por la claridad que por la solaz burocracia, ¿no? *¿Hein?*)

¿Saben quién es un amigo verdadero?

Quien *cuide* de tus gatos cuando *te* mueras.[218]

Recuerden *Believe It or Not*: un ciudadano de París tiene tal gato. El ciudadano muere. El gato, no desprendiéndose de la tumba de su amo, muere *in situ*. Es una de las historias más conmovedoras que conozco.

---

218 El veterinario habitual de Burroughs, el Dr. John Bradley, hizo una visita ese día para examinar a Fletch, ya obeso y con problemas gastrointestinales. El gato parecía estar en buena forma y los análisis de sangre indicaron buenos presagios, por lo tanto su muerte, ocurrida cinco días después, fue del todo inesperada (Después de que Burroughs muriera, su amigo Tom Peschio se encargó de los restantes gatos, Ginger y Mutie, por un año y medio, hasta sus muertes por causas naturales.) [N. de E.]

5 de julio, 1997. Sábado

Artículo en la revista *Blade* sobre "el mejor lanzador de cuchillos de todos los tiempos".

Yo vengo cultivando este oficio desde Los Alamos, de cuando incrustaba bayonetas en los postes del precinto. Los cuchillos, sostenidos del filo, giran una sola vez y, ¡pum! Se clavan *temblando*, a centímetros del blanco.

En Los Álamos, Hank Wardwell –idiota consentido, como la mayoría de los residentes– se supuso el hombre más rudo, el cuchillero más *penetrante*. Cuando descubrió que no, se sintió mucho disgusto, semejante al de una traición.

(A mí me había impresionado el asombroso impulso de un cuchillo siendo proyectil. La fuerza del lanzador es irrelevante, y a menudo estorba.)

Necesito hacer la prueba: pedirle a un hombre *forzudo* que, usando todas sus fuerzas, clave cuchillo en el blanco.

Cuánto tiempo lleva aprender. Un cuchillo no es impulsado hasta el blanco. Es *lanzado hacia* el blanco.

¿Qué tan bien funcionaría esto con un puño? Veamos, imaginen el puño como una bala de cuero, con una recia, flexible y relajada cuerda al extremo.

Mmm, no, me temo que no, se necesita algo más. ¿Aire comprimido? Casi. Estoy cerca. ¿El impacto de una pedrada? No. ¿Y el de una lanza?

Sí. Ya puedo imaginarme al lanzador, con brazos sueltos como cuerdas y el puño de una cartilaginosa aspereza, similar al cuero de un tiburón.

Cómo extraño los viejos días del Agente, los días de miedo y alerta...

–ya pasados. Me acogí al retiro. Poco queda de mí, ya bien lejos, en las ventosas planicies troyanas.

Donde las jaurías en primavera persiguen el rastro de inverno,
madre de–
la ventosa Troya.

Lleno los espacios vacíos donde nada...

Samadhi.

Silencio total.

Total.

Sin paz, porque "si quieres paz, prepárate para la guerra".

6 de julio, 1997. Domingo

Contesté una carta de Dave Wollman referida a la muerte de Allen Ginsberg. Contribuí con "Mi postal de rosas".

El viejo da órdenes a sus asesinos: acecha entre las rosas, con un ronroneante gato a hombros.

Flash del pasado: de vuelta a Tánger. Una calle oscura, con Dave y el portugués maricón (olvidé su nombre. Murió en Madrid. Creo que de sobredosis. Se lo tenía merecido. Como todos.)

"Maté a otro, Mike, márcalo en el arma".

Tan México D. F., todo tan barato...

¡Dios mío, cuánta mezquindad! ¡Gringo mezquino!

Supongo.

Un sueño: fuerte oposición. James tenía –¿qué era? Ah, sí, lo que después hizo. ¿Qué había hecho?

Vuelvo al campus de la Universidad de Chicago. Realizaba peligrosas indagaciones en el Departamento de Egiptología. Eso fue en los años 30, casi a su término. ¿Peligroso para quién, para quiénes? Fue hace tiempo ya, yo sin mucho entrenamiento. Aún puedo escuchar esa desenfrenada voz diciendo:

"¡Tú no perteneces aquí!".

Como si *Herr Profesor* gritara de pronto:

"¡Discípulo inmundo, salga de mi oficina! Haré que quemen el sillón en que se analiza".

Y como si el cura gritara, desde el confesionario:

"¡Abominación inmunda! Si pudiera echarte manos te arrancaría los testículos".

8 de julio, 1997. Martes

El malhumorado doctor:

"Apenas puedo soportar la vil pestilencia de tu inmundo cáncer. ¡Enfermera! Traiga una máscara, empapada de Chanel [N°] 5".

Linda práctica de tiro ayer, en lo de Fred. Sigo sin fallar con mi Smith & Wesson .45, pero la Colt Python se atascó después de seis disparos. Llamaré a McColl,[219] ¡de vuelta a la fábrica! ¡Es su mejor modelo! Denme uno que funcione o devuélvanme mis 800 dólares. Debería haberlos gastado en la vieja Sheffield de cinco balas. ¡O en la Smith & Wesson modelo 29!

Por esa puta Python Georges *me arrebató* 800 dólares: de la estafa solo queda un bonito documento. Buena calidad de papel.

Junto mis cejas como
una tormenta que se avecina
y cultivo mi ira
para mantenerla viva.
La arreglarán, por supuesto.
Por supuesto —*bien entendu, of course*—.

Revivo una querella contra viejos fantasmas fotográficos: los escupo, los muelo, me siento mucho mejor. Por supuesto, no están *aquí*, sino en París, hace mucho ya, en un café de la vereda opuesta. Los muelo—

"Los molinos de Dios trabajan lentamente pero con resultados casi imperceptibles".

Hasta el centro del átomo y más allá.

Pues bien, aceptemos lo positivo y dejémonos de quejas, que solo alimentamos las cargas negativas.

Todo forma parte de una grandiosa y bella traza. Quedarán *encantados* en cuanto la vean. Es la única manera de sobrevivir, con algunos pollos y otros [comestibles] vegetales de los jardines. Volvamos a las raíces y más allá.

¿Cómo se atreve Colt a darme una serpiente traicionera?

---

219 Robert McColl, profesor en la Universidad de Kansas, fue un entusiasta de las armas de fuego y gran amigo de Burroughs. Lo ayudó a comprar y vender muchas armas con el paso del tiempo. [N. de E.]

¿Quetzalcoátl?

Representación un tanto incómoda. Volvamos a ejemplos más sencillos.

No tan dificultoso de imaginar. Me refiero al [pterodáctilo] del que provienen –parcial o enteramente– los reptiles alados. Treinta años de vida tardaron esas alas en desplegarse, con un cuerpo, unos colmillos y un cerebro de 15 kilogramos. ¿Tendrían estas bestias talones como las águilas? ¿Cuánto le toma al vuelo darse cuenta de que cumple con el Sueño de los Reptiles?

Hubiera sido una gran idea lanzarlos desde colinas, al mando de riesgosas operaciones.

"Solo puedo existir en situación de peligro".

Sin él, me entristezco y me angustio.

¿Para qué estoy aquí?

Para escribir, que es lo mismo que nada.

Miro los lozanos árboles y el cielo azul.

¿[Por qué] encuentran tantas puntas de flecha en las granjas de Missouri? ¿Acaso fallaban tan a menudo?

Julio 9, 1997. Miércoles

Hoy murió Fletch.

El vacío que deja: los lugares que supo ocupar.

Mi Fletch, mi pobre Fletch.

Esta tristeza podría matarme.

No sería raro.

Están T. P. y Jim en casa. James viene más tarde.

Julio 10, 1997. Jueves

Me retracto. Charles Henry Ford es acreedor de una infrecuente y enigmática gracia, como si fuera el selecto miembro de una orden. Llevaba una "marca" sobre él, una cosa especial. Son muchos los rumores que corren sobre su pacto con el Diablo. Un hombre muy singular.

Julio 11, 1997. Viernes

"El tiempo es una dimensión", dice Wheeler. (Artífice de los patrones de reconocimiento en la física.)[220]
¿Y qué mierda se supone que esto significa?
"Contada por un idiota... que nada significa".[221]
El trovador inmortal.

Extraño a Fletch, tantas veces a lo largo del día. Esta madrugada, dejé tres tazones con alimento en la cocina y sentí su ausencia. Ya solo quedan dos. "Debo cerrar la puerta, si no, Fletch se escabullirá para meterse debajo de la cama". Ya no me asolan esas preocupaciones.

Añoranza inconmensurable. No está en los lugares donde solía, y nunca más lo estará.

No hubo agonías. Su corazón simplemente se detuvo.

El miércoles a la mañana lo encontré tirado en el pórtico. Puse comida delante de él. Se levantó con lentitud y empezó a comer.

A eso de las 4.15 h fui con T. P. a alimentar a los peces. Fletch yacía debajo del parachoque delantero del abandonado Datsun.

Lo supe incluso antes de que T. P. dijera:

"Está muerto".

Movía una silla para facilitarle el salto a la cama, lugar donde usualmente descansaba.

Me duele cada vez. Siento un dolor físico, como si mis extremidades fueran las de un fantasma.

Bob McColl se llevó la defectuosa Colt Python para reparaciones o descarte: después de todo, me estafó por 800 dólares. Tampoco es que yo contara con que el revólver me salvara la vida, porque de

---

220 John Wheeler es un físico que escribió acerca de su concepción de los patrones de reconocimiento. Postulaba que para probar la existencia de algo, ese "algo" debía ser percibido. A Burroughs le agradó mucho la idea. [N. de E.]

221 Shakespeare, *Macbeth: "and life is a tale told by an idiot / full of sound and fury / signifying nothing"*. "Y la vida es un cuento contado por un idiota / lleno de sonido y de furia / que nada significan". [N. de T.]

haber sido así, ¿podría un reembolso ser justo? ¿Qué dirían los fabricantes de Colt si se enteraran?

Exigí atención en asistencia al cliente, además de eficacia y rapidez en las resoluciones.

Por fortuna, tenía listo mi remplazo: una Taurus .38.

13 de julio, 1997. Domingo

Leyendo el libro de un otrora "agente de la ley norteamericana". *The Manhunter*. Editorial Pocket Star Books.

No hará falta explicarlo, el protagonista es controversial: fuma marihuana, ostenta un previsible *lado oscuro*.

"¿Llegará el agente al ayuntamiento sin matarse?"

"¡Les brindé mi lealtad y ahora piden *mi alma*!"

"Claro que lo explicaré. Quisieron arremeter cuando agarré el arma y de pronto –¡juro por Dios que tuve que hacerlo! ¡Se habían vuelto locos!"

(El policía se quiebra. El llanto lo delata.)

"Es nuevo en la fuerza y muy joven, muy apto. La gente piensa que todos los policías son malos. No es así".

"¡Son animales!" Así los clasifican en México.

14 de julio, 1997. Lunes

Abortada mi cita con el médico John Barr[222] por falta de transporte.

Esta mañana me bañé. Los soportes son fundamentales.

Qué limpio me siento. Limpísimo.

El escritor completa un ciclo de su vejez.

La artritis lentamente retuerce y anuda mis dedos, codos y hombros, tan inexorable como el dilate del cemento.

---

222 John Barr era el médico a cargo del seguimiento de su enfermedad. La "falta de transporte" ocurrió porque Burroughs no supo alertar a ninguno de sus colaboradores media hora antes del compromiso. [N. de E.]

Pero aún no pierdo esperanzas: el veneno de cobra, la cobraxina, ha frenado el avance —en algunos casos—. Lo inquietante es que genera dependencia, porque los alivios siempre van de la mano con las adicciones inducidas.

Existen también las preinducidas. En este sentido, un viejo amante de las serpientes, en Florida, se ha inyectado veneno de cobra durante más de sesenta años: una dosis cada jornal. Un adicto incuestionable.

Fue usada, aunque poco tiempo, como analgésico. También se intentaron las sales de oro. Los resultados iniciales fracasaron, al igual que todos los que vinieron después.

Leo acerca del agente que tenía la misión de arrestar a Mengele. Parece que de veras murió tal como fue descrito, en Brasil. Nadaba cuando un paro cardíaco le asestó, después de inhalar agua, la muerte. Los intentos de reanimación fueron infructuosos —y en general, ¡poco aconsejables!—.

Aquí viene el hombre Cobra.

Tiene una camiseta con un logo conocido, las luces se iluminan y él infla el pecho mientras sostiene la cobra, se abalanza con avidez —pálido, nauseabundo, trémulo— hacia los yenes acumulados. La vileza del hambre crea hoyos en el estómago, donde los gusanos habitan. Mejor será que ahí permanezcan, de lo contrario podrían emerger de sus profundidades para salir al exterior, perforando los dientes como un taladro...

Y bueno, el resto ya se sabe.

¿A menos que tú —o *you* o *vous*— tengas algo para añadir o sustraer? ¿O multiplicar? ¿O dividir?

Cómo odio la matemática, los procedimientos de las ecuaciones. Me provocaba amarguras inabarcables, y la educación no debería funcionar así. Este tipo de amarguras generalmente culminaba con una involuntaria sesión de fútbol americano, bajo la tutela de Leland, el asnal entrenador de la preparatoria. Para el entrenador, el deporte era comparable a una causa religiosa. Me pregunto qué habrá sido de él. Supongo que nada muy significativo.

Kerouac siempre se dirigió a Leary con el mote de "Entrenador".

De adoptar un gatito Devon Rex, se me haría difícil controlar la circulación de Ginger y Mutie y mantener al recién llegado adentro de la casa.

Tim Leary, también llamado Entrenador.

Todavía es 14 de julio, 1997.

Día de la Independencia francesa, día en que tomaron la Bastilla y decapitaron a la reina. Pobre ramera.

"¿Y si no come pan? En ese caso, dale algo dulce".

"Mi Reina, no vienen bien las relaciones públicas, nada bien".

"Pero yo jamás...".

"Quizás no, pero la gente *dice* que tú lo dijiste, que viene a ser lo mismo —es probable que en el corto plazo".

15 de julio, 1997

Es tarde ya —para la *Marsellesa*:

[Les jours] de gloire sont [...]
Contre nous, les arcs levant [...][223]
¿Por qué no?
Hijos de la vergüenza y la melancolía,
¿se alegrarán mañana de su valía
por cualquier cosa que rime?
¿Y entonces? Una guerra universal.
"Todo ha terminado".
Últimas palabras de Sri Aurobindo. Estuvo en trance por más de ¡¿*veinte años*!? (Quizá hayan sido diez, o incluso cinco.)

Y más tarde, la sucesora fue Mirra Alfassa. Es (o era) francesa. La Pontífice Madre de Puducherry. Pondicherry en inglés. La Pontífice Madre de *La Pond de Chéri* (la laguna de los queridos).

Mamá, madre... madre.

En cualquier caso...

Lo que después queda no prevalece y así debería ser.

---

223 En esta oportunidad, Burroughs se equivoca citando la letra de La Marsellesa. [N. de T.]

"Fue un grave error", dijo más tarde, cuando ya no importaba ninguna [cosa] realmente.

Presión normal, y claro:

"con algo de codeína uno sobrevive bastante bien".

"¿Sabías que los hombres perecían ante una urgida dosis de opio/Lisinopril?"

Urgido, jadea por la vil necesidad de unos espamos pancreáticos solo aliviados por la picadura de un raro escorpión, de color azul eléctrico. En el momento de la picadura, despide una fetidez de ozono quebrado. Luego se retrae y adquiere un tono marrón claro, como de arce.

Quienquiera que utilice el término "corazón sangrando" merece una bala dentro del suyo.

Yo soy un corazón que sufre, que se desangra por los gatitos perdidos en oscuros callejones, gatitos rechazados y jamás admitidos en la desintegrada jerarquía social.

Háyase visto a un hombre
tan muerto y con alma
que, solo en la cama,
de acuciantes espasmos
esputó lo siguiente:
"Si tan solo...
yo no lo hubiera...
si tan solo yo no lo hubiera hecho".
Remordimientos *así* duelen.

¿Hertz? Dicen que una frecuencia de 7 Hertz suele producir desconciertos. De acuerdo, me acerco al enfado —a uno severo—.

Ya saben. Podría quemar los centros de puro odio y miedo.

18 de julio, 1997. Viernes

El Congreso de la Nación y el Odio.

Tantas [oposiciones] en Norteamérica, hundidas en la más ruin y espiritual ignorancia, envueltas en estólidas [y malintencionadas] prácticas contra cualquiera, contra los potenciales enemigos que el *Homo Sapiens* se gana cada segundo.

Sí, y aquí escribo con seguridad sabiendo que, comparativamente (y en otros países), esto es bien distinto. Aunque podría añadir, quizá, que mi seguridad es precaria.

El camino de pólvora está trazado. Solo resta encender la mecha.

Ayer, *Weekly World News*, primera plana.

Timothy McVeigh se reconoce como un soterrado cobarde, gritando y llorando desde su celda: "¡no quiero morir!".

Hmm. No figura en otros periódicos. Si han adulterado la noticia (como suelen hacerlo) diría que han perpetrado una agresión mayor a la cometida por el culpable, quitando dignidad al enfrentamiento cara a cara.

Ahora bien, este Tim, desde luego, era un estúpido: insensible, no buscó a los *individuos* responsables por el incidente de Waco y se lo cargaron.

Quiso encontrar la simpatía de Ruby Ridgers cuando su fin andaba cerca.

Nadie agasaja a los asesinos de niños, Tim. Es malo para la diplomacia.

"Bueno, pero la mayoría eran judíos".

"¿Sabías que todos los agentes federales son judíos?"

"¿No *sabías*?"

"Transeúntes inocentes, ¿verdad? Entonces sí, qué harían allí en primer lugar no nos interesa".

"¿Y después del hecho?"

"Ella estaba llena de serpientes".

J. Conrad, *Lord Jim*.

"[Cuatro] botellas de ese brandy por día... y sí, ya debería haber muerto después de tanto experimento festivo —viejo cascarrabias, es duro de roer como un hueso—".

"Con algo de codeína uno sobrevive bastante bien".

Un viejo con mucha cárcel a sus anchas, Lexington. Setenta años y podías ver que arrastraba innumerables sentencias, muchos escenarios y diversos lugares. Imagino, esto debió de ser notable para su época. ¿Bob Ealeson? Vino con el robusto Saul, el *schmecker* (palabra en yiddish para drogadicto.)

(Labios retraídos en señal de disgusto y desaprobación.)

"¡Un *schmecker*!"

Se hace eco en panaderías judías, en restaurantes y ferias de indumentaria. Se abren paso con rancias ofertas, mohosas chaquetas italianas para los distinguidos jóvenes de las Azores y Madeira y...

...mejor olvidémoslo.

"Con algo de metadona uno sobrevive bastante bien".

Todo está en la mesura de los actos, en especial de aquellos que no realizas.

Y aquí una útil experimentación espiritual: ¿algo que no se haría, por *cualquier* cantidad de dinero que sea?

"Montones de cosas. ¿De qué me sirven los grandes $$$? Ya no me queda mucho tiempo".

"Bestia Temporal, eso no importa, tiene arreglo. ¿Qué tal te suena la inmortalidad?"

"No me tomen por más tonto de lo que parezco porque no lo soy (al menos no a corto plazo)".

Mis manos y mis dedos, verán, se han vuelto rebeldes.

No hacen lo que les pido.

Los alíneo y en represalia disparan sus ignorantes alegatos.

Bueno, ya no me queda mucho —tic, toc, tic, toc—.

19 de julio, 1997. Sábado

La artritis no es broma.

Regresión. Mort, el hermano incansablemente alcohólico de Miggie, la esposa que le dio mellizas —a mi hermano—. Espléndido, comencemos. Waye, el borracho, de pronto cruzó la habitación arrancándose mechones de su castaño —y ratuno— pelo.

"¡Esta bebida no es broma!"

Nadie reía.

Tomé el libro que estoy leyendo, *Manhunter*, sobre agentes de la ley.
Se me escapó esta frase: "la trama se pone más nauseabunda aún".
Me recuerda a Petronio y al banquete de Trimalción:
Ibat res ad summum nauseam.
"La cosa se ha vuelto perfectamente enfermiza".
"Trimalción se hunde en la más vil ebriedad".
Miggie dice: "oh, no".
Waye retrocede y se sienta.
Supongo que habrá muerto.
Todos murieron. Mort y Miggie.
No nos pongamos mórbidos.
Recuerdo esa atroz guerra española-americana, quiero decir, las
canciones de aquella guerra:

Vino el grito de los Capitanes:
"muchachos, escuchen, nuestra bandera ha caído.
¿Quién será el voluntario
que la salve de su desconsuelo?"
"Seré yo", gritó un joven.
"La traeré o moriré en el intento".
Salvó la bandera y dio su vida
por el bien de su nación...
Solo lleven la noticia a madre
y díganle que como ella no habrá otra.
Pero que no me espere,
porque no volveré a casa."[224]

Qué despreciable menjunje salido del más insípido de los calderos.
Atraerá a cualquiera que haya podido escribir semejante [porquería]...
"Frío y húmedo pero verás que quema. Es un exudante cáustico

---

224 *Came a cry from every Captain:* / *"Look boys, our flag is down* / *Who'll volunteer to save it from* *distress?"* / *"I will", a young boy shouted* / *"I'll bring it back or die".* / *Saved the flag but gave his young* *life* / *all for his country sake—* / *Just break the news to mother* / *and say there'll be no other* / *But tell her* *not to wait for me,* / *'cause I'm not coming home.* [N. de T.]

que caza y disuelve todo vestigio de impresiones sensoriales y pensamiento recto".

"Todo ha terminado".

"*¿Quién es?*"[225]

"Se amilana ante la mirada de una mujer coqueta".

Ahí no pude seguirlo. Será mejor que revise mis facultades.

Madre, padre, Mort, Billy —les fallé a todos ellos—.

Y a Ruski y al actor.

¿Podrá un actor impostar un *papel con vida*? Muchos son llamados, pero pocos lo consiguen.

Y así el dónde, cuándo y el por qué resultan obvios. Lo que todo chico en la escuela conoce:

"Aquellos a quienes el mal les es dado, dales sino el doble mal de tu agrado". Wystan Auden.

Con qué facilidad la nueva Smith & Wesson .22 perfora la cabeza de alguien. Podría significar el fin de una discusión.

20 de julio, 1997. Sábado

Dicen que un escritor debería tener otra actividad a la acostumbrada por sus dedos (escribir.) Sacar pelos de gato de las sábanas parece ser lo mío. Eso y las sesiones de disparo. La cepillo, pero los pelos son sospechosamente inacabables. ¿Qué otra cosa puedo hacer? Un soltero no tiene oportunidad.

Tropiezo con un infame documento: noticia del *Weekly* [*World*] *News*. McVeigh se ha convertido en un soterrado cobarde, llorando lo que llora a continuación: "no quiero morir".

¿Será cierto? Ningún periódico responsable ha jamás publicado algo que se asemeje a un éxito informativo. El *Weekly News* extrajo detalles del culebrón de sus misteriosas "fuentes". Yo declaro el acto del *Weekly News* como el más vil de la centuria. Si fabricaron la historia, entonces el *News* habrá perpetrado el mayor ultraje de la más honda vileza.

---

225 En castellano en el original. [N. de T.]

Recuerdo a los Machos. Murieron fumando. *Bandoleros* mexicanos se pusieron contra una dilapidada pared de adobe, ojeando socarronamente a los bomberos.

Algún reportero que *ni siquiera estuvo allí* informó:

"Los maleantes murieron rogando. La mayoría no pudo contener la orina de sus vejigas".

Yo estuve allí. Voy a darle caza a ese reportero. Lo forzaré a rogar por su vida con *testigos en frente*, prometiéndole la salvación si de rodillas llegara a arrepentirse, ignorando yo sus quejidos mientras las cámaras filman.

Luces, acción, balas de re*cámara*.

El más imperdonable de los pecados, para mí, es la Mentira. Falsifica la precisión y devalúa la verdad.

Ha soportado las torturas que hubieran reducido al resto de los hombres en cimientos, agente de un servicio de inteligencia tan secreto que ni siquiera se puede afirmar que exista. Y recién ahora, gracias a una magia computarizada, se convierte en "un camello y pederasta", escupido y apedreado por niños.

Ya tuvo suficiente.

"Llenen mi camión con nitrato de amonio. Fertilizaré hasta que la tierra quede nivelada".

Pocos sobreviven al Big Switch.

¿Y después?

La confrontación.

21 de julio, 1997. Lunes

Fue un lunes de 1882.

"Esa película se ve brutalmente polvorienta".

Jesse James deja su bandolera para desempolvar La Muerte de Stonewall Jackson, el cuadro. Bob Ford le disparó y lo mató.

El viejo oeste. Qué tedio. Aun así, los tiroteos eran como ejercicios espirituales, al igual que la esgrima [y] las corridas de toros. El pistolero nunca pone su vida en riesgo. Después de ganar, la sensación es tan dulce como la de haber nacido, o así me han dicho: nunca pude comprobarlo.

Ahora ya nada queda.

Quizás finalmente uno deje de mirar su mortaja para ver qué –o quién– está detrás.

Esto bastará por el día.

23 de julio, 1997. Miércoles

¿Cuál será el afán del día?

San Cristóbal es el patrono de los viajeros, caballeros de los caminos y confines; de los exiliados, aventureros y exploradores.

Guías sobre lugares de ficción llenan atolondradamente los detalles:

"Necesito unos *chicos jóvenes* cuanto antes, una putas maduras con polleras hawaianas y millones de playas de arena blanca, con palmeras".

"No hay un mísero cangrejo, escorpión o ciempiés. Buen escenario".

¿Dónde está el peligro entonces? ¿Dónde el *percance*? ¿Dónde la energía?

Alguna influencia maligna intenta estropear el escenario. Puede ser el viejo Cthulhu, de los Antiguos. Un héroe debe oponerse a esta radical vileza que, como una rata, no se atreve a pronunciar su nombre.

Y así tiramos de la caña unas cuantas veces más, pero la *imagen* es *enfermiza*.

La escena se vuelve más oscura.

No sigas, da lo nismo...

John D. C.: "da lo mismo –mismo–". En sus cartas, John D. C. no paraba de decir: "da lo nismo". ¿Qué significará en la jerga?

Nada.

Qué importa.

"Morir, quizá en un sueño –sí, he ahí el dilema–".

"Ser o no ser,

esa es la pregunta".

Al trovador lo han explotado hasta el vaciamiento aquellos que lo tomaron. Dio títulos a tantos libros: *The Sound and the Fury. All Our Yesterdays. Told by an Idiot.*

Se necesitaría a un hombre muy cobarde como para atacar al Trovador Inmortal. Miles, millones y billones de plumas escurrirían tinta en su defensa. En el caso de los mecanógrafos, en su defensa se atorarían las teclas.

Recuerdo cuando vino el agente, de los servicios de préstamo, a reclamar mi máquina de escribir. Esto fue en la ciudad de México. Él no tenía forma de saber quién era yo. Dijo:

"*When you paid*, está bien. *When you pay* malo, *is no good*".

Confiscó la máquina y se apartó de mi vista para siempre. Era un hombre de mediana edad, canoso, nada hostil.

Polvorientas imágenes de personas y lugares muertos.

Se inicia la transformación.

Escritor.

Convoca a su antojo a las amenazantes bestias, con garras de oso y dientes de mandril.

¿Qué?

Me acuerdo de cómo un piloto era llevado a su cabina por un mandril, para gloria de [ambos].

Pues bien, ¿para qué pensar en ello ahora? Una manzana envenenada. Sucede. Una manzana envenenada.

Las podría haber buenas, de nunca haber existido las *envenanadas*. El Repulsivo Norteamericano se desvanece en Ewyork, Ome, Aris.

Sujetos incluso más repulsivos fueron convocados:

"a la disidencia se la combate con mano dura".

26 de julio, 1997. Sábado

Dick confiesa que Angelo dejará el hábito con el tiempo. "Como todos", dice.

"Los adictos".

—leyendo un libro ahora: *Junk*, de Linda Yablonsky, neoyorkina—.

Inocuo, se nota que la autora supo absorber —en sentido literal— algunas nociones básicas [del metabolismo]. Como mi lamentable hermano, sabe más de la vida que de las calles.

Pasó un año en París. Él dijo, acerca de los bidets (lo esperable en un norteamericano): "me desagradan".

27 de julio, 1997. Domingo

La afección de lo bello.

El embajador masca una paja de trigo. El agente del FBI chequea su arma con el tacto.

"Es una cosa terrible cuando un hombre..."

...le crecen pelos en el anverso de sus dedos, pelos negros que, en uno de ellos, es interceptado por un vulgar anillo de diamante... hablo del guardia en el Presidio Federal de Lecumberri, Méjico D. F.[226]

"Es una cosa terrible cuando un hombre va a prisión a causa de una mujer".

Y me echa una mirada *de veras compasiva*. Una que generalmente no otorgan los carceleros, de contorneadas barrigas cerveceras y ojos grises, fríos y sucios: como cubos de hielo.

Recuerdos de Lexington. Vinieron juntos los tres que suelen. Saul, judío; Bob, setenta años, pulcro, pomposo, exitoso camello en el pasado (*Leavenworth*); Chuck, estatura baja, flaco.

"Los más susceptibles son los adictos cuando algo no tiene solución. Un adicto *nace* adicto. Solo un adicto vuelve adicto a otro".

Saul: "Todos andan diciendo 'no hagas nada con Saul, es un *schmecker*'".

Palabra en yiddish para adicto, derivada o derivante de *smack* (heroína).

Me contaron su encuentro con Wilson, el burócrata sin cara. Yo no podía *ver* su cara, solo su tapado gris, con algo casi frío o muerto por dentro. No me interrogó; Faulkner sí. El hermano de William, claro, que resultó ser un perseguidor de destiladores durante la ley seca, un agente.

---

226 Burroughs fue encarcelado por once días en la prisión de Lecumberri, Ciudad de México, después de que disparara accidentalmente a Joan Vollmer, el 6 de septiembre de 1951. [N. de E.]

Terminada la conversación entre agentes, cada vez idéntica a sí misma, Wilson irrumpe dejando –siempre a espaldas– un vacío que en este caso él trajo.

Me señala con el dedo y, sin mirarme –porque jamás lo hacía– dice: "¡Es un *violador*!"

Los demás se callan. Un violador no debería escuchar acusaciones internas.

Pero volviendo a Saul y a su encuentro con Wilson:

"Pedía nombres y direcciones cuando por fin dije: 'eeeh' –(un *eeeh* muy prolongado y característico)– 'pregúntale a tu madre'. Después me arrepentí. Me fracturó las costillas y me amordazó por un mes".

El viejo y canoso Bob.[227]

Algún estafador neoyorkino dice sobre un alcohólico en el andén del metro...

Bob: "¿por qué no lo golpeaste contra la mesa para quitárselo?".

El efecto fue grotesco y desconcertante, como labrado por un viejo amigo de mi padre, dueño de un banco. Bob era de natural orgulloso.

Contestó: "con algo de codeína uno sobrevive bastante bien".

Recuerdos de Lexington. Escuché hace poco que, ahora, los internos no reciben *nada*. Cuando yo ingresé, obtuve un cuarto [de gramo] de morfina y otros cinco miligramos de metadona. Estaba drogado. Lo estuve por más de cuatro días. Todos los batracios de St. Louis, por cobardes, se negaban a darme un mísero cuarto de gramo. Ahí era cuando las cosas se ponían duras: verdaderamente duras.

Y así, cuando llegué a Lexington –mientras mi madre gritaba que debía ir a un manicomio– dije:

"Lo único que necesito es [un] tratamiento para la abstinencia. Punto".

Se enojó conmigo. Joan tomó al toro por las astas y me internó en Lexington.

Madre dijo de ella: "es una *tigresa*". Se negó a una habitación aislada. Estaba justo allí, junto con otros tantos y tantas.

---

227 Bob Brandenburg fue un delincuente de poca monta a quien Burroughs admiraba (y conocía) desde mediados de la década de 1940, en Nueva York. [N. de E.]

¿Qué puedo decir?

¿Quién o por qué? ¿Dónde o cuándo? ¿Qué decir?

Las lágrimas son odiosas si no genuinas, que salen del alma y de veras quiebran y conmueven a uno.

Lágrimas para aquello que ya no...

La forma en que Fletch venía corriendo para ponerse debajo de la cama. Ya no cierro la puerta.

Mi Fletch, mi querido Fletch:

duele, como si mis extremidades fueran las de un fantasma.

Pongo los platos de comida: solo dos.

Ay, mi amado Fletch.

Mis adorados. Spooner, Ruski, Calico.

28 de julio, 1997. Lunes

El doctor necesita otro análisis de sangre para sus *experimentos*.

Se lo di esta mañana.

Si uno fuera inmortal, imagínense el dolor de la pérdida, una y otra vez, mientras todos mueren.

Uno tiene un posible ingreso a la inmortalidad estando *vis-à-vis* con sus gatos. Nótese que las más dolorosas punzadas provienen de los detalles que uno consideraba molestos: la forma en que Fletch, corriendo, se ponía debajo de la cama. Ya no lo volverá a hacer. Los maullidos de Calico por el mediodía. No se volverán a oír. No molestarán más.

¿Para qué? ¿Quiénes? Pero sobre todo, ¿para qué? *Surtout pourquoi?*

¿Por qué? Si, no, ¿por qué no?

Últimas palabras de Tim Leary:

"¿Por qué no?"

29 de julio, 1997. Martes

Buena práctica de tiro.[228]

---

228 La última excursión a la casa de Fred Aldrich para una sesión de práctica de tiro. [N. de E.]

30 de julio, 1997. Miércoles

Leyendo *Titanic*, de Charles Pellegrino. Página 18.

¿Qué es una experiencia cuando no se comparte? ¿Acaso sucede? Se necesita un testigo para conferir –(postal con lindos gatitos en el cesto de basura. ¿Se me habrá caído y no me di cuenta?)– una posible experiencia. Como una pantalla. Por eso mismo Dios es el creador.

¿Y de otro modo...?

Un ciempiés puede ser visto como un designio, del que el amor, como san Francisco solía decir, no forma parte.

Debe de haber un "sitio" para los fracasos. ¿Qué sobrevive a un estallido atómico?

(El psicoanálisis intenta desbaratar la experiencia con la idea de que se comparte. Hmm. Eso es, la vuelven tan real que la aniquilan. Difícilmente funcione.)

La bomba atómica es el mayor verdugo del alma. Vaporiza las deudas como vaporizó a la torre de acero en Alamogordo, New Mexico.

(Almas gordas.)

"Nuestro amor echará raíces, más extensas que imperios y más laboriosas".

Ni idea tengo de dónde proviene la frase o de por qué la cito. Puedo recomponer el poema entero, desde luego, de a pequeñas piezas, en fragmentos.

"¡Ocho piezas de plata!" Gritó el loro.

¿Habrías tú, de ser un loro, podido imitarlo?

Felicity [Mason] dijo sobre mí, a alguien que sostenía los tickets que necesitaba:

"cuando veas al hombre con el aspecto más triste, será él".

¿Y cómo un hombre que *ve* o *siente* puede estar?

Ver cómo Ginger se debilita y envejece.

El precio de la inmortalidad, sin dudas, es el castigo.

Tendría que haber pensado en estas cosas.

Lo hice. Pensar no es suficiente.

Nada lo es. No existe final para los caudales de la sabiduría o la experiencia: nada de nada. Ningún Santo Grial, ningún Satori, ninguna resolución. Solo conflicto.

La única cosa que resuelve el conflicto es el amor, como el que sentí por Fletch, Ruski, Spooner y Calico. Amor puro.

Lo que siento por los gatos que tuve y que tengo.

¿El amor? ¿Qué es eso?
El analgésico más genuino que existe:
El AMOR.

Indice

La presente edición de *Últimas palabras*, de William Burroughs,
se terminó de imprimir el 28 de junio de 2021, bajo el cuidado
de IRAP Servicios gráficos, Rosales 4288, B1672,
Villa Lynch, provincia de Buenos Aires.

Fue compuesta en caracteres Garamond y Georgia,
con cuerpos variables entre 9 y 12.

TOLLE, LEGE